KB253116

서른,
난 아직도

너를, 난 아직도

난 아직도 꿈을 꾼다.
더 넓은 미지의 세상으로 향하는 꿈
더 멋진 나를 만나는 꿈

박혜아 지음

은행나무

Contents

PART 2

생존 서바이벌 게임,
외국 기업에서 살아남기

꿈을 찾는 것이 꿈인
우리들에게

　혹시라도 이 책에서 '아이비 리그로 유학 가는 비밀전략', '외국 회사 취업에 성공하는 방법', '연봉 10억의 골드미스가 되는 비법' 등을 기대했다면 안타깝지만 지금이라도 이 책을 내려놓길 바란다. 그것들은 내가 책을 쓰게 된 동기와 동떨어진 이야기이기 때문이다. 솔직히 위 질문들에 대한 답은 나 역시 아직까지 열심히 찾고 있는 중이다.

　영어 점수를 높이고 싶다면 토익 책을 독파하는 것이 효과적이며, 습관을 바꾸고 싶으면 폰더 씨에게 물어보는 게 유용할 것이다. 세상이 알아주는 유명한 사람이 되고 싶으면 오바마 자서전이 도움이 될 것이며 돈을 벌고 싶다면 워렌 버핏과의 점심이 정답이 될 수 있다. 다시 말하지만 이 책에는 성공을 한 손에 쥐어주는 비법 따위는 절대 등장하지 않는다. 내가 그러한 인간이 아니기 때문이다.

보통 성공을 위한 자기계발서에서는 이렇게들 말한다.

"뚜렷한 목표를 가져라."

나는 당장 3년 후의 목표도 잡지 못하고 있다.

"목표에 맞는 계획을 세밀하게 세워라."

3년 후의 목표도 모르는데 어떻게 세밀한 계획을 세울 수 있겠는가?

"긍정과 감사의 마음을 항상 지녀라."

인정하기 싫지만 나는 불평과 까다로움의 대표주자다.

"하나의 문을 꾸준히 두드려라."

지금껏 끊임없이 이 문 저 문을 기웃거려 왔다.

"일찍 자고 일찍 일어나는 아침형 인간이 되어라."

올빼미가 사돈 맺자고 노래 부르는 야행성 인간이 바로 나다.

"메모하는 습관을 길러라."

메모는 커녕 물건 잃어버리기의 고수이다.

"네트워크는 성공의 지름길이다."

인맥을 위해 원하지 않는 사람들과의 사교모임보다는 혼자 팝콘을 끼고 앉아 영화를 보는 것에 한 표를 던진다.

"골드미스들이여, 당당하게 자신을 가꾸며 살아라."

드라마 속 쓸쓸히 늙어가는 노처녀의 모습이 미래의 내 모습인 것 같아 소름이 돋기도 한다.

자, 어떤가? 이만하면 성공하는 사람들의 습관에 역행하는 기류가 느껴지지 않는가? 자기계발서에서 그리는 표본의 정반대가 아닌가? 그렇지만 동시에 왠지 낯익은 느낌이 들지 않는가? 위의 이 허점투성이 인간은 바로 당신의 모습일지 모른다. 무엇보다 잘난 사람들과 거꾸로 가고 있는 이 모순투성이 그룹의 대표주자가 바로 나의 모습인 것이다.

그러니 어찌 내가 유학 비법이나 외국 기업 취업 전략 등을 읊을 수가 있겠는가? 솔직히 나는 성공의 공식을 말하는 책에 의구심을 가진다. 모든 사람들에게 적용할 수 있는 정형화된 성공의 비결은 찾기 힘들기 때문이다. 세상 사람들 모두가 자신만의 기질을 갖고 태어나 서로 다른 환경에서 저마다 삶의 기술을 터득하며 살아가기 마련인데, 어찌 잘 살아가는 방법이 하나의 대답, 한권의 책으로 정의될 수 있을까? 그러므로 성공에 대한 해답을 책에서 찾는 것은 위험을 수반한다. 반대로 자신의 문제점을 가장 잘 알고 있는 사람은 바로 자기 자신일 것이다. 정말 올빼미형 인간이라 일이 힘든 것인지, 메모하는 습관을 기르지 않아 실패하고 있는지, 내 안의 투덜이 스머프가 문제를 해결할 힘을 빼앗는지, 내가 어떠한 상황에서 어떠한 문제를 가지고 있는지 자신만큼 잘 아는 사람은 찾기 힘들다.

대신 나는 허점과 실수투성이인 평범한 사람으로서 한국을 벗어나 넓은 세계를 배경으로 펼쳐지는 꿈과 목표 찾기의 실체를 이 책을 통해 허심탄회하게 이야기 해보고 싶다. 명확한 목표도 없이 서른을 코 앞에 두고 무모하게 선택한 유학과 외국 직장생활, 무던히도 깨지고 고군분투하면서 살아왔고 또 살아가는 현재진행형의 이야기를 나누고 싶은 것이다. 뚜렷한 인생 목표와 꿈을 지니고 그것을 이루기 위해 앞만 보고 질주하는 사람들이 말하는 화려하고 세련된 성공 이야기가 아닌, 평범한 한국 토종이자 허점투성이인 나의 투박한 경험을 나와 비슷한 부류의 사람들과 공유하고 싶은 것이다. 왜? 절대로 포기하지 말라는 당부를 하고 싶어서. 아무리 힘들고 고되어도 이 넓은 세상에서 꿈을 찾아가는 여정 자체가 주는 그 짜릿한 즐거움은 놓치기에는 너무 아까운 기회이기 때문이다.

태어날 때부터 영어 공부에 세뇌 당하고 '세계는 넓고 할일은 많다'라는 모토와 함께 자라나는 우리 세대들, 대학 시절엔 모두가 한번쯤 배낭을 둘러매고 세상 맛보기에 앞장 선다. 온갖 자격증과 취업에 대한 스트레스가 새벽잠을 방해하지만 그것들을 핑계 삼아 떠나는 어학연수와 빡빡한 직장생활 중에 맞는 해외여행은 막혔던 우리의 숨통을 틔워주기도 한다. 때로는 TV 드라마의 유혹에 흠뻑 빠져들어 그것을 보고 있는 그 순간만큼은 이력서 제출 마감일도, 들리지 않는 영어 리스닝도, 끝없는 상사의 잔소리도, 아침마다 맡아야 하는 출근길 전철의 쾌쾌한 냄새도 모두 잊어 버리고, 뉴욕, 파리, 런던에서 열정적으로 일하며 정열적인 사랑을 불태우는 자신을 꿈꾼다. 한국을 넘어 더 넓은 세계로 향해 가는 꿈, 그렇게 애타게 찾던 인생의 목표가 저 넓은 세계 어디선가 나를 기다리고 있을 것만 같은 그 꿈을….

집안에 돈이 많건 적건, 공부를 좋아하건 싫어하건, 부모가 계획하건 내 스스로 계획하건, 누구나 한번쯤은 이렇게 유학과 외국에서의 자유로운 삶을 동경한 적이 있을 것이다. 물론 유학 후 자신의 처지가 어찌 될 것인가에 대한 심각한 고민이 비싼 원서 앞에서 발걸음을 되돌리게 만드는 것도 사실이다. 하지만 어디로든 뛸수 있다는 가능성의 '미지'란 단어가 그 꿈을 더욱 달콤하게 만든

다. 세계 최고의 학교와 회사들이 자신을 찾고 있을지 모른다는 황홀한 꿈에도 빠져본다.

물론 바쁜 현실 아래 이 꿈은 꺼졌다 켜졌다를 반복한다. 그래도 이 정도 대학을 다닐 수 있는 것만도, 혹은 이 정도 회사에서, 이 나이에, 이만한 대우를 받으며 일하는 것도 감사해야 할 축복이라고 위로하며 꿈을 접어본다. 하지만 수업을 마치고 돌아오는 지하철 안의 반사되는 창문에서, 회사 구내식당의 스테인레스 식판 아래서, 사무실 컴퓨터 모니터 속에서 문득 자신의 메말라버린 퀭한 눈빛을 발견하는 순간, 내면에 잠자고 있던 그 일탈의 꿈들은 다시 발작처럼 찾아온다. 현실을 떠나 미지의 세계로 멀리 향하는 그 꿈들이….

나 역시 거대한 목표가 있어 스물아홉의 나이에 유학을 결심한 것은 아니었다. 물론 MBA라는 학문의 특성상 현실적인 이유가 무엇보다 강했던 것은 사실이다. 그러나 어느날 문득 냉철한 눈으로 나를 돌이켜 봤을 때, 지금 이 외지의 삶으로 나를 이끈 것은 그 이름 모를 미지의 꿈이 아니었나 싶다. 그리고 지금 여기, 그 미지의 꿈들이 어떤 과정을 거쳐 현실로 바뀌게 되었는지 글로 풀어내고자 한다.

'인생의 꿈'과 '현실'이라는 두 갈래 갈림길에서 치열하게 고민하고 있는 수많은 대학생들, 답답한 상사와 단 1초라도 마주하기 싫은 현실이 저주스러운 이 땅의 직장인들, 사돈의 팔촌까지 측은한 눈빛으로 결혼 안 하냐는 질문에서 탈출구를 갈구하는 싱글들, 더 넓은 땅으로 자식을 방목하기 위해 기러기를 자청하는 한국의 부모들, 그리고 무엇보다 인생의 목표를, 나만의 꿈을 아직도 찾고 있는 방랑자들에게 이 책을 권한다.

꿈꾸던 화려한 외지의 삶과는 조금은 다른 냉혹한 현실을 생생하게 보여주는 이 책을, 넓은 세계에서 여전히 꿈을 찾아가고 있는 평범한 삼십 대의 일상을 담은 이 책을, 동시에 그 세계가 전해주는 자극적이고 달콤한 맛에 또 반하게 만들어 버릴 지도 모르

는 이 책을, 무엇보다 평생 꿈과 목표를 찾아다니는 우리들이야말
로 어쩌면 세상에서 가장 축복받은 사람들일지 모른다고 말할 이
책을.

꿈이 없는 아이의 성장통

인생은 끝없는
선택의 연속

MBA 졸업을 두 달 앞둔 2004년 3월, 나는 한국의 대기업 한 곳과 연봉 협상을 마무리하고 있었다. 학업을 마치면 당연히 한국으로 돌아갈 것이라 생각했기에 국내 기업과 이야기가 진행되는 것은 자연스러운 과정이었다.

졸업을 코앞에 둔 당시는 "그동안 수고했다"라고 스스로를 칭찬하며 여유를 부릴 만한 때였다. 눈 뜨자마자 시작되던 수만 가지의 걱정거리 대신 새로운 미래에 대한 희망을 품을 시기였다. 매 시간 살얼음판 같은 수업, 끝없이 이어지는 과제와 시험 등 지난 2년간 나의 심신을 짓누르던 짐을 내려놓고 편안히 쉴 수 있는 시간인 것이다.

하지만 노스캐롤라이나의 작은 아파트에서 그 여유로운 시간을 즐기고 있던 내게 언제부턴가 정체를 알 수 없는 묘한 불안감과 긴장감이 슬금슬금 다가오기 시작했다. 오랜만에 찾은 여유도 정말 잠깐이었다. 당혹스러웠다. 남은 시간동안 그간 못 해 본 여러 가지 일들을 해보겠노라고 야심차게 계획도 세웠지만, 결국 대부분 실행에 옮기지 못했다. 계획은 그야말로 계획에 그쳤다. 머리로는 마지막 시간을 즐겁게 보내야겠다고 생각했지만, 몸과 마음이 따로 놀았다. 평소에는 천 근 같던 눈꺼풀이 쉬는 날에는 오히려 번쩍 떠지는 것과 비슷한 이상한 긴장감에 시달리고 있었다.

그날 역시 이른 새벽에 눈이 떠졌다. 아직 어둑어둑한 하늘을 바라보며 여느 때처럼 운동화를 신고 조깅을 시작했다. 숨이 서서히 차오르자 머릿속에 질문이 떠올랐다. 이 여유로운 시간에 왜 긴장을 풀지 못하고 있을까? 그날 오후에 잡힌 팀 미팅 준비 때문일 수도 있고, 다음 주까지 내야 하는 리포트가 원인일 수도 있다는 생각이 들었지만 시원한 답은 찾을 수 없었다. 팀 미팅이나 리포트는 여전히 나를 긴장시키지만, 그것은 이미 익숙해진 것이었다. 지금 나를 사로잡고 있는 긴장과는 달랐다. 이 긴장감은 마음 깊숙이 조용히 똬리를 틀고 숨어 있다가 순간순간 나를 강하게 흔들었다. 운동을 마치고 집에 돌아와 커피를 마시려고 부엌으로 고개를 돌리는 순간, 내가 몇 달 뒤 한국 대기업에서 마케팅을 하게 될 제품이 눈에 들어왔다. 그 긴장감의 정체가 밝혀지는 순간이었다. 그것은 바로 직장, '잡(Job)'이었다. 이미 입사할 회사와 협상이 거의 끝난 시점이었다. 귀국 비행기 편을 알아보며 미국 생활을 차근차근 정리해 나가야 할 마당에 도대체 무슨 이유로 취직에 대한 긴장감이 끊이지 않는 걸까? 당혹감을 뒤로 하고 차근차근 스스로에게 질문을 던지기 시작했다.

"가기로 결정한 회사가 못마땅한가?"

100퍼센트 만족하거나 행복에 겨워할 정도는 아니지만, 이 기회를 발판으로 성취할 수 있는 다음의 커리어를 예상해 보면 절대 후회할 만한 선택은 아니다.

"조건이 마음에 들지 않는가?"

마음에 쏙 들 정도는 아니겠지만, 그렇다고 기대에 크게 못 미치는 것도 아니다.

"죽어도 하고 싶은 다른 일이 있는데, 그것을 향해 가지 못해 아쉬워하고 있는가?"

나는 목숨을 걸고서라도 반드시 이루고야 말겠다는 뚜렷한 목표가 있는 사람은 아니었다. MBA 졸업 후에 꼭 나아가고 싶은 길이 생긴 것도 아니었다. 더군다나 한국으로 돌아가 내가 하게 될 일은 마케팅이었다. 반드시 하고 싶은 일이나 꿈은 없었을지언정, 관심을 갖고 있던 마케팅 분야에서 일할 수 있게 된 것 또한 객관적으로 만족스러운 결과였다.

"그렇다면 도대체 무엇 때문인가?"

그것은 아쉬움이었다. 나는 서른을 1년 앞둔 나이에 유학길에 올랐다. 삼십 대를 눈앞에 둔 나이에 감행한 무모한 도전이었다. 주변 사람 모두가 말렸지만, 홀로 MBA를 향해 도박의 불씨를 지피며 앞으로 나에게 어떤 일이 닥칠지 모른다는 사실에 떨림과 설렘을 느꼈다. 미지의 세계가 던져 주는 짜릿한 자극이었다. 한국의 첫 직장에서 자기 소개를 하는 순간에도, 대학 문을 향해 첫 발자국을 내디디는 순간에도 마찬가지였다. 앞으로 내 인생이 어떻게 펼쳐질지 알 수 없기에 오히려 숨 막히는 기대감이 있었다. 문제는 지금 이 순간, MBA를 졸업하고 한국으로 돌아갈 내 모습을 그려볼 때 이전에 느꼈던 그런 떨림이 없다는 것이었다. 한국의 대기업은 이미 경험해 보아 익숙하면서도 안정된 이성적인 선택이었다. 하지만 동시에 그 선택은 내 마음 속에서 알 수 없는 아쉬움을 일으켰고, 그것이 졸업을 앞둔 순간 나를 괴롭힌 긴장의 원인이었던 것이다.

긴장감의 실체를 깨닫자 머릿속이 바쁘게 돌아갔다. 입사 예정인 회사 외에 내가 선택할 수 있는 다른 기회들이 무엇인지 손안에 든 패를 살피기 시작했다. 한쪽에는 한국의 다른 기업들이, 다른 쪽에는 어렵사리 받아 놓은 컨설팅 회사와의 인터뷰가 남아 있었다. 문득 저 구석에 웅크리고 있는 존재 하나가 불현듯 생각났다. 몇 개월 째 대기자 명단에 이름을 올리고 있던 미국의 한 은행.

이 미국 은행은 마치 목에 걸린 가시처럼 지난 몇 개월 간 내 마음 한편에 묵직하게 앉아 나를 괴롭혀온 존재였다. 이 회사와의 첫 번째 인터뷰가 6개월 전이었으니 꽤 긴 시간이 지난 셈이었다. 오빠가 혹시 비행기 대기 명단과 착각하고 있는 것 아니냐는 농담을 던질 정도였다. 사실 이곳은 미국 남부의 대표적인 은행이고, 자산 규모를 볼 때 미국 전체에서 손꼽히는 굴지의 회사였다. 게다가 이른바 '백인 남성'으로 상징되는 보수적 성향이 강한 곳이었다. 아시아 여성인 나에게는 가능성이 전혀 없어 보였지만, 회사 설명서에서 'International'이라는 단어를 발견하고 과감히 도전했다. 서류 심사 관문을 통과한 후 세 차례의 인터뷰를 거쳐 최종 대기자 명단에까지 이름을 올렸지만, 그 이후 속 시원한 대답은 오질 않았다. 차례차례 불합격 통보를 받는 MBA 동기들을 볼 때마다 '차라리 떨어지면 깨끗이 포기할 텐데'라는 생각까지 할 정도였다.

완전히 포기하기도, 그렇다고 계속 희망을 가지기도 애매한 상태였다. 물론 가만히 앉아서 기다리기만 했던 것은 아니다. '대기자'라는 말을 들은 후부터 나름대로 여러 방면의 노력을 기울였다.

문득 지난겨울의 추운 기억이 떠올랐다. 하늘이 뚫어진 듯 눈이 내렸던 작년 겨울 방학, MBA 동기들과 함께 뉴욕의 회사들을 둘러보는 견학 여행을 떠났다. 나는 일정 중 하루를 빼서 그 은행의 담당 매니저가 근무하는 필라델피아에 찾아가기로 결심했다. 사실 그 매니저에게 직접 찾아가겠다는 이메일을 쓰는 것부터가 고역이었다. 혹시 내가 가는 날 이 매니저가 휴가면 어떡하나? 이미 떨어진 건데 괜한 돈 낭비와 시간 낭비를 하는 건 아닌가? 나를 직접 보고 오히려 실망하면 어떡하나? 완벽하지 않은 영어 실력 때문에 오히려 점수가 깎이지는 않을까? 너무 오버한다고 생각해 대기 명단에서 빼버리는 것은 아닐까? 정말 별별 생각이 다 들었다. 내용을 고치고 또 고치고 며칠을 씨름하다 이메일을 보냈다. 다행히 그 매니저는 흔쾌히 점심 식사를 함께 하자는 답장을 주었다. 답장을 받자마자 이번에는 뉴욕에서 필라델피아로 가는 가장 싼 교통수단을 알아내기 위한 탐색을 시작했다. 수소문 끝에 알아낸 것은 중국 사람들이 운행하는 일명 '차이나타운 버스'. 그것을 알려준 뉴욕의 친구가 잊지 않고 경고해 주었다.

"정말 싸고 빠르긴 해. 대신 앉아서 졸 때도 가방을 꼭 쥐고 졸아야 할 거야. 그만큼 지저분하고 위험하거든."

하지만 싸고 빠르다는 말에 무조건 낙찰하고 버스 정류장 위치를 확인했다.

동기들과의 뉴욕 여행 이틀째. 그해 들어 최고로 눈이 많이 내린 날 다음이었다. 해가 뜨기 전 어두컴컴한 새벽, 호텔을 나서자마자 차가운 바람이 온몸을 감싸 안았다. 유학생 팔자를 탓하며 조금이라도 돈을 아끼고자 전철을 탔다. 출구를 나와 이스트브로드웨이에 있는 버스 정류장을 향해 걷는데 아무리 가도 정류장이 나타나지 않는 것이었다. 한참을 걷다 길을 쓸고 있는 청소부에게 물어보니 고개를 흔들었다.

"거기는 다른 블록이에요. 걸어서 가기 힘들어요. 택시를 타도 버스 시간에 맞추기는 어려울 텐데…."

갑자기 그 춥던 바람이 뜨겁게 변했다. 온몸에 땀이 났다. 버스 출발 시간보다 한 시간이나 여유 있게 나왔건만 이제 20여분밖에 남지 않았다. 그 많던 택시도 전부 어디로 갔는지 한 대도 보이지 않았다. 간신히 끼어 탄 택시로 정류장에 도착하는 순간, '필라델피아' 간판을 단 버스가 막 떠나고 있는 게 아닌가! 헐레벌떡 정류장으로 뛰어가 다음 버스 시간을 물으니 매표소 직원은 바로 앞에 서

있는 버스를 가리키며 곧 출발하니 빨리 표를 사라고 소리쳤다. 아직 하늘이 나를 버리지 않았구나 생각하며 표를 사서 올라탔는데, 버스는 떠날 낌새를 보이지 않았다. 출발 시각을 물으니 중국 사람들이 서툰 영어로 곧 떠난다고 답했다. 그러기를 몇 번 반복한 후 깨달았다. 그것이 어떻게든 표를 사게 만들기 위한 그들만의 마케팅 수법이었다는 것을. 결국 버스가 출발한 것은 그로부터 한 시간이나 지난 후였다. 무릎에 힘이 빠지며 하늘이 노래졌다.

'약속 시간에 늦는 것보단 차라리 사고가 났다고 하고 가지 않는 게 낫지 않을까? 버스가 11시 50분쯤까지만 도착하면 늦지 않을 수도 있을 것 같은데, 과연 길을 잃지 않고 찾아갈 수 있을까? 길이 막히려나? 만나서 대체 무슨 말부터 꺼내야 하나?'

끝없는 걱정 속에 마침내 버스가 필라델피아에 도착했다. 낯선 도시를 땀범벅이 된 채 뛰었건만, 또다시 엉뚱한 곳에서 기다리는 실수를 저지르고 말았다. 결국 약속시간보다 15분이나 지나 만나게 된 매니저. 그는 괜찮다고 환하게 웃었지만, 내 속에서는 불이 났다. 늦은 것이 미안하고 또 긴장이 되어 음식이 어디로 들어가는지 모를 정도였다. 하지만 긴장했다는 티를 내지 않기 위해, 또 다양한 주제들로 세련되게 대화를 풀어가기 위해 필사적으로 노력했다. 물론 내가 애타게 묻고 싶은 질문은 단 한 가지였다. 언제 대기자 명단에서 풀리는지, 아니, 풀릴 가능성이 있기나 한 건지…. 하지만 식사 시간 동안 그 주제에 대해서는 양측 모두 교묘히 빠져나갔다. 헤어지기 전 매니저가 악수를 청하며 말했다.

"나는 당신이 정말 마음에 듭니다. 하지만 자리가 나야 뽑을 수 있습니다. 현재로선 어느 것 하나 장담할 수 없지만, 아마도 시간이 답을 줄 수 있지 않을까 싶습니다. 포기하지 마십시오."

버스 시간이 남아 필라델피아를 좀 더 돌아볼까 했지만, 손가락 마디마디가 오그라드는 추위와 그 추위보다 더 냉랭하게 식어버린 마음에 고개를 저었다. 온몸이 얼어붙은 상태로 다시 중국 버스에 몸을 실었다. 시큼한 냄새가 좁은 버스를 가득 채우고 있었다. 버스 한 구석에서 만일의 사태를 대비해 가방을 꼭 쥐고 잠을 청했지만, 잠깐의 잠조차 들어올 여유가 없을 정도로 머릿속이 복잡했다. 미래에 대한 불안감과 차마 포기할 수 없는 아쉬움, 그리고 거기서 오는 긴장감만이 나를 감쌀 뿐이었다.

그랬다. 졸업을 2개월 앞둔 봄날, 나를 두드린 긴장감은 바로 그때 중국 버스에서 느꼈던 그 긴장감의 연속이었다. 하지만 나는 이내 머리를 흔들었다. 한국의 다른 기업이건, 컨설팅 회사건, 미국 은행이건, 어차피 내게 100퍼센트의 만족을 줄 수 있는 곳은 없었다. 더군다나 입사가 확정된 한국 회사를 제외한 기업들은 아직 합격했다는 확답도 없는 불안한 패가 아닌가? 나는 이것이 하루아침에 없어지지 않을, 그리고 어찌 보면 평생을 짊어지고 갈 긴장감이라고 되뇌며 학교 갈 준비를 시작했다.

서둘러 아침을 먹고 집을 나서려는 순간, 전화가 울렸다. 무심코 수화기를 들자 '박혜아'를 찾는 낯선 미국 남자의 목소리가 들렸다. 순간 광고 전화라는 생각이 들어 끊어버릴까 했지만 마음을 고쳐먹고 퉁명한 목소리로 대답했다. 곧이어 전혀 예상하지 못했던 단어가 들렸다.

"Congratulations!"

미국 은행의 합격 소식이 확정되는 순간이었다.

아무 정신이 없었다. 우선 고맙다고 인사한 후 생각해 보겠다고 대답하고 서둘러 전화를 끊었다. 학교에서 면접 요령을 알려 주는 가이드 중에 입사 제안을 받았을 때 "Yes"라는 대답을 바로 하지 말라는 지침이 있다. 하지만 그 순간 내가 생각해 보겠다고 이야기한 것은 그 가이드를 따르기 위함이 아니었다. 솔직히 그런 가이드 요령을 생각할 여유도 없는 뜻밖의 전화였다. 졸업 이후 한국으로 돌아갈 그림을 그리고 있던 와중에 들려온 예상 밖의 소식이었고, 이는 모든 것을 처음부터 생각하게 하는 커다란 사건이었다. 지금까지의 내 계획을 모두 뒤집는 중대한 사건인 셈이었다. 하지만 전화를

2008년 가을,
스웨덴 스톡홀름 Millesgarden

길이 꼭 하나여야 한다는 법은 없다

2006년 봄, 미국 필라델피아 Fairmont Park

세상에는 어떠한 핑계도 없다.
그저 자신의 결정과 행동과 결론만이 존재할 뿐.

끊는 순간에는 이성보다 감정이 먼저 폭발했다. 아무도 없는 빈 집에서 두 손을 높이 들고 펄쩍펄쩍 뛰었다. 미국 은행에 입사하면 돌아올 이익이 무엇인지 머리로 계산하기 전, 마음에서 터져 나온 순수한 반응이었다. 그것은 연봉이나 조건 등이 가져다 준 기쁨도 아니며, 미국에서 일하게 되었다는 즐거움도 아니고, 내가 정말 바라던 분야에서 일하게 된 희열 역시 아니었다. 오히려 한국의 대기업이 내가 관심 있어 하던 분야였다. 또한 2년간 힘들게 고생한 몸과 마음은 사랑하는 가족과 익숙한 편안함이 있는 한국을 더 원하고 있었을 것이다. 그럼에도 불구하고 이성이 계산을 하기 전 마음이 먼저 뛰었던 이유는 무엇일까? 그것은 바로 미지의 세계에 대한 호기심, 그리고 대학에 입학했을 때, 첫 직장을 향해 발을 내딛었을 때, 그리고 MBA 합격 통지를 받았을 때 느꼈던 그 가슴 떨림이었다. 또다시 전혀 알 수 없는 길로 이어진 미래가 주는 짜릿한 자극이었던 것이다.

나는 뛰어난 두뇌도, 든든한 배경도 없고, 무엇보다 목숨 걸고 이루고 싶은 인생 목표마저 없었다. 그저 끈질기게 이리저리 기웃거리는 게 무기였고, 무모하게 뛰어드는 게 특기였을 뿐이다. 결국 나는 MBA라는 긴 터널을 통과한 대가로 쥐게 된 '한국의 대기업'이라는 안전한 티켓을 포기했다. 그리고 또 한번 불안한 미래를 택했다. 그렇게 다시 미지의 세계가 내 눈앞에 열렸다.

세상은
두 부류다

세상 사람들은 다양한 기준에 의해 나뉜다. 성별, 나이, 혈액형, 몸무게 등의 신체적 기준부터 국적, 학력, 거주지 등의 환경적 기준까지 다양하다. 게다가 된장녀, 초식남, 엄친아 등 시대의 흐름에 따라 시시각각 새롭게 등장하는 시의적 표본들까지, 인간을 구분하는 기준은 무척이나 많다. 어느 날 문득 사람들을 나누는 또 하나의 기준을 떠올렸다. 바로 인생에 하늘을 가로지르는 뚜렷한 목표가 있는 사람과 그것이 없는 사람이다.

전자는 인생의 목표가 확실하다. 하고 싶은 일, 사랑하는 일이 분명하고, 그것에 대해 엄청난 열정을 지닌 사람들이다. 이들은 몸이 힘들고 마음이 지쳐도 꿈을 포기하지 않고 계속 노력을 거듭한다. 이루고 싶은 목표가 견고하기에 자신이 해야 할 일도 분명하게 알고 있고, 어떻게 해야 하는지도 명확하다. 이에 반해 후자는 딱히 뚜렷한 목표가 없다. "뭐하고 싶니?"라는 질문에 즉각 대답하지 못한다. 좋아하는 일도 수시로 바뀐다. 자기 자신이 남들보다 월등히 잘하는 것이 무엇인지, 아니, 그런 것이 있는지조차 잘 모르겠다. 대부분 점수에 맞춰 대학과 전공을 선택하고, 적당한 회사에 취직해 다양한 일을 해본다.

주변에서 흔히 성공한 사람으로 불리는 사람들은 대부분 앞 그룹에 속한다. 세계적인 성악가 조수미, 꿈의 무대 메이저리그에서 기적을 이룬 야구선수 추신수, 아시아인 최초로 UN 사무총장이 된 반기문, 생계를 위해 골프공을 줍던 소년에서 PGA 정상에 선 골프선수 양용은까지, 세상을 놀라게 하는 업적을 남기거나 커다란 성공을 이룬 사람들은 대부분 이 부류다. 이들의 성공 스토리에는 공통점이 있다. 대부분 어릴 적부터 하고 싶은 일이 있었고, 주변의 반대나 힘든 시련에도 포기하지 않았으며, 목표를 이루기 위해 쉼 없이 달려 지금에 이르렀다는 것이다. 그리고 조언한다. 하고 싶은 일을 빨리 찾아 그것에 미치라고. 3년 뒤, 10년 뒤, 30년 뒤의 그림을 그릴 수 있을 만큼 구체적인 목표를 가지라는 것이다. 물론 유명인들에게만 해당하는 이야기는 아니다. 우리 주변을 둘러보면 꿈에 미친 사람들을 얼마든지 찾아볼 수 있다. 요리가 너무 좋아 대기업을 뛰쳐나와 분식집을 차렸다는 가게 사장님, 누구나 알아주는 직장을 다니면서도 글에 대한 미련이 남아 마침내 작가로 변신한 소설가, 어렸을 때부터 원했던 나무 공부를 마음껏 할 수 있어 즐겁다는 소나무 전문 교수….

자신이 원하는 것과 잘하는 것을 일찍 깨닫고 그것에 집중하는 삶을 사는 만큼, 이러한 사람들이 자신의 분야에서 성공할 확률은 높다. 그리고 그 성공에는 부와 명예가 따른다. 올림픽에서 높은 등수를 기록할수록, 실력이 좋은 의사가 될수록, 좋은 글을 쓰는 작가가 될수록 자연스럽게 돈과 찬사가 따르기 마련 아닌가. 자신이 좋아하는 일을 하면서 인기와 물질적 풍요까지 함께 누릴 수 있다니, 얼마나 부러운가. 물론 이 그룹에게도 어려움은 있다. 한 우물만 파는 인생이다보니 다른 분야로의 전향이 쉽지 않다. 한 번의 실패로 회생이 불가능할 정도로 심각한 상처를 받을 수도 있다.

이에 반해 인생에 있어 뚜렷한 목표가 없는 후자의 경우는 전자와는 다른 양상을 보인다. 앞 그룹의 사람들은 "이 일이 아니면 절대 안 돼!"라는 마음가짐으로 자신이 목표로 한 전공을 향해 재수, 삼수도 불사한다. 반면 후자는 대부분 점수에 맞춰 적당히 대학에 들어간다. 저마다 성격이 다른 여러 학과에 원서를 넣고 눈치작전을 펼치기도 한다. 그렇게 대학에 입학한 후에도 시시때때로 재수를 할까 고민하지만, 반년이 지나면 대부분 마음을 접고 대학 생활에 적응한다. 그러다 대학 3, 4학년에 접어들면 취업 준비에 열을 올린다. 남들도 다 그렇게 준비하기 때문이다. 하지만 입학 후에도 확고한 꿈이나 특별한 목표가 생겨나는 경우는 드물기 때문에 구직 활동 역시 여러 분야에 걸쳐 두루뭉술하게 할 수밖에 없다. 결국 졸업과 동시에 웬만한 기업 모두에 원서를 넣어 본다. 지원 회사의 이름과 지원 동기 몇 줄의 문장만 바뀐 이력서들이 수십, 수백 개 쌓여간다.

여기 취업 준비생 김삼순 양이 있다. 그녀는 대한민국 대다수의 대학 졸업반이 그러하듯 취업 준비에 사력을 다한다. 기다리던 대기업 신입 사원 모집 공고가 뜨자 삼순은 대기업을 향한 출사표인 이력서를 정성스레 작성하기 시작한다. 지원 동기에 이어 앞으로의 포부를 쓰는 단계에 다다르면 삼순은 서서히 꿈에 부풀기 시작한다. 콩닥콩닥 뛰는 가슴을 주체할 수 없다. 쓰다 보니 정말 자신이 그 기업에 최고로 적합한 사람 같다. 이 기업이 나의 미래이자, 그토록 기다려왔던 나의 운명 같다. 서류 심사, 필기시험을 통과해 면접 단계까지 가면 그 운명의 느낌은 점점 더 강하게 가슴에 스며든다. 행운의 여신이 자신에게 윙크하는 꿈을 꾸며, 최종 합격 발표까지 그 운명을 믿어 의심치 않는다. 하지만 자신의 이름이 없는 합격자 명단을 확인한 후, 세상이 무너지는 좌절감을 맛보고 만다. 몇 날 며칠을 끙끙대고 세상을 원망하고 한탄한다. 그리고 얼마 후 삼순은 한 중소기업의 신입 사원 모집 공고를 발견한다. 지난 번 탈락한 대기업에 비해 너무 작은 회사라 순간 고민하지만 그것도 잠시, 삼순의 마음에서는 다시 희망의 전주곡이 시작된다. 기대라는 흥분이 또다시 마법을 걸기 시작하는 것이다. 이력서를 쓰다 보니 이 회사야말로 진정한 나의 파트너로 생각된다. '역시 세상 모든 일에는 이유가 있어! 나는 수천, 수만 명이 모인 대기업에서 작은 벌레처럼 일하다 죽을 운명이 아니었던 거야. 작지만 알찬 조직에서 우두머리가 될 운명이었던 거야'라고 중얼거리며 그 운명을 믿어 의심치 않는다. 하지만 이번에도 낙방이다. 천국과 지옥을 오가는 과정이 수차례 반복되고 삼순은 점점 지쳐간다. 결국은 대기업이건 중소기업이건, 적성이 맞건 안 맞건, 어떤 곳이든 그냥 합격만 했으면 좋겠다는 생각을 하기에 이른다.

이런 우여곡절 끝에 마침내 후자 그룹들은 그럭저럭 나쁘지 않은 어느 '회사'에 들어간다. 자신의 적성이나 전공과는 크게 상관없이 대한민국에 실재하는 회사면 족하다. 어차피 처음부터 죽어라 가고 싶은 곳도, 죽어라 하고 싶은 일도 없었으니까. 그렇게 '회사원'

이라 불리게 된 이들은 서서히 적응하고 만족하며 살아간다. 그러나 회사 생활을 한 지 2, 3년쯤 지나면서 자신이 하고 있는 일에 대해 슬슬 회의가 밀려온다. '아무래도 이 길은 나의 길이 아닌 것 같은데….' 고민에 부딪힌 이들은 부서를 옮겨 보기도 하고, 다른 직장으로 이동해 보기도 하지만 언제나 결과는 마찬가지다. 무엇을 해보아도 금세 시들해지고 회의가 찾아온다. 도대체 내 일이 아닌 것 같고, 내 길이 아닌 것 같고, 앞으로 무엇을 하면 좋을지 모르겠다. 회사 생활 3년, 5년, 10년, 고비마다 찾아오는 이런 고민에 서서히 자괴감에 빠진다.

도대체 나의 목표는 무엇인가?

왜 내게는 미치도록 사랑하는 일이 없는 걸까?

수많은 자서전과 자기계발서에서 말하는 그 꿈을 나는 왜 아직도 찾지 못했나?

가슴이 답답하다. 쏟아지는 유명인의 이야기들은 이런 답답함을 더욱 부채질한다. 꿈을 이룬 사람들의 삶을 다룬 다큐멘터리와 책도 쏟아져 나온다. 심지어 나보다 한참 어린 아이돌 가수마저 연예인이 되고 싶어 초등학생 때부터 매일 연습을 해왔다며 눈물을 쏟는다. 갓 스무 살이 넘은 나이에 세계 최고의 자리에 오른 김연아나 박태환 같은 선수들이 지난날의 고통은 꿈을 이루기 위한 밑거름이었다고 말하는 것을 보면 놀라울 따름이다. 어린 나이에 성공한 이들의 이야기에 가슴이 뭉클해진다. 그리고 '힘들어도 행복했다'라고 자신 있게 말할 수 있는 그들이 너무도 부러워진다. 동시에 한없이 작아지고 움츠러드는 자신을 발견한다. 그들처럼 모든 것을 걸만큼 사랑하는 꿈을 찾지 못한 자신이 초라하다.

윗글의 주인공은 바로 나다. 위 후자 그룹이 바로 나다.

점수에 맞춰 대학과 전공을 선택하는 모습도, 탈락의 쓴잔을 계속 마시는 취업 준비생 김삼순의 모습도 나의 모습이다. 방황을 멈출 줄 모르는 직장인의 모습도, 유명인들의 꿈 이야기에 움츠러드는 모습도 모두 나의 모습이다. 앞서 말했듯이, 인생 목표를 기준으로 생각해 볼 때 결단코 세상은 두 부류이다. 그리고 나는 뚜렷한 목표를 세우지 못한 채 살아가는 후자 부류의 수많은 사람들 중 하나다. 여기에 한 걸음 나아가 지금 이 글을 읽고 있는 독자들 중 많은 수가 나와 같은 부류일 것이라고 생각한다. 여전히 삶의 방향을 좌우할 목표를 찾고 있는 같은 팀의 선수들이라고 말이다.

꿈이 없는 걸까,
꿈이 너무 많은 걸까

어느 날 무심코 켜둔 TV를 통해 들리는 뉴스가 나의 귀를 사로잡았다. 한국의 대학생들을 대상으로 인생의 목표와 꿈을 묻는 설문 조사를 한 결과 약 70퍼센트의 학생들이 '특별한 꿈이 없거나 꿈을 잘 모르겠다'라고 대답했다는 내용이었다. 갑자기 뉴스 화면 사이로 과거 나의 모습이 투영되었다.

나는 어렸을 적부터 명확한 꿈이 없었다. 아니, '내 꿈이 뭔지 몰라 늘 찾아 헤맸다'는 표현이 더 맞을지도 모르겠다. 장차 무엇을 하고 싶은지 진지하게 고민한 적도 없다. 자연히 꿈이나 목표를 찾으려는 노력도 거의 하지 않았다. 많은 학생들이 그렇듯 일단 대학만 가고 나면 다 잘 될 거라 생각했다. 그렇게 시간이 흘러 대입이 코앞으로 다가왔다. 그러자 갑자기 여기저기서 어른들이 외쳐대기 시작했다. 자신이 진정 하고 싶은 것, 혹은 자신이 남들보다 잘 할 수 있는 것을 찾아 대학과 전공을 선택해야 한다고. 그 전까지는 그저 "공부 열심히 해라"라던 어른들의 잔소리는 대학 선택을 앞둔 시점에 "입시생 여러분, 사람은 꿈을 가져야만 성공할 수 있습니다"라는 말로 바뀌었다. 매일매일 내 귀에는 '꿈이 확실할수록 성공할 확률이 높다'는 비례 공식이 메아리처럼 들려오기 시작했다. 당황스러웠다. 공부와 성적만이 관심사였던 내게 갑자기 매진할 꿈을 찾으라고 하니 어찌해야 좋을지 몰랐다. 학창 시절 내내 뚜렷한 목표가 없었으니 딱히 가고 싶은 학교나 학과도 없었다. 결국 눈앞으로 다가온 선택의 순간, 두꺼운 입시 관련 서적을 뒤적거리며 며칠을 고민했다. 그러다 생각해 낸 것이 영화였다. 하지만 부모님은 단순히 좋아하는 일을 하는 것과 직장으로 이어질 대학 전공을 선택하는 일은 차원이 다르니 영화를 공부하는 건 대학 졸업 후에 다시 고민해 보자고 나를 설득했다. 결국 이렇게 '부모님과의 합의+점수에 맞춘 협상'이란 적정선에서 나의 전공이 결정되었다. 친구들의 상황 역시 대체로 비슷했다.

그렇다. 나는 '꿈이 없는 대학생'이라는 뉴스를 본 순간 깨달았다. 이것이 바로 우리의 과거이자 현실이라는 사실을 말이다.

한국의 많은 부모들과 학생들은 스스로 주문을 건다. 대학에 들어간 뒤 하고 싶은 것을 찾으면 되니까 우선 대학만 들어가면 된다. 일단 대학만 가면 그 다음부터 '목표 찾기' 게임은 쉬워질 거다. 하지만 현실은 그렇지 않았다. 감히 말하지만, 대학 입학이 만사형통이라는 식의 얘기는 모두 새빨간 거짓말이다. 절대로 대입이 모든 것을 해결해 주지는 못한다. 특히 나처럼 인생의 목표가 뚜렷하지 않은 사람들에게는 더더욱 그렇다. 물론 점수에 맞춰 선택한 전공이 자신의 평생 직업으로 이어질 수도 있고, 입학을 계기로 자기 길을 찾는 사례도 분명 있다. 하지만 대학이 모든 꿈의 길을 열어 주는 마법의 열쇠가 될 수는 없다. 인생의 목표를 찾아 주는 절대 방정식도 아니다. 그러니 대학 입학만으로 모든 것이 해결될 것이라는 기대감은 버려야 한다.

나 역시 인생의 꿈을 찾기 위해 여기저기 기웃거리고 부딪히고 깨져가며 대학 4년을 보냈다. '4년간의 목표 찾기 룰렛 게임'. 나의 대학 생활을 요약하자면 이렇게 표현할 수 있을 것이다. 영화에 대한 미련을 버리지 못하고 영화 동아리에도 들어가 보았지만 결국 내 꿈이 아님을 깨닫고 쓸쓸히 퇴장했다. 대학생 인턴 PD 기회를 어렵게 얻고도 결과는 마찬가지였다. 엄청난 경쟁률을 뚫고 힘들게 잡은 소중한 기회였고, 미칠 것을 찾는다고 자신 있게 외치고 들어갔음에도 내 젊음과 열정을 불사르지 못했다. 영화, 방송 분야에 관심이 있는 대학생들로 구성되었던 그곳의 많은 동기들은 인턴 PD 활동을 발판으로 자신의 꿈을 향해 착실히 발걸음을 내딛고 있었다. 거기서 자신의 끼와 재능을 다듬고 발전시킨 이들은 연기자, PD, 영화감독, 언론사 기자 등의 목표를 정하고 힘차게 나아갔다. 나 혼자만 낙오자가 된 기분이었다.

몇 번의 쓰디쓴 실패 이후에도 나는 목표를 찾아 헤매는 도전을 멈추지 않았다. 일본어, 중국어도 배워보고, 컴퓨터 학원도 다녀보고, 이런저런 각종 동호회에도 얼굴을 내밀어 보며 그렇게 끊임없이 내달렸다. 하지만 늘 결과는 비슷했다. 여기저기 둘러보고는 결국 조용히 물러나는 과정의 반복이었던 것이다. 그러면서도 여전히 '인생의 꿈'이란 걸 찾기 위해 계속해서 발버둥 쳤다. 대학 2, 3학년 시절에는 배낭여행과 교환학생이라는 나름대로의 단기 목표를 향해 나를 내던졌다. '세상을 보고 싶다'라는 막연한 생각이 들기 시작하면서부터였다. 닥치는 대로 과외 아르바이트를 해 돈을 모았고, 그 돈으로 시간이 날 때마다 배낭여행과 어학연수에 도전했다. 교환학생으로 선발되기 위해서는 영어 실력을 키워야 했기에 토플 시험을 목표로 한 새벽반, 영어 회화를 위한 저녁반을 기본으로 대학 생활이 주는 자유의 시간들을 포기한 채 노력하고 또 노력했다. 더 넓은 세계의 땅을 밟으면 내 꿈을 찾을 수 있을지도 모른다는 막연한 희망 때문이었다. 그 어떤 낮은 가능성도 놓치고 싶지 않아 열심히 영어 공부에 매달렸고, 그런 노력 끝에 미국 교환학생 자격을 얻게 되었다. 하지만 나는 그곳에서도 가슴을 후려치는 인생의 목표를 끝끝내 찾지 못했다.

물론 교환학생 경험은 내게 많은 교훈들을 남겼다. 나름대로 평균 이상은 된다고 믿었던 내 영어 실력이 현지에선 턱없는 실력이란 처절한 깨달음도 얻었고, 혼자 외지에서 공부하고 생활하는 일이 절대로 만만한 일이 아니란 것도 조금이나마 알게 되었으며, 내가 '우물 안 개구리'였다는 사실도 깨닫게 됐다. 무엇보다 '세상은 넓고 할 일은 많다'는 변치 않는 진리를 몸소 체험할 수 있었던 소중한 기회였다. 하지만 '꿈을 찾기 위해 떠난 여정'이라는 목적만 놓고 보자면, 엄밀히 말해 실패한 도전이었다. "졸업 후 유학을 가고 싶은가"라는 질문에 "아마도"라고 애매모호하게 대답하고, "그렇다면 무얼 공부하기 원하는가"라는 질문에는 우물거리는 내 모습에 한숨이 나왔다. 나를 뜨겁게 할 그 무언가를 찾지 못한 채 한국으로 돌아오자 어느덧 졸업반이 되어 있었다.

가슴이 답답했다. 나는 정말로 인생을 열심히 살 준비가 되어 있는 사람인데, 그 열정을 쏟아낼 곳을 찾지 못하고 있었다. 내가 무엇을 잘하고 또 무엇을 하고 싶은지 대학 4년 내내 그렇게나 고민하고 열심히 뛰어다녔건만 여전히 제자리였다. 때때로 아등바등 사는 내 자신이 안쓰럽기까지 했다. 하지만 언제나 결론은 똑같았다. 세상 어디에도 내 고민에 대한 대답을 대신 줄 수 있는 사람은 없으며, 나 스스로 해답을 찾아 나가야 한다는 사실이었다. 공부를 더 해보는 게 어떻겠냐는 교수님과 부모님의 권유도 있었지만, 나는 취업 시장으로 뛰어들기로 결심했다. 비록 아직 뚜렷한 목표는 찾지 못했지만 적어도 지금의 전공이 내가 찾는 인생의 꿈은 아니라는 생각만큼은 분명했기 때문이었다. 그리고 내 인생을 걸 만한 무엇인가가 반드시 존재할 것이며, 그것을 찾는 일을 포기하고 싶지 않다는 생각이 컸다. 나를 들끓게 할 꿈을 꼭 찾고야 말겠다는 오기가 발동했고, 이것은 나를 잡 전쟁으로 이끌었다.

첫째, 세상을 보고 싶다. 둘째, 나의 전공이 내 인생의 꿈은 아니다. 대학을 졸업하면서 내가 얻은 결론은 이 두 가지뿐이었다. 허무함을 가득 안고 비로소 취업 활동에 뛰어들었다. 그리고 이전과는 비교도 할 수 없을 만큼의 패배감을 본격적으로 맛보기 시작했다. 사회는 분명 대학과는 차원이 다른 세계였다.

국내 대기업에 입사 지원서를 내고 1차 합격자 명단에 있는 내 이름을 확인했을 때, 앞서 김삼순 양을 사로잡았던 그 운명의 느낌이 나를 휩쓸었다. 필기시험을 보러 가던 그날 아침을 지금도 생생히 기억한다. 한국의 잘 나가는 대기업 중 하나인 회사의 필기 시험장이 내가 태어나 다섯 살까지 살던 동네란 이유로, 정해진 운명의 끈을 느꼈지만, 결과는 낙방이었다. '떨어진다'는 것의 고통은 태풍처럼 나를 휘몰아 내쳤다. IMF 바람이 슬슬 다가오던 때라 취업 시장 분위기가 살벌해지고 있음을 알 수 있었지만, 오만하게도 그렇게까지 패배하리라고는 예상치 못했다. 정말 수없이 떨어졌다. 몇 군데의 회사에 이력서를 내고 몇 군데의 회사에 면접을 봤는지, 세다가 포기했을 정도였다.

조용한 대낮, 떨리는 손가락으로 집 전화기에 응시번호를 누른 후 결과를 기다리는 3초의 떨림…. 3초가 세 시간처럼 느껴지는 그 순간은 다시는 경험하고 싶지 않은 악몽 같은 시간이었다. "응시해 주셔서 감사합니다"로 시작해 하나같이 결국은 "너 땡이야"의 메시지로 귀결되곤 하던 기계음을 들으며 수화기를 던져버리고 싶었던 순간도 한두 번이 아니었다. 그렇게 수십 차례 탈락을 경험하고 나자 '인생의 꿈과 목표'라는 표현이 너무나 사치스럽게 느껴졌다. '꿈이고 뭐고 일단 어느 곳이든 들어가고 보자'라는 익숙하고도 현실적인 외침이 내 머릿속을 채우기 시작했고, 시간이 흐를수록 '이러다 평생 취업을 못하는 건 아닐까' 하는 무시무시한 망상에 시달렸다. 불안한 미래에서 오는 두려움, 나 홀로 뒤쳐진다는 자괴감, 주변의 누구도 실질적으로 도움을 줄 수 없는 상황에서 오는 외로움까지, 여러 감정들이 복잡하게 뒤섞여 나를 힘들게 했다. 그런데 그때 마침 내 눈에 들어온 신문 기사가 하나 있었다.

"한국 최초 국제대학원, 정부 지원 아래 설립 예정"

한국에 부족한 국제통상가, 지역전문가 등의 국제전문가를 대대적으로 양성하겠다는 목표 아래 정부의 과감한 지원으로 서울의 소수 대학원에 국제대학원이 만들어진다는 소식이었다. 넓은 세상을 동경하고 있던 내 안의 피가 본격적으로 들끓기 시작했다.

"그래, 세계를 누비는 국제통상 전문가가 되겠어. 이왕이면 한국 최고의 대학원을 목표로 삼아야지."

호기롭게 모 대학원에 지원서를 냈지만 또 한 번의 고배를 마셔야 했다. '인생의 낙방자'라는 느낌을 지울 수가 없었다.

그렇게 취업과 대학원이란 두 가지 패를 손에 쥐고 이곳저곳을 두드리던 중 굴지의 기업 계열사인 한 특급 호텔의 직원 모집 공고를 보게 되었다. 나의 오랜 꿈이나 목표는 아니었지만 넓은 세상을 접할 수 있다는 가능성에 다시금 마음이 설렜다. 당시 떠오르는 직업군으로 각광받던 호텔 업종은 특히 여대생들에게 인기 직업 1순위로 꼽힐 만큼 선망의 대상이었다. 그것 역시 막연하게나

마 지원 동기 중 하나였을 것이다. 그렇게 서류 전형에 합격한 후 그룹 면접을 거쳐 마지막 개별 면접 단계까지 다다랐다.

개별 면접 당일, 가슴 터질 것 같은 긴장감을 억눌러가며 순서를 기다렸다. 마침내 내 이름과 응시번호가 호명되었고, 면접장 안으로 들어섰다. 여러 질문과 대답들이 오고 갔고, 면접이 끝나갈 무렵 면접관이 내게 질문했다.

"앞으로 하게 될 일은 박혜아 씨가 기대한 것과는 매우 다른 일일 것입니다. 호텔 일은 겉으로 볼 땐 화려해 보이나 현실은 그렇지 않습니다. 환상만으론 버티기 힘들뿐더러, 4년제 대학을 좋은 성적으로 졸업한 사람들에게는 어찌 보면 하찮게 느껴지는 일일 수도 있을 텐데, 그래도 이 일을 원합니까?"

떨리는 마음을 진정시켜가며 나는 차분히 대답했다.

"이곳에서 맡게 될 일이 어떤 일이든, 제 가능성과 능력을 펼쳐 보일 수 있는 시발점이 된다면 지금 이 순간의 하찮음은 큰 문제가 되지 않는다고 생각합니다. 그리고 그런 경험이 모두 제 미래의 바탕이 될 영양분이라 생각합니다."

단순히 합격하기 위한 사탕발림식의 대답이 아니었다. 오랜 시간 동안 꿈을 찾기 위하여 기웃거리고 방황하며 깨달은 솔직한 답변이었다. 그리고 마침내 나는 그토록 기다려왔던 '합격' 소식을 들을 수 있었다. 이 회사 저 회사 문을 향해 헛발질해댔던 지난 시간들이 파노라마처럼 스쳐갔다. 그간의 고생을 모두 보상받는 것 같아 정말로 기뻤다. 이때까지의 실패는 지금 이 길을 위한 발판이었다는 생각이 들기도 했다.

그런데 출근 이틀째 되던 날, 한 통의 전화가 걸려왔다. 한 국제대학원으로부터 날아든 합격 소식이었다. 또다시 갈등이 시작됐다. 호텔과 국제대학원, 둘 중 어느 쪽을 선택할지 며칠을 고민했다. 여전히 명확한 인생 목표가 없었기에 쉽게 결론을 낼 수가 없었다. 나는 처음으로 다른 각도로 생각을 틀어보기 시작했다.

'길이 꼭 하나여야 한다는 법은 없지 않을까? 혹시 두 곳 모두가 내게 가능성을 줄 수도 있지 않을까? 어차피 아직도 못 찾은 내 꿈, 그러니 조금의 가능성도 버리지 말자!'

어떤 희망도 버리고 싶지 않던 나는 고민 끝에 호텔 일과 국제대학원 공부, 두 가지를 병행하겠다는 야심찬 결정을 내렸다.

호텔에서 내가 담당한 일은 호텔 내부에서 벌어지는 모든 일을 체크하는 상황실과 외국인 전담 고객 상담실, 콜센터 등을 합쳐 놓은 업무를 수행하는 CRO(Customer Relations Officer) 업무였다. 특히 VIP 고객을 위해 간단한 비즈니스 통역부터 관광 안내, 체크아웃까지 다양한 일을 해결해주는 일이었다.

　　CRO는 아침조와 오후조로 나뉘었는데, 아침조일 때는 새벽 5시 30분에 집에서 나가 오후 3시에 일을 마쳤고, 오후조일 때는 오후 2시에 시작해 밤 10시에 일을 마쳤다. 덕분에 힘들어도 시간 관리만 잘하면 일과 공부의 병행이 가능했다. 오전 수업이 있는 날은 호텔에서 오후조로 일을 하고, 오후 수업이 있는 날은 아침조로 일을 했다. 사정이 이렇다 보니 일주일에 단 하루도 쉴 수가 없었다. 오전, 오후 모두 수업이 있는 날에 휴가를 쓸 수밖에 없었기 때문이었다. 회사 동료들과 교수님의 눈치를 보아가며 그렇게 틈나는 대로 공부했다. 퇴근길에 버스에서 졸다 종점까지 가거나 출근길 흔들리는 버스에서 전공 서적을 읽다 내릴 정거장을 놓치고 회사까지 뛰는 일이 다반사일 정도로 몸은 늘 천근만근이었다. 지인들과의 만남도 거의 갖지 못할 지경에 이르자 친한 친구들마저 고개를 설레설레 흔들었다. 대학 때는 아르바이트로, 방학 때는 계절학기 수업으로, 졸업 후에는 UN 인턴 준비에 취업 준비, 대학원 입학까지, 한시도 여유를 갖지 못하는 나를 친구들은 이해하지 못했다.

　　문제는 나 역시도 여전히 뚜렷한 인생의 꿈이나 목표를 찾지 못하고 있다는 것이었다. 게다가 나의 바람과 달리, 피땀 흘려 딴 국제대학원 석사 타이틀이 내 꿈을 찾아 주지는 못했다. 졸업과 함께 펼쳐질 것만 같던 별세계도, 당장 눈앞에 보이는 열매도 없었다. 하지만 대학원 졸업이 내게 가져다 준 한 가지 성과는 있었다. 신기하게도 내 온몸이 다시 변화에 대한 갈증을 절실히 호소하기 시작한 것이다. 나의 이성이 '지금이 앞으로 나가야 할 때'라고 스스로 자극하기 시작했다. 지난 2년 동안 열심히 살았고 인생에서 중요한 한 장을 경험했으니 이제 다음 막을 열어야 할 때가 왔다고, 앞으로 또 한 걸음 나가야 할 때가 왔다고 끊임없이 속삭였다. 이러한 자극은 호텔에서의 내 상황을 조금 더 냉정하게 바라보는 계기가 되었다. 나는 당시의 업무 위치에서 10년 후의 모습을 상상해 보고, 그 자리에서의 10년 후가 내가 꿈꾸는 인생은 아니라고 결론을 내렸다. 그리고 결심을 굳혔다. 밖에서가 아니면 현재의 직장 안에서라도 또 다른 나의 꿈을 찾아보자.

마침 부서 이동 시기였던 터라 홍보부에 지원했다. 홍보에 대한 어떤 지식도 없었던 만큼 무모한 도전이었다. 회사 입장에서도 마찬가지였다. 하지만 그간 나를 지켜보며 무엇보다 '열심히 일하는 직원'이라고 인정해 준 회사는 감사하게도 내게 기회를 주었다. 그렇게 나는 또다시 그 '가능성' 하나에 나를 걸어보기로 했다. 정말로 미친 듯이 일했다. 며칠씩 호텔에서 잠을 해결하면서 일에 매달렸다. 술을 거의 입에 대지 않는 내가 기자들과의 폭탄주도 가리지 않았다. 그런 노력 끝에 1년 만에 호텔 홍보 전체를 맡게 되었다. 홍보 책임자가 된 후 내가 가장 심혈을 기울인 일은 방송 특집 프로그램 매체 노출과 호텔 홈페이지 신설이었다. 그때까지만 해도 예약 기능을 가진 홈페이지를 가진 일급 호텔은 우리나라에 단 한 군데도 없었다. 아니, 전 세계적으로도 드물었다. 럭셔리 이미지를 생명처럼 여기는 호텔 브랜드를 온라인에 올린다는 것만으로도 이미지에 큰 타격을 입는다고 여길 만큼 업계의 분위기가 보수적이었기 때문이다. 하지만 시대의 흐름을 알고 앞서 나가며 급격하게 바뀌어가는 인터넷 환경에 발맞추기 위해서, 그리고 무엇보다 호텔의 세계화를 위해 호텔의 홈페이지 개설은 필수라고 생각했다. 팔을 걷어붙이고 그 일에 매달렸다. 회사 내부 사람들을 설득하는 것부터가 문제였다. 많은 난관이 있었지만 끝까지 포기하지 않았다. 그런 노력과 다양한 시도 끝에 드디어 한국 최초로 인터넷 예약이 가능한 호텔 홈페이지가 만들어졌다. 이후 나는 다섯 명의 부하 직원을 두게 되었고, 호텔 내에서 최초로 여자 대리 직함도 달게 되었다. 당시 보수적이기로 유명한 호텔의 특성상 본사의 특별 동의까지 받아 이루어진 파격적인 승진이었다.

　하지만 호텔 홍보가 내가 평생을 바쳐 진정으로 하고 싶은 일인지, 여전히 확신이 서질 않았다. 회사를 다니면서도 가슴 한편에 늘 묵직한 돌덩이를 안고 있는 것처럼 마음이 답답했다. 홍보 책임자로서 좋은 성과를 낸 덕에 주변 여러 회사들로부터 스카우트 제의도 들어왔지만, 내 마음을 뒤흔들 만큼 매력적인 제안은 없었다. 그렇게 호텔 홍보 일을 하며 여전히 인생 목표에 대한 갈증을 느끼고 있던 어느 날, 한 지인이 온라인 쇼핑몰 사업을 한 번 해보자고 속삭였다. 오만 가지 상상이 머리를 떠다녔다. 마치 빌 게이츠가 삼촌처럼 느껴지기까지 했다. 코스닥 상장에 관련된 기사들을 꼼꼼히 읽어가며 사업에 대한 꿈을 키웠다. 퇴근 후 시간과 주말을 쏟아 부었다. 하지만 점점 정신이 산만해지며 회사에 도리가 아니라는 느낌을 지울 수가 없었다. 결국 회사와 사업 중 반드시 하나를 선택해야만 하는 순간이 왔다. 사업에 목을 매고 달려들어야 할 시점에서 며칠 골머리를 앓다 결국 사업에서 손을 떼기로 결정했다. 그 사업이 내 눈을 핑크빛으로 물들일 만큼 낭만적이지 않다는 것을 핑계로 댔지만, 안정된 현실을 버릴 만한 용기와 배포가 없었다는 게 더 솔직한 이유일 것이다. 결국 빌 게이츠는 태평양 건너 저편의 존경하는 아저씨로만 남게 됐다.

하지만 온라인 쇼핑몰 사업이라는 새로운 세상을 경험하고 나자, 내 마음 속 외침이 점점 더 커지기 시작했다. 과연 지금의 위치가 내 능력이 가장 잘 발현되는 곳인지, 무엇보다 지금 하고 있는 일이 내가 진정으로 원하는 일인지, 혹 지금의 '호텔 홍보'라는 직업이 안겨 주는 화려함 혹은 안정과 익숙함에 나태해져 있는 것은 아닌지…. 마음 속 깊은 곳에서 우러나온 솔직한 질문들이 스스로를 꾸짖기 시작하며, 동시에 다시 한 번 나의 미래를 냉정하게 떠올려 보게 됐다. 10년 후 호텔 홍보 책임자로서 내 모습을 아무리 상상해 보아도 찐한 '가슴 떨림'을 느낄 수가 없었다. 바로 그 순간 깨달았다. 나를 가로막고 있는 일상의 껍질을 깨야 할 시기가 왔음을, 그 껍질을 깨고 저 멀리 있을 미지의 세계로 또다시 도전장을 내밀 때가 되었음을 말이다. 그리고 결심했다. '의사가 되겠다, 변호사가 되겠다' 같은 명확한 목표는 여전히 없지만, 나를 키울 수 있는 가능성을 위해 나 자신에게 투자하겠다. 다시 한 번 기웃거림의 막을 열겠다. 그리고 그 선택이 MBA 유학이었다.

나는 왜 늦깎이
유학을 선택했는가

"왜 MBA인가?"

"왜 의과대학인가?"

"왜 법과대학인가?"

이것은 유학을 위해 작성해야 하는 대부분의 입학 지원서에 빠지지 않고 등장하는 질문들이다. 이 질문들과 관련해서 대학원 사정관들, 선배들, 관련 서적까지 모두 목이 터져라 하는 당부가 있다. 바로 '미래의 커리어 목표를 명확히 세우고 그 목표를 위해 유학이 왜 필요한지 정확하게 명시하라'는 것이다.

유학 가이드들은 비현실적인 커리어 목표와 불명확한 지원 동기는 불합격으로 가는 지름길이라고 충고한다. 더불어 자신이 어떤 목표를 이루기 위해 유학을 가는지 알지 못한 채 막연히 유학을 준비하는 한국 지원자들의 현실이 코미디 같다고도 말한다. 정확한 사실이다. MBA를 준비하면서 나 또한 이 문제에서 자유로울 수 없었다. 뚜렷한 목표 없이 한평생 살아온 내가 MBA에 관심이 생겼다고 해서 갑자기 확고한 인생 목표가 생길 리 만무하지 않은가.

지원서를 쓰면서도 계속해서 고민에 시달렸다. 그리고 고심 끝에 '굴뚝산업과 IT를 결합할 수 있는 필요 양분을 배우기 위해 MBA가 필요하다'라는 그럴싸한 동기를 담은 지원서가 작성되었다. 그 주제는 내가 그동안 꾸준히 관심을 가져왔던 분야였으며, 지원서를 쓰던 순간만큼은 그 목표를 진심으로 바라고 있었다. 하지만 그것이 MBA를 지원한 100퍼센트의 이유였냐고, MBA에 도전하게 만든 가장 큰 원인이었냐고 묻는다면, 대답은 'No'이다.

나는 '보다 폭넓은 가능성을 열기 위한 투자, 현실에서 한 걸음 더 나아가고픈 욕망'이라는 참으로 추상적이고도 불명확한 목표를 이유로 MBA를 선택했다. 만약 에세이에 그대로 적었다면 불합격 통보를 받았을 게 분명하다. 하지만 에세이만을 위한 질문이라고 선을 긋고 그 문제를 제쳐둘 수는 없었다. MBA를 선택하기 전, 스스로 반드시 생각해 보아야 할 중요한 문제였다. 가슴에 손을 얹고 진지하게 고민해 보기 시작했다.

"현실에서 한 걸음 더 나아간다는 것은 과연 무엇을 뜻하는가?"

대기업들이 줄지어 상담을 의뢰하는 컨설턴트 혹은 세계 경제를 움직이는 최고의 금융전문가 같은 뚜렷한 목표는 아닐지언정 '현실에서 한 걸음 더 나아간다'는 목표의 뜻을 조금이라도 명확히 설명할 길이 무엇인지 고민해 보아야 한다는 생각이 들었다. 혹 현실 도피는 아닌가 하는 질문 역시 피할 수 없는 문제였다.

"더 많은 연봉을 바라는 것인가, 아니면 궁극적으로 회사라는 조직에서 탈피해 사업을 꿈꾸는 것인가?"

물론 이전보다 높은 연봉을 바라지만 그것이 주목적이 될 순 없었다. 그리고 사업을 하기보다는 탄탄한 조직에서 더 많은 것을 배우고 싶었다.

"그렇다면 과연 어떤 분야나 조직을 원하고 있는가?"

마케팅에 가장 관심이 많았고 그 분야에 높은 점수를 주고 있었지만, 내가 겪어보지 않은 조직을 경험하고 해보지 않은 일을 하는 나 자신을 상상해 보았을 때 짜릿해지는 것도 사실이었다.

여기까지 생각이 도달하자 내 나름의 결론이 정립되었다.

"MBA에서 배운 학식과 경험을 무기로, 졸업과 동시에 보다 더 많은 회사로부터 프러포즈를 받아 나의 선택폭을 넓히겠다!"

다시 말하면, '적어도 내가 원하는 회사를 자유롭게 선택할 수 있는 위치까지 올라서는 것을 목표로 하고, 그곳까지 올라가기 위해 MBA에서 배우는 학식과 경험을 최대한 활용하겠다'라는 것이다.

내 활동 반경이 1미터라면 내가 바라볼 수 있는 세상 역시 1미터 반경 내에 있다. 하지만 내 활동 반경이 100미터일 때는 내가 바라볼 수 있는 세상은 1미터의 100배가 된다. 동시에 내가 꿀 수 있는 꿈도 그만큼 더 커진다. 내 인생의 반경이 한국이라는 한 나라에, 그리고 호텔 홍보라는 하나의 직업군에 머물러 있을 때 내 눈에 비친 세상은 그 반경 내의 세상일 수밖에 없다. 하지만 전 세계에서 모인 학생들과 훌륭한 교수진, 그리고 보다 폭넓은 학문에 둘러싸여 있을 때 내 인생 반경은 그만큼 커지고 동시에 선택할 수 있는 조직의 폭도 넓어질 것이다. 그리하여 내리게 된 결론은 '보다 넓은 세상에서 내가 정말 열정을 다해 행복하게 일할 수 있는 조직을 찾겠다'라는 것이었다. 그것을 이룰 수 있는 가장 쉽고 정확한 방법은 '다양한 회사들이 나를 데려가게 만드는 상황을 만드는 것'이었다.

이 결론을 두고 곰곰이 생각해 보았다. MBA 졸업 후 다양한 회사의 프러포즈를 받는 상황을 만들기 위해 할 수 있는 일이 뭐가 있을까? 냉정한 분석이 또다시 시작됐다. 그리고 '교육공학이란 전공과 한국 호텔이란 경력은 다소 약한 조건이다'라는 결론에 이르렀다. 즉, 많은 회사들로부터 선택권을 받을 확률이 낮다는 것이다. 객관적으로 상황을 인정한 후 나름대로 시장 조사를 시작했고, 그 자료들을 토대로 이런 저런 확률 계산을 해나갔다. 그리고 'TOP 10에 드는 MBA 입학'이라는 최종 목적지가 내 앞에 세워졌다.

결심이 서자마자 나는 MBA 유학 준비의 첫걸음이라 할 수 있는 GMAT 시험 준비를 시작했다. 하지만 무엇보다 영어가 문제였다. 당시 내 점수는 합격점에 한참 못 미치는 상태였다. 결국 고민 끝에 휴직을 결정했다. 모든 쾌락을 제물로 바칠 각오를 한 후 엄청난 시간과 에너지를 쏟아 붓는 공부가 시작되었다.

혹시 룰렛 게임을 알고 있는가? 룰렛의 대표적인 방법에는 두 가지가 있다. 첫째, 0~36까지의 숫자판 중 하나의 숫자에 돈을 거는 방법으로 돈을 딸 확률이 1/37밖에 안 되지만 대신 돈을 딸 경우 받게 되는 배당금이 엄청나다. 손에 쥐는 액수가 많아지는 만큼 돈을 잃을 위험도 높아진다는 뜻이다. 둘째, 숫자가 적힌 판의 색깔인 빨강과 검정 중 하나의 색을 택하는 것으로, 돈을 딸 확률이 1/2로 높지만 따게 되는 배당금의 액수는 상대적으로 적다. 안전한 대신 손에 쥐는 액수도 적은 것이다. 이처럼 안전성의 확률과 배당금의 액수가 반비례하는 것이 룰렛 게임의 묘미이자 이 게임을 위험한 게임이라 부르는 이유이기도 하다. MBA를 향한 나의 기웃거림은 룰렛 게임에 임하는 사람들의 심정과도 같은 것이었다. 손에 쥐게 될 황금의 양이 많을수록 위험 확률은 높아진다. 그 위험을 알고도 짜릿한 미래를 떠올리며 돌아가는 룰렛판을 향해 주사위를 던지는 것처럼 나의 MBA 도전은 무모하고 위험했다.

'Top 10 MBA'라는 단기 목표가 정해졌을 때 나의 룰렛판은 본격적으로 돌아가기 시작했고, 회사에 휴직서를 던지는 순간 나의 주사위가 룰렛판 위로 던져졌다. 저확률 고배당의 위험천만한 게임이 시작된 것이다. MBA에 실패해도 아무런 차질 없이 돌아가서 일할 수 있는 직장이 있는 것과 없는 것은 엄청난 차이였다. MBA 도전은 그 최소한의 배수진조차 스스로 포기하고 달려든 룰렛이었다. 무엇보다 MBA 졸업장 자체가 아무 것도 보장해 줄 수 없다는 걸 알면서도 뛰어든 게임이었다. 그것은 후줄근한 면바지 속에 피곤한 몸 덩어리를 꾸겨 넣은 채 밤이고 주말이고 일상처럼 이어지는 도서관 생활과 스터디 모임을 견뎌야만 하는 탄식의 도박이었다. 한국 여자라면 겪게 될 '나이'에 대한 압박 아래 내던진 룰렛이었다. 제대로 된 뚜렷한 목표도 없으면서 그놈의 '가능성' 하나에 내 모든 것을 걸고 달려든 위험천만한 배팅이었다.

더군다나 호텔 홍보책임자라는 멀쩡한 직업으로 안정적인 궤도에 올라 있는 상황에서 강행하는 모험이니, 주변에서 우려와 만류가 쏟아졌다. 특히 부모님은 그 자리에 오르기까지 내가 어떤 시간을 보냈는지 모두 지켜보셨기에 더욱 가슴이 미어지셨을 것이다. 하지만 나는 포기할 수 없었다. 여전히 찾고 있는 나의 '꿈'이 어딘가 반드시 있다고 믿었다. 이 기회를 놓치면 이후 가능성을 위한 도전 자체가 쉽게 오지 않을 거라는 사실을 알고 있었다. 더 이상 물러설 곳이 없다는 생각이 내 머리를 쳤다. 나의 결심을 확인한 뒤로 나는 뒤돌아보지 않고 인생의 다음 장을 향해 걷기 시작했다.

더 이상 내 뒤를 받쳐줄 안전판이나 길은 없다는 각오 아래 정말로 열심히 했다. GMAT 준비, 추천서 준비, 지원서 준비 등 눈 코 뜰 새 없이 바쁜 시간이 훌쩍 지나갔다. 직장 생활을 병행하면서 3개월 만에 안정권의 GMAT 점수를 받았다는 후기들을 읽을 때, 처음 본 GMAT에서 780점을 받았다는 이야기를 들었을 때, 어느 회사라도 탐낼 만한 휘황찬란한 경력을 가진 지원자를 볼 때, MBA 졸업 후 반갑게 맞아줄 부모님 회사가 있어 '이 학교 아니면 죽어도 안 된다'라는 절박감이 없는 지원자의 이야기를 들을 때마다 과연 내 선택이 옳은 걸까 싶은 의혹이 반복됐다. 하지만 그러한 자괴감에 무릎을 꿇기에는 꿈에 대한 갈망이 너무도 강했다. 그것은 참으로 추상적이고 막연한 것이었지만, 그만큼 원대하고 강력했다.

결국 10개월의 준비 끝에 Duke MBA로부터 합격 통보를 받았다. 그러나 기쁨의 시간도 잠시, 1차 목표였던 MBA 합격에 도달하고 나니 앞서 말한 추상적이기만 한 목표가 더 큰 스트레스로 다가오기 시작했다. MBA를 통해 결국 도달하고자 하는, 보다 구체적인 최종 목적지를 찾아야 한다는 강박감이 나를 사로잡기 시작한 것이다. 주변 사람들의 만류에도 결정한 MBA가 아니던가? 엄청난 돈을 들여가며 내가 그동안 이룬 모든 것을 뒤로 한 채 떠나는 유학이 아니던가? 회사에 휴직서까지 던지는 위험을 감수하며 매달린 MBA가 아니던가? 아무 생각이나 계획 없이 MBA 2년을 보낼 수는 없었다. '나를 받쳐주고 키워줄 큰 그릇을 어떻게 찾을 것인가'라는 커다란 숙제를 2년 동안 풀어내야 했다. 하지만 내 꿈이 하루아침에 찾아오지 않을 것을 잘 알기에 우선 순간순간 노 한 폭 젓는 것을 최우선으로 하기로 마음먹었다. 일단은 앞만 보고 열심히 달려 강을 건너기로 한 것이다. 강 건너편에서 기다리고 있는 여러 가지 길들이 내 눈에 보일 때까지 최선을 다해 달리기로 했다. 그때가 되면 그것들 중 어느 길이 내가 가장 원하는 종착지로 향할지 판단할 수 있을 것이라고 생각했다.

다음은 내가 MBA 졸업을 코앞에 둔 시점에 쓴 일기이다.

정말 2년이 이렇게 빨리 흐를 줄 몰랐다. '나이가 드는 것과 시간의 흐름을 느끼는 것이 비례한다'는 말의 뜻을 이제 알겠다.

2년 전 서울을 떠날 때는 2년 후면 내가 훌륭하고 멋진 사람이 되어 있을 줄 알았다. 마치 중학교 때 대학만 졸업하면 이 세상을 움직이는 100인에 들 것 같았던 그 호기롭던 꿈처럼.

아직도 못 깨고 있는 망상. 살아가는 것은 그냥 이런 것이었는데, 그것을 인정하지 못하는 그 망상. 뭔가 아주 대단하고 휘황찬란한 것이 나를 기다릴 것만 같은 그 망상…. 나폴레옹도 이렇게 살다 죽었고, 모차르트도 이렇게 살다 죽었을 것이며, 한국 산골의 무명 아저씨도 이렇게 살다 죽었을 텐데….

살아 움직이는 것이 눈의 깜빡임보다도 더 빨리 흘러가버린다.

이 모든 것들을 느끼는 게 바로 내가 늙어가는 증거인가 싶다.

이 일기에서 보다시피 나는 100퍼센트 만족 같은 건 하지 못한 채 MBA를 지나왔다. 2년은 생각보다 짧았고, 예상보다 훨씬 힘들었다. 세계 각국에서 온 수재들과 경쟁하는 스트레스도 만만치 않았다. 무엇보다 삶의 방향을 결정하는 뚜렷한 목표가 여전히 보이지 않는다는 사실이 가장 힘들었다. 인생의 목표점이 하루아침에 안개 걷히듯 보이지 않는다는 사실을 다시 한 번 통감한 것이다. 하지만 나는 좌절하지 않았다. 대신 '왜 MBA인가'라는 질문에 대해 내가 정한 나만의 대답을 끊임없이 스스로에게 상기시키는 방법을 택했다. '지금보다 한 걸음 더 나아가 더 넓은 세계로 나를 이끌자. 끊임없이 배우고 자극 받으며 앞으로 향할 수 있는 목표를 찾자!' 나는 2년 내내 이 말을 머릿속에서 한시도 지우지 않았다.

그 후 나는 삶의 반경을 넓히기 위해 미국 은행에 입사했다. 보다 다양한 미래를 열어 줄 가능성과 해 보지 않은 일이 주는 자극에 매료돼 지금의 회사를 택했다. 입사 후 필라델피아 국제부 본사에서 일을 시작했고, 지금은 아시아 본사인 홍콩으로 옮겨와 일을 하고 있다. 한국과는 전혀 다른 환경에서 세계 각국에서 모인 직장 동료들에게 둘러싸인 채 아프리카, 중동, 남아시아 등 생소한 국가들의 무역 금융 세일즈를 담당하고 있다. 혹시 금융 회사가 MBA를 통해 궁극적으로 가고자 한 곳이냐고 묻는다면, 나의 대답은 '글쎄?'이다. 미국 은행이라는 조직이 내가 원하던 완벽한 조직이냐고 묻더라도 대답은 부정적이다. 현재의 월급에 만족하고 그것이 '왜 MBA인가?'에 대한 해답이 되느냐고 물어도 대답은 'No'이다. 하지만, 'MBA를 통하여 이전보다 좀 더 넓고 큰 터전을 찾고 싶다'라는 기본 목표를 달성했냐고 묻는다면 그것은 'Yes'이다.

그렇다. 나는 참으로 희뿌연 목표를 향해 MBA 2년을 달렸고, 보다 명확한 꿈과 내게 맞는 종착지를 찾기 위해 최대한 많은 가능

미래에대한 꿈을 꾸는 순간이 바로 우리를
앞으로 나아가게 하는 원동력이 아닐까?

2009년 여름, 모로코 카사블랑카 Quartier Habous

일단 결심하고 나면 주저하지도 부끄러워하지도
말고 무조건 달려가는 거다, 후회 없이!

미국 South Philadelphia Mosaic Garden

성을 열어 두었고, 그 많은 길만큼 남들보다 몇 배로 부지런히 노력해야 했다. 그리고 나의 전략은 결과적으로 성공이었다. 물론 확실한 목표가 없는 사람들은 명확한 목표를 가진 사람들에 비해 원하는 학교에서 합격 통보를 받을 확률도, 유학 과정을 순탄하게 지나 최종 목적지에 도달할 확률도 상대적으로 낮다. 하지만 그렇다고 목표가 없는 사람들의 인생이 목표가 뚜렷한 사람들보다 항상 어둡고 탁한 것만은 결코 아니다. 유학 가이드북에서 그렇게 금지하는 추상적인 목표를 가지고 유학에 도전한, 그리고 여전히 목표 없는 부류의 대표주자인 내가 바로 그 증거가 아니겠는가!

유학을 가는 이유와 목표에 대하여 똑 부러지게 대답할 수 있고 세심한 학업 계획을 자신 있게 세운 사람들이라면 그것을 향해 길을 잃지 말고 곧장 달려가면 된다. 하지만 혹시 나와 같거나 비슷한 목표를 이유로 유학이나 MBA를 선택하고자 하는 사람들이 있다면 본인의 마음과 머릿속에 유학을 왜 하는지에 대한 자신만의 진짜 답변을 반드시 준비해야 한다. 비록 그 답변을 혼자만 이해할 수 있다 해도 괜찮다. 주저하지도, 부끄러워하지도 말고 스스로에게 들려 줄 답을 준비한 뒤 후회 없이 달려 나가는 거다.

꿈과 유학의
상관관계

많은 사람들이 유학을 꿈꾼다. 그 이유 중 하나로 '돈'을 들 수 있고, 또 그것을 이행하지 못하는 가장 큰 이유가 '돈'이 될 수도 있다.

내가 졸업한 Duke MBA를 예로 들어 보겠다. 다음은 2011년과 2012년의 주된 학비 내용이다.

학비 : $47,960(2012), $47,960(2011)

교재비 : $1,240

잡비 : $5,742(2012), $4,282(2011)

Total: $53,702(2012), $52,242(2011)

*잡비는 보험비, 학생회 활동비, 학교 시설 사용비 등을 포함한 금액이다.

공립 MBA에 비해 학비가 비싸다는 점을 고려한다 해도 상당한 금액이다. 게다가 이것은 개인 생활비를 일체 포함하지 않은 경비이다. 집세와 공과금, 식비 같은 필수적인 것과 그 외에 나가는 모든 것을 포함하면 아무리 짜게 살아도 1년 동안의 최소 비용이 1억 3천에서 5천이 훌쩍 넘는다. 여기에 딸린 식구, 즉, 부인이나 아이까지 있으면 2억까지도 넘볼 수 있다. 그야말로 집 한 채 값이라 할 만하다.

더불어 유학으로 인해 잃는 금액, 즉, 기회비용을 산출해 보자. 짧게는 2년, 길게는 3년이란 시간을 유학 준비 혹은 유학을 위해 보낸다고 가정하면, 그 시간 동안 자신이 벌 수 있는 돈이 바로 '잃어버린 기회비용'일 것이다. 가령 1년에 3천만 원을 버는 사람이 1년간 준비 끝에 2년 동안 유학을 다녀왔다면, 그 사람은 1억에 가까운 돈을 벌 수 있는 시간을 날린 셈이 된다. 여기에 덧붙여 고려해 볼 수 있는 요소들이 있다. 예를 들어 유학을 가지 않고 3년 동안 회사에서 성실히 일했다면 진급을 할 수도 있다. 이로 인한 임금 상승도 무시하지 못한다. 유학을 준비하는 동안 지출되는 학원비와 교재비도 또 다른 추가 비용이라 할 수 있다. 앞서 언급한 학비와 방금 얘기한 이 모든 비용들을 더해 볼 때, 유학을 위해 3년간 3억 이상의 돈을 쓰게 된다고 해도 무리는 아닐 것이다.

이번에는 유학이 가져다 주는 이익을 계산해 보겠다. 유학 후 취업을 한다고 가정해 보자. 대다수의 한국 기업들은 유학을 경력으로 인정해 주며, 유학 기간을 경험의 시간으로 평가해 3~4년 정도의 경력으로 인정해 주는 곳도 있다. 하지만 아무리 컨설팅 회사나 투자 은행의 평균 연봉이 상위 그룹에 속한다 해도 갓 취직한 사람이 억대의 연봉을 받기는 힘들다. 한국의 임금 구조가 연차라는 제도 아래 있어 특별한 케이스가 아니면 연차 임금 시스템이 적용되기 때문이다. 따라서 유학 후 취직한 직장인들의 연봉은 대략 4,500만에서 1억 사이라고 잡는 것이 적당할 것이다. 그럼 이제 이 수치들로 최종 수익 비율을 계산해 보자. 학비와 기회비용을 포함해 유학으로 잃게 되는 모든 비용을 평균 3억이라고 위에서 정리했다. 그리고 MBA 졸업생들의 평균 연봉은 4500만~1억 원 사이이다. 그러니 졸업 후 적게는 3년, 길게는 6년 동안 연봉을 한 푼도 쓰지 않고 모아야 유학으로 인해 '잃어버린' 돈을 찾을 수 있다는 계산이 성립된다.

이런 결과만 놓고 보자면, 수치적으로 유학은 그다지 매력적이지 않다. 그러니 유학을 가기 위해 회사를 그만두는 사람들을 기본적인 수학 공식이 딸리는 사람들이라고도 평가할 수도 있다. 하지만 이런 계산법은 지극히 표면적이다. 여기에 덧붙여 생각해야 할 것이 바로 기회의 이득이다. 우선 기본적인 월급의 경우를 예로 들어보겠다. 월급에서 가장 우위를 차지하는 투자 은행가의 경우를 생각해 보자. MBA 졸업생인 김철수가 굴지의 투자 은행에 입사해 안정적인 지위로 꾸준히 일한다고 가정하면, 그는 3~5년 사이 인센티브를 포함해 5억에서 10억 원의 연봉을 꿈꿀 수 있다. 물론 인센티브는 시장의 움직임에 따라 조금씩 변동한다. 만약 김철수가 다니던 한국 직장에서 꾸준히 일해 부장으로 승진했다면, 그는 꿈에 그리던 1억 원 대의 연봉을 받을 수도 있을 것이다. 하지만 이는 유학 후 투자 은행가가 된 김철수가 벌어들이는 연봉과는 10배 가까이 차이가 난다. 여기에 또 다른 변수로 '보이지 않는 이득'이 존재한다. 김철수의 전공이 컴퓨터 공학이었다고 가정해 보자. 그가 한국 10대 대기업으로 손꼽히는 회사에 들어갔다 해도 시간이 흘러 대기업 생활이 자신과 맞지 않거나 지금 하고 있는 일이 자신의 적성과 맞지 않다는 생각을 할 수도 있다. 혹은 금융 쪽 일을 해보고 싶다고 꿈이 바뀔 수도 있다. 하지만 대학 전공과 3년간의 커리어가 모두 컴퓨터 공학 쪽인 김철수를 반길 금융 회사는 한국에서 찾기 힘들다. 이때 김철수에게 커리어의 방향을 바꿀 수 있는 역할을 바로 '유학'이 할 수 있다. 이것이 바로 금액으로는 환산할 수 없는 기회이득이다. 유학을 하며 만나는 동기, 선후배들, 세게 유명 교수들과 쌓게 되는 인맥, 그리고 외국에서 2년간 겪는 다양한 경험들도 보이지 않는 기회이득이라 볼 수 있지만, 이것들은 포함시키지 않도록 하겠다. 물론 이것들은 김철수가 한국에서 직장 생활을 했을 경우에는 겪을 수 없는 귀한 가치의 경험이겠지만, 한국에서 일하며 쌓은 인생 경험이 유학을 통해 얻는 경험보다 가치가 떨어진다고는 누구도 말할 수 없기 때문이다. 김철수가 유학을 포기하고 계속 한국 기업에서 일을 하다 유망한 벤처 기업의 더 좋은 자리로 옮기는 기회를 잡게 되고, 그곳에서 능력을 인정받아 회사의 주요 직책을 맡게 될지도 모르는 일 아닌가? 더 나아가 그 벤처 기업이 코스닥에 상장하고 김철수가 학계로까지 발을 담그게 될 수도 있다.

그러니 여기서도 역시 문제는 '확률'이다. 유학을 하는 가장 큰 목표가 혹시 '돈'이라면 이 '확률'에 대해 더욱 더 냉철히 따져 보아야 한다. 유학 때문에 잃게 되는 돈을 졸업 후 몇 년 만에 회수할 수 있을지, 유학을 가지 않았을 경우와 비교해 얼마만큼이나 여유로운 생활을 하게 될지, 또 그러한 경제적 여유를 즐길 만한 직업을 가지게 될 확률이 얼마나 되는지…. 여기서 끝나는 게 아니다. '더 높은 연봉'이라는 목표에 있어 만족할 만한 결과를 낳을 확률을 높이려면 어떤 학교를 목표로 해야 하는지, 자신의 이력서,

GMAT 점수, 에세이로 합격할 확률이 있는 학교 순위는 어떻게 되는지 꼼꼼히 따져 보아야 할 것이다.

조금 더 세세하게 들어가 보자. 예를 들어, 대학에서 컴퓨터를 전공한 사람이 MBA 졸업 후 금융 쪽으로 갈 수 있는 확률은 얼마인가? 한국에서조차 잘 알려지지 않은 대학을 졸업한 사람이 유학 후 세계 최고의 마케팅 전문 회사에 입사할 수 있는 확률은 얼마나 되는가? 특별 인센티브까지 보장하며 해외 MBA 졸업생을 반길 한국의 금융 기관은 얼마나 되는가? 호텔 근무 경력을 가지고 있고 미국 시민권이 없는 여성이 미국 금융 회사에서 일할 수 있는 확률은 얼마인가? 각자 처한 상황과 각자의 목표에 따라 예상 가능한 시나리오들을 최대한 떠올려 보고, 그 확률들을 하나하나 따져 보아야 한다.

자, 이 끝도 없는 확률 계산이 끝났다면 결정을 내려야 한다. 예상 가능한 모든 시나리오를 검토한 결과, 1퍼센트라는 확률이 나왔다고 가정해 보자. 1퍼센트란 누구나 알다시피 매우 낮은 가능성이다. 99퍼센트는 실패할 가능성을 떠안고 있다는 뜻이기도 하다. 그래도 유학을 향한 룰렛을 계속 돌릴지 말지 결정해야 한다. 만약 1퍼센트의 확률에도 도전을 감행하기로 결정했다면 그 숫자를 조금이라도 높일 가능성은 없는지 고민해야 한다. 만약 미세하게 적은 가능성이라도 발견했다면 무조건 달려야 하고, 그 가능성조차도 확률이 전혀 없다면 빨리 포기할 것인지, 아니면 무릎 꿇고 기도하는 쪽으로 방향을 전환할 것인지 최대한 신속하게 결정을 내려야 한다.

하지만 실제로 이런 확률 계산을 정확하게 해 본 후 유학에 도전하는 사람은 의외로 드물다. 유학 성공 사례는 많이 알려져 있어 접하기 쉽지만, 유학 실패 사례는 잘 알려져 있지 않아 접하기 어렵기 때문이다. 겉으로 드러난 성공 사례들만 보았기 때문에 많은 사람들이 MBA를 비롯한 유학을 높은 연봉과 좋은 직장으로 가는 가장 쉬운 길이라고 오해하고 있다. 하지만 성공한 사람들의 사례만 떠올리며 자신도 이직에 성공해 연봉을 올릴 수 있다고 막연히 믿는 것은 어리석은 일이다. 유학을 준비한다는 것은 '확률 싸움'의 시작이다. 유학 기회분석에 관련된 모든 것은 확률의 게임이다.

돈 때문에, 혹은 보다 조건이 좋은 직장을 얻기 위한 최대 안전 수단이 유학이라고 생각해서는 안 된다. 자신이 원하는 것을 이룰 수 있는 확률이 어떻게 되는지 반드시 정확하게 계산기를 두들긴 후에 도전해야 한다. 유학 룰렛 게임의 확률에서 100퍼센트의 자신감을 가지고 있다면 그 어떤 핑계도 대지 말고 자신의 모든 것을 걸어야 한다. 만약 50퍼센트가 안 되는 확률, 즉 남들이 말하는 '무모한 게임'에 해당하는 수치가 나온 경우라면 '어떻게든 잘 되겠지' 하는 막연한 기대 따위는 일찌감치 접는 게 낫다. 대신 냉정하게 자신의 확률 게임의 장단점을 계산해 보고 판단을 내려야 한다. 확률의 수치가 낮지만, 그 어떤 결과가 나와도 받아들일 준비가 되어있다면 도전해 볼 수 있다. 그것은 어떤 결과에도 깨끗이 승복하고 과감히 자신의 노력에 박수쳐 줄 자신감을 바탕으로 한 도전이다. 그렇지 않다면 보다 안전한 확률이 보장되는 다른 길에 투자하는 편이 낫다. 그 안전한 방식이 어떤 면에서는 의외의 결과를 줄수 있기 때문이다. 세상을 느낄 수 있는 기회는 유학이 아니어도, 외국 생활이 아니어도 무궁무진하니 무모하게 인생을 걸 필요가절대 없다.

그리고 0퍼센트와 100퍼센트의 확률이 아닌 이상 언제든 '변수'가 작용할 수 있다는 사실을 기억해야 한다. 변수는 호재로도 작용할 수 있지만 악재로도 변할 수 있다. 이 변수에 어떻게 대처하는가도 정말로 중요하다. 냉철하게 준비해서 유연하게 대처할 수 있는 힘 역시 이 변수를 위한 방안이다. 모든 것은 스스로 결정하고 스스로 책임져야 하기 때문이다. 세상에는 어떠한 평계도 없다. 그저 자신의 결정과 행동과 결론만이 존재할 뿐.

꿈을 찾는 여정은 돈이 아니라
깡을 담보로 한다

"내가 가진 꿈과 재능을 무기로 넓은 세상을 느껴 보고 싶어. 유학이 아무 것도 보장해 줄 수는 없지만, 도전해 보고 싶어. 하지만 돈이 없어. 꿈마저도 돈 있는 사람들만 꿀 수 있는 거야?"

이 책을 읽는 사람들 중 많은 이들이 외칠 수 있는 질문이다. 실제로 나에게 MBA나 유학에 대한 조언을 구하는 사람들 중 몇몇은 집안 형편이 넉넉하지 못해서 유학을 꿈꿀 수 없다며 하소연을 하곤 한다. 자신이 그 누구보다 재능도 넘치며 성공할 확률도 높다고 자신하지만 본인을 둘러싼 환경은 그렇지 못하며, 결국 유학은 있는 집 자식들만 누릴 수 있는 사치라는 것이다. 결론부터 말하자면, 반은 맞고 반은 틀린 말이다.

유학을 준비하는 데 필요한 여러 요건 중에 돈은 아주 중요한 요소다. 재미있는 것은 '돈만 있어도' 유학을 갈 수 있고 '돈만 없어도' 유학을 갈 수 있다는 사실이다. 다른 것은 하나도 갖추지 못했는데 돈만 있어도 유학을 갈 수 있고, 반대로 모든 것을 다 갖추었는데 돈만 없어도 유학을 갈 수 있다는 이야기다. 돈만 있는 사람이 있다고 쳐보자. 외국의 이름 모를 시골 대학에 기숙사를 통째로 지어주고 그 학교에 들어갈 수 있다. 반대로, 다른 모든 것은 다 준비되어 있는데 돈만 없는 사람이 있다고 치자. 학업에 대한 열정과 재능을 비롯해 다른 모든 요소들이 정말로 잘 준비되어 있다면, 학교는 장학금을 보장하며 그 유망한 학생을 향해 달려들 것이다. 또한 학교나 은행이 싼 이자의 융자 프로그램을 제공하기도 한다.

물론 돈이 없다면 유학의 길이 한층 더 힘들어지는 것은 사실이다. 공부만 하기에도 바쁜 시간에 돈을 아끼고 벌기 위해 몸과 머리와 에너지를 쏟아야 한다. 공부에 시달린 머리를 식히기 위해 학교 동기들과 어울려 가끔씩 즐기는 외식 활동도 주판을 두들기며 해야 한다. 전교생이 집으로, 해외로 나가는 방학에 비행기 값을 아끼기 위해 빈 학교를 지켜야 한다. 또한 외국 유학생들이 미국 은행에서 학생 융자 대출을 받는 것은 결코 쉬운 일이 아니다.

반드시 미국 현지에서 보증인을 찾아 보증을 세워야 대출이 가능하다. 각 학교마다 장학금 형태의 특별 재정이 마련되어 있긴 해도 기본적으로 외국 유학생들에게는 장학금이 인색하다.

'돈이 꿈마저도 방해한다'는 명제로 돌아가 보자. 나 역시 돈이 좋다. 돈은 인생의 많은 부분을 편하게 해주는 것도 사실이다. 하지만 나는 돈의 부족함이 오히려 꿈을 윤택하고 아름답게 가꿔줄 수 있다고 생각한다. 있는 사람들만 꿈을 꾸는 것이 아니라, 돈이 없기 때문에 오히려 더 꿈꿀 수 있는 것이다. 풍족한 친구들은 대체로 '간절함'이 약하다. 하지만 경제적으로 넉넉하지 못한 친구들은 늘 간절하다. 부족하기 때문에 한 발자국 더 날아오르는 꿈을 꾸고, 부족하기 때문에 더 강렬히 원하는 것이다. 부족하기 때문에 마음이 설렐 수 있는 것이다. 항상 밝은 태양 아래 있는 사람이 가질 수 없는 간절함이 꿈을 키우기에 황무지에서 키워진 꿈들은 더욱 반짝반짝 빛나는 것이다.

나는 집안의 반대를 무릅쓰고 유학을 감행했다. 납득할 수 있을 만한 명확한 목표도 없이 스물아홉의 딸이 안정된 직장을 포기하고 갑자기 유학을 가겠다고 했을 때, 그 무모한 도전에 선뜻 박수쳐 줄 부모가 얼마나 되겠는가? 더군다나 한 학기에 수천만 원의 비용이 들어가는 MBA 유학이 아닌가? 결국 나는 내 고집을 밀어부치며 당당하게 경제적 독립을 외쳤다. 부모님으로부터 아무런 지원도 받지 않겠다고 선언한 뒤, 그동안 모아둔 적금과 예금 통장을 모두 헐었다. 그렇게 전 재산을 탈탈 터니 비행기 값과 약간의 생활비, 그리고 한 학기 등록금이 겨우 마련됐다. 두고 봐라, 어떻게든 해내겠다. 오기로 똘똘 뭉친 마음으로 홀로 비행기에 올랐다.

경제적 궁핍이 시작될 때의 처절함은 겪어 본 사람만이 알 수 있다. 모든 행동에 제약이 따르고 눈치를 봐야 하는 상황이 이어지면 결국 마음의 궁핍으로 이어진다. 먹는 것, 입는 것, 교통수단 등 기본적인 활동까지도 걱정거리가 되고, 그 과정에서 겪는 심적 고통은 실로 엄청나다. 학업, 영어, 기타 생활 등에서 오는 유학 생활의 고단함에 심적 고통이 더해지자 그 괴로움은 이루 말할 수 없을 정도였다. 하지만 신기하게도 생활이 힘들면 힘들수록 유학을 포기하고 싶은 마음 대신 점점 더 간절함만 커졌다. 부족함이 꿈에 대한 갈망을 키운 동시에, 내가 얼마나 절실히 MBA를 원하는지 확인하는 계기가 된 것이다. 다음 학기 등록금 해결을 위해 학교의 재정 도움 정책을 알아보는 동시에 죽어라 공부에 매달렸다. 그렇게 한 학기가 지난 후, 내가 이뤄낸 성적과 부쩍 야윈 내 모습을 보신 부모님은 아무 말 없이 다음 학기 등록금을 보내셨다. 차마 티를 낼 순 없었지만 끙끙대던 나에게 구원의 길이 열린 것이었다.

경제적 독립을 외쳐대던 알량한 자존심을 내동댕이친 채 고개를 숙이는 상황이 되었지만, 지금껏 당연시 여기던 부모님의 경제적 도움에 뼛속 깊이 감사하는 마음을 갖게 된 순간이기도 했다. 물론 부모님께 받은 도움은 졸업 후 몇 년에 걸쳐 모두 갚았다.

이쯤에서 미국 학생들의 예를 들어 보겠다. 외국 유학생과 현지 학생의 입장을 단순 비교하기는 힘들겠지만, MBA 과정을 모두 부모님의 지원을 받아 공부하는 미국 학생들은 그다지 많지 않다. 실제로 내가 만난 미국 친구들의 대부분이 학생 융자로 등록금을 해결했다. 미국은 각 학교마다 장학금 형태의 특별 금액 보조제가 잘 마련되어 있기 때문에 학생들이 도움을 받을 수 있는 길이 다양하게 열려 있다. 그리고 미국인 동기들 중 대다수는 지금까지도 은행에서 대출받았던 학비를 갚고 있다. 이자가 워낙 싸기 때문에 가능한 최장기간으로 융자를 빌려 쓴 것도 이유지만, 자신이 버는 돈으로 직접 학비를 천천히 갚아 나가기 때문이다.

한국이 아닌 다른 나라에서 건너 온 유학생들의 이야기도 해 보자. 대한민국과 비교도 안 될 만큼 가난한 나라에서 건너와 그 드넓은 미국 땅에서 차 한 대 없이 생활하고, 이런저런 아르바이트로 시간을 쪼개 쓰면서도 공부에 매진하는 동기들을 자주 보았다. 점심 값 몇 푼 아끼겠다고 도시락을 직접 싸갖고 다니느라 교실 가

득 냄새를 피워 눈총을 받기도 하지만, 그것마저도 억척스럽게 이
겨내며 공부한다. 한창 날씨 좋은 봄방학에도 묵묵히 기숙사를 지
킨다. 친구들 앞에서는 공부 때문이라고 말하지만, 넉넉하지 않은
경제 사정이 그들의 속사정이다. 이처럼 그들은 분명 남들보다 몇
십 배는 힘든 유학 생활을 한다. 하지만 자신의 확률을 믿고 도전
을 결정한 이상 절대로 다른 핑계를 대거나 불평하지 않는다.

　　또 한 가지 생각해야 할 것은 외국 친구들의 사고방식이다. 우
리나라를 제외한 대다수 국가의 학생들은 빠르면 고등학교 졸업
후부터, 늦어도 대학교를 졸업한 후부터는 스스로 부모에게서 독
립한 성인, 한 명의 사회인이라고 생각한다. 당연히 MBA에 온 학
생들의 머릿속에는 본인이 성인이라는 생각이 자리 잡고 있다. 때
문에 부모의 도움을 받아 학업을 마치는 것을 당연하게 생각하는
친구들은 거의 없다. 부모의 도움을 받든 안 받든 사고방식 자체는
그러하다는 얘기다. 그렇기에 부모의 도움을 받는 친구들은 자신
의 복 받은 상황을 감사하고, 부모의 도움을 받기 힘든 친구들이라
해서 자신의 처지에 대해 비관하거나 낙담하지 않는다. 물론, 매달
갚아 나가야 하는 빚더미 속에서 MBA가 얼마나 경제적인 성공을
가져다 줄지 때때로 의문을 가지고 자신의 선택에 대해 후회하기
도 한다. 하지만 그것이 부모님에 대한 원망이나 불평으로 이어지

는 경우는 없다. 유학이든 국내 대학원 진학이든 큰 고민 없이 부모의 도움을 받는 한국 학생들의 현실과는 무척 대조된다.

돈이 넉넉하지 못해 유학을 포기하려는 이들이 있다면 나는 이렇게 조언하고 싶다. 부모님에게서 경제적 지원을 받을 수 없다고 해서 유학을 갈 수 없는 건 절대로 아니다. 물론 부모님에게 손 벌릴 수 있는 사람보다 유학 생활이 몇 십 배, 아니, 몇 백 배 더 힘들 것이다. 하지만 돈 때문에 유학이 불가능한 것은 아니다. 돈을 제외한 모든 것이 잘 준비되어 있다면 더더욱 그렇다. 부모 잘 만나 돈 걱정 없이 유학할 수 있는 사람들이 호강한다는 것, 틀린 말은 아니다. 하지만 그것을 핑계 삼아 자신의 꿈을 뒷걸음치게 하지는 말자. 부딪혀 보지도 않고 먼저 포기하는 것은 자신의 꿈에게 너무 미안한 일이다. 또한 인생을 길게 보았을 때 무척이나 억울하고 후회할 일이다. 그러므로 돈을 이유로 유학을 포기해서는 안 된다. 지치고 힘들 때마다 이렇게 생각해 보라.

'돈이 꿈을 이루어 줄 순 있어도 꿈을 키워 줄 순 없다. 저들은 돈을 가졌지만 나는 저들이 평생 가져볼 수도, 느껴볼 수도 없는 간절한 마음을 가졌다. 돈 대신 나는 꿈을 키워주고 빛내 줄 수 있는 가장 튼튼한 무기를 지녔다. 그리고 그 무기야 말로 나의 꿈에 가장 가깝게 다가서게 해 줄 나침반이다.'

성공한 꿈과
실패한 꿈 사이

사람들은 대개 어두운 쪽, 나쁜 쪽보다는 좋은 쪽, 밝은 쪽을 보고 싶어 한다. 많은 성공 사례나 자기계발서도 긍정적인 사고를 하라고 외친다. 유학 문제에 있어서도 마찬가지다. 유학에 성공한 사람들의 이야기는 넘치도록 많이 알려져 있고, 동시에 많은 사람들이 성공한 유학 이야기를 듣고 싶어 한다. 물론 성공한 사례들을 통해 교훈을 얻고 좋은 방법을 깨닫는 것이 틀린 것은 아니다. 그럼에도 굳이 내가 어두운 이야기를 하려는 이유는 현실과 진실에 바탕을 두지 않은 채 허황된 꿈만 키우는 건 바람직하지 않기 때문이다. 어떤 목표를 이루고자 할 때는 반드시 냉철한 현실 분석이 필요하다. 따라서 유학생들의 암울한 이면이나 다양한 실패 사례

역시 살펴보고 자신의 성향이나 상황에 비추어 성공적인 유학 생활을 할 수 있는 자신만의 방법을 찾는 것이 중요하다.

지금부터 유학 생활의 어두운 사례들을 몇 가지 이야기해 보자. 성공과 실패의 기준을 섣불리 판단하기는 어렵지만, 일반적인 기준에 근거하면 대체로 '실패한 유학'의 사례라고 볼 수 있다.

한 남자가 한국의 명문대를 졸업하고 뉴욕으로 유학을 왔다. 결혼 후 부인과 함께 부푼 꿈을 안고 도착했지만, 예상보다 힘든 공부가 문제였다. 지금껏 '공부가 제일 쉬웠어요'라고 외쳤건만, 부족한 영어 실력으로 수재들이 득실거리는 대학원 수업을 따라가는 일은 힘에 부쳤다. 여기에 갑자기 아이까지 생겼다. 그는 자신이 졸업하는 것이 현실적으로 힘들 뿐더러 설사 10년이 걸려 졸업을 한다 해도 자신이 원하는 직장을 찾는 게 쉽지 않을 것이란 사실을 깨달았다. 설상가상으로 부모에게 지원받은 돈은 바닥났고, 더 손 내밀 염치도 없었다. 세 식구가 당장 먹고 살 길이 없어진 것이다. 생존의 문제 앞에서 결국 그가 시작한 일은 불법 책 장사였다. 불법으로 책을 복사한 뒤 그것들을 싼 값에 알음알음 팔았는데, 생각보다 수입이 괜찮았다. 그는 결국 학교도 그만두고 지금까지 불법 책 장사로 연명하고 있다.

13세에 한국을 떠나온 조기 유학생의 이야기도 있다. 그녀는 미국 학교에서도 좋은 성적을 올리는 우수한 학생이었는데, 고등학교에 입학하고 1년이 지났을 무렵 종합 건강 검진 차 찍은 엑스레이 사진이 예기치 못한 상황을 불러왔다. 어릴 적 결핵을 앓았던 흔적이 발견되었는데, 그것이 화근이었다. 학교 측은 며칠 뒤 그녀에게 다짜고짜 등교 금지 조치를 통보했다. 현재는 건강에 아무 지장이 없으며, 결핵은 전염병이 아니라고 항변해도 소용이 없었다. 결국 한국에 있는 그녀의 부모가 급히 건너와 결핵이 전염병이 아니라는 것을 증명하고자 백방으로 뛰어다녀야 했다. 그리고 그렇게 시간이 흐르는 사이 그녀에 관한 소문이 학교 전체에 퍼질 대로 퍼져 나갔다. 결국 등교 금지 조치는 3개월이 지나서 풀렸지만, 어린 학생들 사이에서 퍼져 나간 소문의 위력은 엄청났다. 결국 그녀는 외톨이가 되었고, 6개월 만에 한국으로 돌아왔다.

뜬금없이 비자 문제에서 내쳐지는 경우 역시 비일비재하다. 미국은 비자 발급이 가장 어려운 나라 중 하나이다. 아차, 하는 순간 일이 꼬여 한국으로 쫓겨나는 일도 벌어지고, 자칫하면 뉴스에서나 보던 불법 체류자 신세가 될 수도 있다.

외롭고 힘든 유학생들이 도박이나 마약 같은 나락의 구렁으로 빠지는 것 역시 순식간이다. 한국 유학생이 대마초나 마약에 빠져 문제를 일으켰다는 뉴스도 어제 오늘 일은 아니다. 하지만 마약으로 무너져 간 이들의 대부분이 꿈과 희망을 가득 품은 채 유학을 시작한, 나와 전혀 다르지 않은 친구들이었다는 사실은 간담을 서늘하게 한다. 도박 역시 심각한 문제다. 특히 외딴 도시에 사는 유학생일수록 도박은 위험한 존재다. 특별히 즐길 거리가 없는 외진 도시에선 도박의 매력이 그야말로 '마약'과도 같기 때문이다.

여자 유학생들이 흔히 겪는 유학 실패 요인 중 하나는 '연애'이다. 뉴욕에서 디자인 공부를 하던 한 유학생은 한국에서 직장 생활을 하며 모은 돈과 홀어머니가 매달 보내주는 약간의 생활비로 어렵게 공부를 해나갔다. 그러다가 한 동호회에서 한국계 일본인 남자를 만나 급속도로 가까워졌고 몇 달 뒤 두 사람은 여자의 아파트에서 동거를 시작했다. 그런데 동거한 지 2년이 넘어가는 시기에 문제가 발생했다. 남자가 일본에 잠시 다녀올 일이 생겼다며 급히 출국을 했는데, 그 뒤로 연락이 닿지 않는 것이다. 핸드폰 전원이 늘 꺼져 있는 채로 한 달이 흘렀고, 반쯤 혼이 나간 여자는 없어진 남자친구를 수소문하기 시작했다. 결국 남자가 다닌다는 학교까지 직접 찾아가서 들은 대답은 "우리 학교에 그런 사람은 없다"는 것이었다. 그녀는 엄청난 충격을 받았는데, 이후 더 놀라운 이야기를 들었다. 그 남자가 일본에서 결혼을 했다는 것이다. 즉, 남자는 결혼할 여자가 일본에 따로 있었고, 결혼 날짜가 가까워 오자 일본으로 돌아간 것이다. 사건의 모든 전말을 알게 된 그녀는 엄청난 충격에 빠졌고, 결국 낯선 땅에서 받은 실연의 상처를 극복하지 못한 채 유학 생활을 접고 한국으로 돌아가야 했다.

유학이라는 꿈이 추락하는 사례 중 가장 극단적인 케이스는 바로 자살이다. 어느 날부터인가 모임에 나오지 않고 연락마저 잘 안되던 유학생이 결국 자살한 채 발견되었다는 이야기를 듣기도 하는데, 이것을 신문 사회면에서나 접할 수 있는 남의 일 혹은 흔치 않은 사건으로만 생각하면 오산이다. 유학 와서 가장 흔하게 듣는 이야기 중 하나가 바로 자살과 관련된 것들이기 때문이다. 자살의 이유는 다양하다. 경제적 어려움, 공부에서 오는 스트레스와 좌절감, 언어 문제, 애인과의 이별, 졸업 후 진로에 대한 고민, 묵직한 책임감 등. 하지만 그 무엇보다 가장 강력하고 치명적으로 유학생을 괴롭히는 것은 바로 외로움이다.

물론 이러한 사건들은 한국에 있는 사람들에게도 언제든 일어날 수 있는 일들이다. 다만 확률의 문제인 것이다. 유혹에 빠져 한순간에 나락으로 떨어질 확률이 한국에 있는 사람들보다 타지의 유학생들이 훨씬 높다는 것이다. 왜냐하면 유학 생활은 처음부터 끝까지 자기 혼자와의 싸움이기 때문이다. 곳곳에 도사린 문제 요소들의 위협을 막아 줄 방어벽이 자기 자신 말고는 없다.

꿈을 향한 힘찬 발걸음이라고 믿고 추진한 여러 계획들이 수시로 좌절되다보면 유학생들의 심신은 갈수록 유약한 상태가 되기 쉽다. 거기다 낯선 주변 환경에 둘러싸여 있기 때문에 그 좌절감을 함께 풀 수 있는 상대가 없다는 것도 문제이다. 사소한 문제들이 쌓이고 쌓여 어느 순간 태산처럼 다가온다. 그리고 어깨와 머리를 무겁게 짓누르기 시작한다. 몸도 마음도 취약해진 상태에서 홀로 생활비를 정산하고, 때맞춰 등록금을 내고, 세 끼를 꾸역꾸역 혼자 챙겨 먹어야 한다. 그 와중에 교수님들과의 네트워크도 신경 써야 하고, 잊지 않고 비자 신청을 해야 하며, 영원한 숙제인 영어를 마스터해야 한다. 무엇보다 졸업 후 자신의 앞날의 문제가 '진로'라는 이름의 무거운 돌덩이가 되어 항상 따라다닌다. 홀로 풀어야 하는 숙제들이 가득 차 있는 힘든 일상의 연속인 것이다.

매일 아침, 자명종 소리에 홀로 눈을 뜨는 순간부터 그날의 할 일들이 온몸을 짓누른다. 고요한 정적만이 흐르는 가운데, 머릿속에는 끊임없이 오늘의 숙제와 내일의 숙제만이 맴돈다. 그렇게 잔인한 고요가 몇날 며칠 이어지면 나는 세상에서 가장 외로운 사람, 세상에서 가장 뒤쳐진 사람, 나 홀로 남겨진 낙오자가 되어 있다. 하지만 이들이 도움을 청할 곳은 제한되어 있다. 대화를 나눌 부모도, 형제도, 친구도 곁에 없다. 매일 밤 귀가를 반기는 것은 텅 빈 거실의 TV 모니터뿐이다. 결국 이들은 괴로움을 잊게 해 줄 피난처를 찾아 나선다. 그것이 도박이 될 수도, 위험한 연애가 될 수도, 자살이 될 수도 있는 것이다.

이에 반해 한국에 있는 사람들에게는 부모, 형제, 친구라는 이름의 '내 편'들이 있다. 공부에 지쳐 집에 돌아오면 반겨주며 오늘 하루 잘 마쳤느냐고 따뜻하게 묻는 부모가 있을 것이며, 시차나 요금 걱정 없이 전화 한 통으로 온갖 하소연들을 쏟아낼 수 있는 친구들이 주변에 있다. 지치고 힘든 오후, 갑자기 불러내 가뿐히 술 한 잔 하자고 청하는 소중한 이들도 있을 것이다.

지금까지 예로 든 출산, 연애, 마약, 도박, 질병, 우울증, 자살 등의 문제는 유학생이라면 누구도 피해갈 수 없는 위협들이다. 대학 졸업 후 유학을 오는 사람이든, 조기 유학생 자녀를 둔 부모들이든, MBA를 앞둔 30대의 직장인이든, 누구든 상관없이 유학을 준비하고 있는 모든 이들에게 적용되는 위험인 것이다. 이처럼 생각보다 훨씬 더 꼼꼼한 준비와 유연한 대처를 요구하는 것이 바로 유학 생활이다.

유학이 보장해 줄 수 있는 것과 없는 것

유학이 보장해 줄 수 있는 단 한 가지를 찾으라면 바로 '유학이 보장해 줄 수 있는 것은 아무것도 없다'라는 사실이다. 이 얼마나 무책임한 말인가? 그러나 내가 옆에서 듣고 지켜본 많은 경우를 바탕으로 할 때 이것은 사실이다. 유학이 보장해 줄 수 있는 것은 아무것도 없다는 것. 그리고 이것은 인생의 목표가 뚜렷한 사람들, 목표를 모르는 사람들 모두에게 적용된다.

유학을 중간 매개로 택한 많은 사람들이 가지는 앞으로의 목표, 즉 유학 이후의 목표는 손에 꼽을 수 없을 만큼 다양하다. 학계나 학문 쪽으로 나가려는 대학 강단파, 영화, 음악, 미술 등의 순수 예술파, 연구소나 기업이 목적인 회사파, 직접 자기 사업을 목표로 하는 벤처파 등 각양각색이다. 이들 중 미래에 대한 가장 명확한 그림을 그리고 유학을 시작하는 쪽을 꼽으라면 아마도 학계에 뜻을 둔 순수 학문파일 것이다. 이 부류에 속한 많은 사람들은 자신이 목표로 하고 있는 미래 위치를 정확하게 그린 후 세밀한 계획을 짜서 유학을 준비한다. 유학 학위가 자신의 미래 계획에 얼마나 중요한 밑그림이 될 것인지, 유학 학위가 없으면 자신이 지향하는 최종 목표에서 얼마의 점수가 깎일지 잘 알고 있다. 유학을 선택함으로써 버려지는 것의 값과 얻게 되는 이익의 값을 정확히 계산한 후, 자신의 현재 위치와 가고자 하는 미래 위치의 두 핀 포인트를 면밀히 그려 넣을 수 있는 사람들이다. 그런데 문제는 이 사람들에게마저도 '유학이 보장해 줄 수 있는 것은 아무것도 없다'는 명제가 가끔씩 적용된다는 것이다. 유학 학위가 없으면 한국의 대학 강단에서 자신의 입지가 좁아질 것이라는 판단에 면밀히 유학을 준비해 힘들게 학위를 딴 이들의 98퍼센트는 실제로 유학 학위가 목표점까지 가는 데 좋은 밑받침이 된다. 하지만 그렇지 않을 2퍼센트의 가능성이 분명 존재한다. 미국 명문대의 유학 학위와 뛰어난 연구 업적을 가지고도 자신의 경력보다 떨어지는 유학파나 아예 외국 유학을 한 적 없는 순수 국내파에게 밀리는 경우가 분명히 있다는 거다. 이유야 수도 없이 많고 예상 불가능한 상황은 늘 생기기 마련이다.

　　순수 학문의 길을 걷고자 하는 이들 말고 다른 분야 사람들에게 위와 같은 일이 벌어질 가능성은 2퍼센트보다 훨씬 더 높다. 사실 이런 경우는 너무 많아 예를 들기도 벅찰 지경이다. 외국 컨설팅이나 금융 회사로 전향하기 위해 MBA 유학을 결정했지만, 예상치 못하게 경제가 최악인 상황에 졸업을 하게 된다. 거의 모든 회사가 그해 신규 채용을 동결시킨다. 대책이 없다. 눈물을 머금고 유학을 가기 전 자신이 몸담았던 한국의 기업으로 다시 돌아간다. 디자인에 필이 꽂혀 야심차게 유학길에 올랐지만, 비자 문제로 현지 취직을 포기하고 결혼으로 가정에 정착할 수도 있다. 한국 회사 동료들 간의 유치한 세력 다툼에 치를 떨며 국제기구에 뜻을 두고 미국 로스쿨로 향했지만 아무리 머리 빠지게 공부해도 국제기구의 높은 경쟁률을 뚫기에는 무리가 있다. 결국 한국 로펌으로 돌아와 과거에 치를 떨던 그 조직 간의 세력 암투 한복판에 서게 되는 경우도 있다. 조기 유학의 경우에는 이런 예측 불허의 경우의 수들이 훨씬 더 많다. 자신이 원하는 그림을 스스로 그리기도 힘든 어린 시절에 부모님 등에 떠밀려 시작한 유학이 많기 때문이다. 십수 년의 아까운 시간을 외국에서 버린 후 한국으로 돌아오지만, 친구도, 연고도 없는 한국에서 영어 하나 잘한다는 사실 외에 내세울

게 없다면 그들을 반길 회사는 그리 많지 않다.

유학은 자신이 원하는 길을 가는 데 있어 밑거름이 되어 주고 힘이 되어 줄 수 있다. 그렇지만 그것이 완벽하게 보장될 수 없다는 것 역시 사실이다. 그럼에도 불구하고 많은 이들이 유학을 택한다. 지금 이 순간에도 수백, 수천 명의 사람들이 유학을 위해 비행기에 몸을 싣는다.

그렇다면 이렇게 힘든 유학을 시도하는 이유는 도대체 무엇일까? 외롭고 고되며, 무엇보다 성공 여부나 결과를 보장할 수 없는데도 불구하고, 우리를 유학으로 내모는 원동력은 과연 무엇일까? 그것은 바로 가능성과 꿈이다. 지금보다 좀 더 다양한 가능성이 열려 있는 인생을 꿈꾸고, 좀 더 넓은 세계로 나아가는 꿈을 꾸기 때문에 유학에 도전하는 것이다. 현실을 떠나 더 넓은 세상으로 향하는 꿈. 물론 우리는 잘 알고 있다. 이 꿈이 한여름 밤의 백일몽처럼 허망한 꿈일 수도 있고, 허황된 환상일 수도 있으며, 현실 도피의 탈출구에 불과할 수도 있다는 것을 말이다. 하지만 동시에 미래에 대한 꿈을 꾸는 순간이 바로 우리를 앞으로 나아가게 하는 원동력인 것 또한 우리는 잘 알고 있다. 현실에 안주하기만 하면 꿈의 밀도도 옅어지기 때문이다. 그러므로 유학은 우리에게 '지금의 현실과 달라지고 싶다' 혹은 '지금보다 나은 삶을 가꾸고 싶다'라는 꿈을 꾸게 하는 자극제이며, 이 꿈은 우리를 어떤 방향으로든 '앞으로' 나아가게 하는 효과 좋은 처방약이 될 수 있는 것이다.

결국은 선택이다. 아무 것도 보장하지 않는 것이 유일한 보장인 '100퍼센트 무(無) 보장' 유학. 막대한 돈과 시간을 들이고도 자신이 계획한 대로 길이 이어지지 않을 수도 있는 고위험의 유학. 이 모든 것을 감수하고도 선택할 가치가 있는가, 없는가 판단하는 것은 결국 나 자신인 것이다. 그리고 만약 유학을 선택했다면, 자신의 결정이 가지고 올 결과에 대해서도 끝까지 책임질 줄 알아야 한다. 이를 위해서는 유학이 자신의 금전과 육체와 시간을 자신의 꿈에 배팅하는 일이라는 점, 자신이 기대하지 않았던 길로 떨어질 확률이 분명 존재한다는 점을 반드시 기억해야 한다. 또한 스스로에게 수천만 번 이상 물어보아야 한다. 자신의 선택이 혹시 맹목적인 현실 도피는 아닌지, 미래를 위한 도전이 분명한지, 가능성과 꿈을 향한 맥박 뛰는 도약인지 말이다. 그리고 만약 자신이 혹시 소위 헛된 유학이라고 일컬어지는 '마의 그룹'이 되었을 경우를 떠올리며 마지막으로 점검해야 한다. 유학이 실패한다 해도 자신의 선택에 과감히 박수를 쳐줄 수 있는 배짱이 있는가? 나의 꿈이 그야말로 한낱 꿈에 불과했다는 뼈아픈 사실을 겸허히 받아들일 통 큰 배포를 가졌는가? 외지에서 쌓은 다양한 경험을 바탕으로 그

다음의 더 큰 인생 그림을 그릴 냉철한 이성이 준비되어 있는가? 무엇보다 실패를 바탕으로 새로운 꿈을 다시 꿀 힘과 저력이 존재하는가? 이 모든 질문들에 자신 있게 'Yes'라고 대답할 자신이 없다면 다시 한 번 생각하는 게 좋다. '유학만 다녀오면 다 잘 될 거야'라는 허무맹랑한 믿음은 버려야 하기 때문이다. 하지만 '한 번 해볼 만한 게임'이라고 생각한다면 두려워하지 말고 배짱 있게 불확실한 미래로 한 발을 내딛어 보자. 더 큰 나를 기다리고 있을 거대한 미지의 세계로.

생존 서바이벌 게임,
외국 기업에서 살아남기

단계별로 살펴보는
외국에서 직장 구하기

MBA는 입학하는 순간부터가 취업 전쟁의 시작이다. 1학년은 인턴 자리를 차지하기 위한 전쟁, 2학년은 졸업 후 실제 직장을 구하기 위한 전쟁이다. 2년이란 시간 동안 계속해서 이어지는 전쟁의 순간순간을 모두 묘사하는 것은 불가능하겠지만 간단하게나마 MBA에서 이뤄지는 구직 전쟁의 과정을 정리해 보겠다. 만약 유학이나 MBA를 거치지 않고 한국에서 바로 외국 현지 취직을 시도하는 사람들이라면 2단계부터 참고하면 좋을 것이다.

1단계 네트워킹

8월말에서 9월초, 학기가 시작됨과 동시에 그해 계획되어 있는 회사 방문 일정이 학생들에게 전달된다. 가을부터 본격적으로 시작되는 스케줄 속에서 학생들은 매일 저녁 각 회사의 채용담당자들과 그 회사에 현재 다니고 있는 졸업생들을 만나게 된다. 회사들은 평균 10여 명씩 한 팀을 이루어 각 학교를 방문, 먼저 프레젠테이션을 통해 약 30분간 회사 소개를 한다. 이후 학생 대 회사의 질문과 토론 시간이 이어진다. 이는 회사에서 온 담당자 1~2명을 5~10명의 학생들이 둘러싸고 다양한 질문을 던지는 형식으로 이루어진다. 공식 프레젠테이션 시간에는 언급하기 힘든, 보다 개인적인 이야기를 나누는 일종의 네트워킹 시간이다. 그러나 실상은 '이보다 더 잔인할 수 없는 전장'이라 할 수 있다. 모두 한 손에는 칵테일, 다른 한 손에는 명함을 들고 겉으로는 끊임없이 웃고 있지만, 그 속을 들여다보면 흡사 허기진 100여 마리의 하이에나와 그들을 너무나 잘 알고 있는 베테랑 조련사와도 같다. 거기다 조련사가 가진 먹이는 단 하나, 그걸 차지하기 위해 하이에나들은 은근하고 치열한 경쟁을 벌인다. 함께 공부하고 놀 때는 누구보다 든든하고 다정한 친구지만 그 시간만큼은 그저 수많은 경쟁자들 중 하나일 뿐이다. 거기다 자신들의 실력이 막상막하라는 사실을 서로가 너무나 잘 알고 있기 때문에 경쟁은 더더욱 치열할 수밖에 없다. 조련사의 눈에 들어야만 허기를 채울 수 있다는 생각, 즉 생존

경쟁만이 존재할 뿐이다. 게다가 자신이 눈도장을 찍어야 할 조련사는 한 사람만이 아니다. 조련사 한 명에게 합격점을 받았다고 해서 끝이 아닌 것이다. 일단 조련사의 눈에 들고 나면 점점 더 날카로운 적들을 상대해야 하며 더 많은 조련사의 눈에 들도록 애써야 한다. 만약 눈앞에 있는 조련사에게 좋지 않은 인상을 심어 주었다간 순식간에 나에 대한 악평이 그 현장에 없던 다른 조련사들에게까지 퍼져 나간다. '훈련시킬 필요조차 없는 하이에나'라는 주홍글씨가 찍혀버리는 것이다. 이 얼마나 무서운 현실인가? 그러니 이 10분이라는 짧은 시간 동안 주변의 동료들을 물리치고 자신이 돋보이도록 최선을 다해야 한다. 어떻게 해서든지 채용 담당자의 기억에 '나'라는 존재를 각인시켜야 한다.

그로부터 한 달 뒤 본격적인 이력서 전쟁과 인터뷰 사냥이 시작될 때 나를 눈여겨 본 조련사가 나를 기억해 다른 조련사들에게도 좋은 말을 전해 주도록 하기 위한 기회, 그것이 바로 이 운명의 10분, 짧은 네트워킹 시간에 걸려 있는 것이다.

2단계 이력서와 자기소개서

네트워킹의 계절이 지나가면 본격적인 이력서와 자기소개서의 계절이 온다. 자기소개서는 흔히 커버레터(cover letter)라고도 하는데, 이력서와 함께 보내는 일종의 PR 문서이다. 회사에 지원하게 된 이유와 간략한 자기소개를 작성해 놓은 편지 형식으로, 이력서가 지원자의 신상에 대해 나열한 객관적인 데이터라면 커버레터는 자신이 그 회사에 얼마나 도움이 되는 존재인가를 설득력 있는 문장으로 표현한 것이다. 이력서와 커버레터 단계는 구직자 입장인 학생들에게는 매우 길고 지난한 시간이 될 수 있으므로 어찌 보면 네트워킹 시간보다도 더 잔인한 계절이라 할 수 있다.

학생들의 취업 준비를 돕기 위해 각 학교들은 첫 학기부터 네트워킹, 이력서, 커버레터 등에 관련한 다양한 특강을 마련해 두고 있다. '네트워킹 시간에 조련사의 눈에 띄는 하이에나가 되는 노하우'에 관한 강의도 매주 준비되어 있고, 선배들 혹은 학교 취업 사무실과 개별적으로 약속을 잡고 자신의 이력서와 커버레터를 분석, 해부하는 시간을 갖기도 한다. 또한 주요 산업 분야별로 그 분야에 맞는 수십 개의 이력서 샘플들을 파일 형태로 제공하고 있어 학생들은 자신이 원하는 분야의 이력서를 언제든 얻을 수 있다. 이 모든 준비 과정과 동시에 본격적인 취업 전쟁의 서막이 오르게 된다. 미국의 모든 MBA 학교들은 구인구직 사이트를 개별적으로 가지고 있으며, 각 회사의 자세한 채용 정보가 바로 바로 업데이트된다. 모집 부서, 지원 최소 자격, 1차 서류 심사 일정, 2차 인터뷰

날짜 정보, 1차 통과자 숫자, 최종 선발 숫자 등이 그 예이다.

회사들이 2차로 인터뷰할 학생을 가리는 1차 서류 심사는 대부분 이력서와 커버레터로 결정된다. 서류 외에도 학교마다 조금씩은 다르지만 인터뷰 단계까지 가는 또 다른 창구가 있기도 하다. 일례로, 내가 다닌 Duke MBA의 경우 칩 포인트(chip point)라는 경매 방식의 제도가 있었다. 칩 포인트 제도의 활용법은 다음과 같다. 학교에서는 입학과 동시에 모든 학생에게 칩 포인트를 나누어 준다. 학생들은 자신이 원하는 회사에 칩 포인트를 이용해 인터뷰 기회를 신청한다. 칩 포인트로 인터뷰를 신청하는 학생들 중 높은 칩을 건 학생에게 인터뷰의 기회가 주어진다. 물론 이력서 단계에서 합격한 학생들이라면 칩 포인트 제도를 이용할 필요가 없다. 즉, 서류가 통과되지 못한 학생들에게 주어지는 재도전의 창구인 것이다. 자신에게 주어진 제한된 칩으로 어떤 회사에 얼마만큼 배팅할지는 오로지 학생들 스스로의 분석과 선택에 달려 있다. 방식이 완전히 똑같지는 않지만 다른 몇몇 MBA에도 비슷한 제도의 시스템이 있다. 이러한 칩 포인트 제도를 통해 회사들은 포인트를 써서라도 자신의 회사로 오고 싶어 하는 열의 넘치는 학생들을 선별해 만날 수 있고, 학생들은 도박을 불사하고라도 간절하게 입사하고 싶은 회사와의 인터뷰 기회를 얻을 수 있는 것이다.

3단계 **인터뷰**

칩 포인트로 배팅을 해서든, 자신을 멋지게 포장한 종이 한 장의 이력서를 활용해서든, 네트워킹 시간에 채용 담당자들의 눈도장을 받아서든, 1차 서류 심사를 통과하게 된다면 곧이어 인터뷰 전쟁을 치러야 한다. 모든 회사들이 동일하지는 않지만 서류 심사 후 통상적으로 최소한 세 번의 면접을 거쳐야 한다. 직접 얼굴을 마주하는 면접 인터뷰와 전화로 진행되는 전화 인터뷰가 있는데, 대부분의 회사에서 두 가지 형식을 함께 취한다. 지원한 학생의 인성, 상식, 지원 분야에 대한 지식 등을 인터뷰를 통해 꼼꼼히 체크하고, 그 과정에서 또다시 지원자들을 몇 차례 걸러낸다. 학생들은 인터뷰 준비를 위하여 선배나 친구들과 함께 모의 면접을 매주 진행한다. 이러한 시간들이 MBA 학생들을 비롯한 많은 유학생들이 거쳐야 하는 중요한 과정인 것이다.

이때의 면접 인터뷰를 우리가 흔히 주변에서 경험하는 일반 인터뷰와 비슷한 수준으로 생각한다면 큰 오산이다. 특히 컨설팅 회사나 투자 은행 계열사의 인터뷰 질문들은 "자기의 목표를 말하시오"라든가, "자기 장점을 말하시오" 등의 일차원적 질문과는 차원이 다르다. 한 시간가량 실질적인 사례나 케이스에 대해 질문을 쏟아 부으며 논쟁을 이끌어내는 치밀한 케이스 스터디(case study)로 진행된다. 대부분의 금융 회사들은 5~10명의 다양한 면접관으로 구성된 면접단과 마라톤 인터뷰를 진행하는 형식을 취한다. 간혹 25명에서 30명 정도의 면접관을 며칠에 걸쳐 만나는 말 그대로 '진을 다 빼는' 인터뷰를 진행하는 회사들도 있다. 그렇기 때문에 이 인터뷰 단계는 영어가 모국어가 아닌 응시자들이 가장 힘들어 하는 난관이다. 성공적인 인터뷰를 위해 영어를 제대로 구사하지 못하는 이들은 영어권 학생들에 비해 수십 배의 시간과 노력을 기울여야 한다. 즉, 철저한 사전 준비만이 살아남는 길이다.

4단계 좌절에 익숙해지기

MBA 선배들로부터 취업 전쟁에 관한 무시무시한 이야기들을 수도 없이 들으면서도 대부분의 학생들은 무의식중에 자신만은 예외가 될 것이란 믿음을 가지고 있다. 그리고 실제로 이들 중 몇몇은 본인이 바라는 회사에서 인턴십 활동을 시작해 정식 입사로 직행하는 'MBA 정석의 길'을 탄탄히 밟아 나간다. 하지만 반대로 몇몇은 지금껏 인생에서 맛보지 못했던 좌절을 맛보게 된다. 바로 이러한 좌절에 익숙해져야만 이 지독한 전쟁에서 살아남을 수가 있다. 무엇보다 전쟁에서 최종적으로 승리하기 위해선 이 마지막 단계를 잘 견뎌내아만 한다.

좌절을 불러오는 요인들은 한두 가지가 아니다. 우선 영주권이 없는 유학생들은 기본적으로 현지 취업에 있어 불리한 위치에 있다. 안 그래도 만만치 않은 적군들이 몰려드는 전쟁터인데 그린카드(Green Card, 미국 영주권)라는 총알이 없어 제대로 싸울 기회조차 얻지 못하는 일은 비일비재하다. 그리고 앞서 인터뷰 단계에서도 언급했듯이 무엇보다 이 전쟁터는 영어로 진행되는 전쟁터이다. 한쪽 귀로 들려오는 상대방의 말을 파악하고 동시에 입으로는 내가 전달하고픈 말을 영작하느라 모든 에너지를 쏟아 부어야 한다. 그야말로 대화라는 가장 기본적 수단조차 힘든 고역으로 다가오는 전쟁터인 것이다. 이력서와 커버레터를 쓰는 단순한 작업조차 피와 땀을 흘려야 한다. 관사 하나, 단어 하나 신중을 기해 검토해야 하는 것이다. 내 경우에는 학교에서 학기 초에 내준 '이력서에 사용하기 좋은 동사 목록 차트'가 불과 석 달 만에 누렇게 닳아버렸을 정도이다. 하지만 이력서를 완벽하게 작성했다고 해서 끝이 아니다. 마지막 관문인 인터뷰는 최대 난관 중 하나다. 내 머릿속에 넣어둔 지식이 아인슈타인의 그것에 버금갈지라도 완벽한 영어로 입 밖으로 나오지 않는다면 무슨 소용이 있겠는가?

혹여 자신의 영어 실력이 좋다고 해서 모든 것이 술술 풀릴 것이라는 착각은 하지 않는 게 좋다. 영어가 완벽해도 곤혹을 치르는 학생들이 있다. 미국 로스쿨에서 공부하고 있는 한 후배는 여름 인턴십을 위해 100개가 넘는 이력서를 작성했지만 연락 온 곳이 거의 없다고 하소연했다. 참고로 이 후배는 영어를 완벽하게 구사하는 교포이다. 적지도 많지도 않은 적당한 나이에, 바로 실전 업무에 투입되어도 손색없을 만큼 성적도 좋았다. 미국 로펌만 노려서도 아니다. 한국의 여러 로펌에도 지원을 했지만, 정식 직장이 아닌 여름 인턴십조차 100통이 넘는 이력서를 들이밀어도 될까 말까 한 것이 취업 전쟁의 냉혹한 현실이다.

MBA나 미국 학교 합격 통지서가 취업을 100퍼센트 보장해줄 수 없다는 건 앞서 누누이 강조했다. 합격은 새로운 인생의 시작이 될 수 있지만, 한편으론 또 다른 전쟁의 시작이다. 공부를 위해 외국 땅에 발을 내디디는 그 순간부터 시작되는 것이 바로 이 취업 전쟁, 잡(Job) 전쟁인 것이다. 한국에서 이뤄지는 입시 전쟁, 취업 전쟁도 만만치 않지만 언어와 문화가 다른 외국에서의 경쟁은 한층 어려운 이야기이다. 더군다나 이 살벌한 전쟁은 한 번으로만 끝나는 것이 아니다. 이력서 작성과 인터뷰를 적게는 수십 번, 많게는 수백 번씩 반복할지도 모른다. 하지만 이 치열한 전쟁터에서 이기거나 살아남기 위해서는 실패와 좌절마저도 즐길 줄 알아야 한다.

한 번의 슈팅을 위한
99번의 헛발질

MBA 첫 학기 때의 일이다. 그날은 미국 남부에 있는 모 회사와의 전화 인터뷰가 예정되어 있었다. 인턴십 구직을 위한 자리였다. 인터뷰 경험이 몇 번 되지 않을 때라 긴장감이 온몸을 감쌌다. 흡사 장을 담그는 장인의 마음으로 며칠을 인터뷰 준비에 공을 들였다. 복잡한 수학 공식을 풀어대듯 예상 가능한 온갖 주제의 질문을 모아 인터뷰를 준비했다. 관사 하나 틀려서는 안 된다는 일념 아래 수많은 예상 질문과 답변을 생각하고 읽으며 영어 면접을 준비했다. 전화 인터뷰임에도 불구하고 가상 면접 인터뷰까지 연습했다. 드디어 결전의 날이 왔다. 전화벨이 울렸다.

"따르르릉."

조용히 숨을 가다듬었다. 두 번 벨이 울린 후 수화기를 들고 천천히 입을 열었다.

"Hello."

"May I speak to Haea Park?"

수화기를 통해 인터뷰 담당자의 목소리를 듣는 순간 등골이 오싹해졌다. 그의 영어 억양 속에 강한 미국 남부 억양이 섞여 있는 게 아닌가! 가장 정확한 발음을 구사한다는 CNN 앵커들의 목소리도 얼굴을 가리고 들으면 이해력이 반으로 떨어지는 판인데, 그는 목소리 톤도 낮은데다 강한 남부 악센트까지 제대로 갖춘 할아버지였다.

간단한 인사와 날씨 이야기 등으로 몇 분을 보내며 정신을 차리려 했지만 도무지 감을 잡을 수가 없었다. 본격적으로 인터뷰에 들어가자 '자기소개를 부탁한다'는 질문과 '왜 이 회사를 원하냐'는 질문에는 청산유수로 대답이 술술 나왔다. 수도 없이 외우고 또 외웠던 답변이었기 때문이다. 하지만 본격적으로 전문 업무와 관련된 세 번째 질문이 시작되자 내 귀에는 그의 목소리가 고약한 피리 소리처럼 들렸다.

"삐리리리릭⋯."

내 귀에는 분명 그렇게 들렸다. 머릿속이 새하얘졌다. '이 질문이 과연 무슨 뜻일까?' 머리를 재빨리 굴려보았지만 도저히 추측할 수 없었다. 알아들은 단어가 하나도 없었기 때문이다. 수화기를 한 손으로 막고 한 차례 크게 숨을 내쉰 뒤 말했다.

"Excuse me?"

하지만 이번에도 내 귀에 들려온 소리는 "삐리리리릭…"뿐이었다. 손에 땀까지 났다. 하지만 다시 용기를 내어 물었다.

"제 전화기가 문제가 있는 것 같습니다. 죄송하지만 다시 한 번만 말씀해 주실 수 있습니까?"

수화기를 통해 상대방 할아버지의 싸한 냉기가 전해져 왔다. 하지만 내 귀에 들려온 소리는 또다시 무정한 피리 소리뿐이었다. 속에서 열불이 나는 것은 물론이요, 머릿속에선 판사가 망치로 땅땅거리며 최종 판정을 내리는 소리가 들려오기 시작했다. '너는 땡이다'라는 판결문. 이쯤 되니 오히려 오기가 생기기 시작했다. 어차피 더 이상 물러설 데도 없지 않나.

"죄송한데 천천히 다시 한 번 말씀해 주시겠습니까?"

수화기를 통해 내 귀에 들려오는 할아버지의 목소리는 좀 더 늘어진 "삐이리리리리이리리릭…"이었다. 그는 나름대로 천천히 말해 준 것이었는데, 야속하게도 내 귀에는 여전히 바람이 빠져버린 피리 소리로만 들려왔다.

이 일화는 내가 영어로 인해 받은 스트레스 가운데 빙산의 일각에 속한다. 사실 나는 MBA에 들어가는 순간부터 온갖 스트레스에 시달려야 했다. 완벽하게 영어를 구사할 뿐 아니라 머리도 좋고 집안 환경까지 내로라하는 잘난 이들이 우글대는 집단인 MBA에 모여 있는 인간들은 나를 끝없는 열등감 속으로 몰아넣기에 충분했다. 그 틈에 버티고 서서 그들과 경쟁하는 일은 생각보다 훨씬 고통스러웠다.

물론 처음부터 대학 전공이나 회사 이력 등 내 조건이 다른 사람들에 비해 유리하지 않다는 것은 너무도 잘 알고 있었다. 좋게 표현하면 독특한, 직설적으로 표현하면 뜨악한 내 조건들, 여기에 '네이티브 스피커가 아니다'라는 약점까지 덧붙여져 취업 전쟁에서 성공할 가능성이 지극히 낮다는 사실을 인정할 수밖에 없었다. 하지만 문제는 그에 따른 스트레스가 예상보다 훨씬 심각했다는 사실이다. 욕심과 열정만큼은 누구에게도 뒤지지 않는다고 자부했기에 '남보다 뒤진다'는 사실에서 오는 스트레스에 가슴이 터져버릴 것 같았다. 하지만 그 스트레스를 줄이는 것 역시 내 몫이었다. 결국 내가 내린 결론은 '남들보다 뛰어난 이력서를 가지고 있지 않다면 남들에게는 자연스럽게 쏟아질 기회를 내 발로 직접 찾아 다녀야 한다'는 것이었다. 즉 남들보다 수십 배의 노력을 기울여 이력서를 작성하고 인터뷰에도 매달려야 한다는 걸 의미했다.

그렇게 무작정 시간을 바치고 무작정 노력하고 무작정 회사 문을 두드리는 것이 힘들지 않았냐고 묻는다면 진심으로 "그렇다"고 대답한다. 그 과정은 무척 험난하다. 조금 더 정확하게 표현하자면, 100곳의 회사를 향해 문을 두드렸을 때 헛발질이 99번이고 가능성 있는 발길질은 고작 한 번 정도 되는 게임이다. 지금은 웃으며 이야기하지만, 사실 첫 번째 전화 인터뷰의 실패를 겪었을 당시 엄청난 스트레스에 시달려야 했다. 몇날 며칠의 노력이 '삐리리릭'이라는 질문 하나로 한 방에 물거품처럼 날아갈 때, 그 허무함과 허탈함을 어찌 짐작할 수 있겠는가. 하지만 나는 그런 경험을 할 때마다 좌절하지 않고 며칠 후 오뚝이처럼 툴툴 털고 일어나 자신에게 매일 주문을 걸었다.

'99번의 헛발질로 인해 쌓여가는 스트레스와 육체적 피로 때문에 한 번의 가능성을 놓치는 일은 없어야 한다. 나만의 꿈과 목표를 아직 찾지 못했는데 여기서 이렇게 허무하게 멈출 수는 없다. 비록 0.01퍼센트의 확률이라 할지라도 나의 꿈이 될지 모를 그 가능성의 기회를 절대로 놓치지 말아야 한다.'

그런데 여기에 더해지는 숙제가 바로 소셜 네트워크(social network)와 팀워크(team work) 활동이었다. 소셜 네트워크 활동은 쉽게 말해 공부와는 관련 없는 학생들 간의 사교 활동이라 할 수 있다. 인간관계를 넓힐 수 있는 기회이기도 한데, 사회성과 인간관계 덕목을 반드시 갖춰야 할 실력 중 하나로 생각하는 미국에서 소셜 네트워크 활동은 결코 등한시 할 수 없다. 문제는 내가 낯선 사람들과 어울리는 걸 좋아하는 것도, 강단이 좋은 것도, 소위 말하는 얼굴이 철판인 성격도 아니라는 사실이었다. 외국 문화를 익히기 위해 적극적으로 외국 문화에 자신을 내던지는 동기들을 볼 때마다 어찌나 부럽던지. 안타깝게도 나는 외국 생활의 필수 조건이라 할 만한 적극성이 결여되었던 건지도 모른다. 하지만 뒤처지지 않기 위해선 역시나 일단 무조건 노력해야 했다. '인간관계를 넓혀야 한다'는 목표 아래 한국에선 익숙하지 않은 소셜 네트워크 파티나 회사 설명회 모임 등에 얼굴을 내밀고, 주변 사람들과 웃고 떠들고, 내 본연의 성격을 바꾸는 노력까지 해가며 네트워크 활동에 매진했다. 팀워크 활동에서도 나의 소심한 성격은 장애물이었다. 팀워크란 과목당 4~5명이 한 팀이 되어 어떠한 주제에 대해 함께 준비하고 공동 발표를 하는 것을 말한다. Duke MBA에서 가장 강조하는 것 중 하나가 바로 이 팀워크 활동이며, 많은 수업이 이 방식으로 진행된다. 그 수업들을 따라가기 위해서는 소극적인 성격의 박혜아와는 전혀 다른, 적극적으로 발표하고 대화에 활발히 참여하는 '소셜 박혜아'가 필요했다.

남들보다 공부도 두세 배의 시간을 들여야 했고 소셜 네트워크 활동과 팀워크 활동에도 적극적으로 참여해야 했으니, 결국은 잠을 줄일 수밖에 없었다. 하루가 제발 48시간이었으면 좋겠다는 생각이 머릿속을 떠나지 않았다. 24시간이 어떻게 흘러갔는지도 모르게 눈 깜짝할 새 하루가 지나갔고, 그중 내가 잠을 청할 수 있는 시간은 평균적으로 4~5시간 정도였다. MBA 2년의 대부분을 그렇게 보냈다.

이처럼 더 이상 나쁠 것도 없다고 생각한 상황에 또 하나 더해진 악조건이 있었다. 그것은 바로 졸업 시기였다. 2002~2004년은 인터넷 버블(Internet Bubble)이 한차례 세계 경제를 휩쓸고 지나간 시기였다. 그 시점에서 시민권이 없는 외국인을 관대히 두 팔 벌려 반겨주는 미국 회사는 없었다. 높은 연봉의 MBA 출신을 채용하여 얻는 효용성과 이익에 대해 회의가 일기 시작한 한국의 회사들 역시 더 이상 예전처럼 무조건 MBA 출신을 반기지 않았다. 미국 현지 취직도, 한국에서 일을 찾는 것도 모두 쉽지 않은 최악의 상황이었다. 하지만 나는 무조건 두드렸다. 대학 때부터 MBA를 오기 직전까지 십수 년간 갈고 닦은 나의 '기웃거림' 실력이 다시 한 번 발휘되는 순간이었다. '나는 타고난 은행가다, 나는 타고난 마케터다' 같은 뚜렷한 목표나 확신은 여전히 없었지만, 그것이 없었기에 더욱 더 열심을 다해 여러 곳의 문을 두드릴 수 있었다.

그렇게 우여곡절을 겪으며 이 회사 저 회사에서 탈락의 고배를 마시고 있던 어느 날, 한 미국 은행이 회사 설명회를 개최한다는 소식을 듣고 설명회에 참석했다. 간단하게 회사 소개를 하는 프레젠테이션으로 설명회가 시작되었고, 은행 각 부서의 최고 우두머리들을 소개하는 시간이 이어졌다. 그리고 드디어 네트워킹 시간. 앞서 이야기했듯이, 나는 조련사의 눈에 들기 위해 안간힘을 쓰는 하이에나가 되어야 했다. 회사 소개 시간에 나온 '인터내셔널 조직'이라는 단어에 흥미를 느낀 나는 곧장 인터내셔널 부서의 담당자에게로 다가갔다. 그에게서 보다 자세히 인터내셔널 사업에 대한 정보를 들을 수 있었고, 이메일 주소까지 건네받았다. 그 후 몇 차례 그 담당자에게 이메일을 보냈다. 취업과 인간관계를 위해 필수적인 '네트워킹 이메일' 작업이었다. 그로부터 몇 주 후, 드디어 그 미국 은행의 채용 공고가 떴다. 기다렸다는 듯 곧장 이력서를 제출했다. 몇 주일을 다듬고 또 다듬었던 소중한 이력서였다. 그리고 몇 주 후 드디어 서류 통과 소식이 전해졌다. 동시에 두 명의 면접관과 30분 동안 진행되는 1차 인터뷰 스케줄을 통보 받았다. 나는 즉시 인터뷰 가상 시나리오를 짰고, 거울 앞에서 예상 질

2004년 봄, 졸업식에서 친구들과 함께

노스캐롤라이나 듀크 졸업식

이곳저곳 두드리며 시행착오속에 쌓아가는
경험이야말로 소중한 자산이다.

MBA는 입학하는 순간부터가 취업 전쟁의
시작이다.

문과 답변들을 통째로 외우고, 외우고, 또 외웠다.

　1차 인터뷰를 마치고 나오는데 확실히 감이 좋았다. 솔직히 말해서 인터뷰를 할 때는 '감'이란 게 오기 마련이다. 함께 이야기를 나눈 사람들과의 교감이 잘 이루어졌는지 아닌지에 대한 감. 이후 한 차례의 전화 인터뷰를 거쳐 드디어 마지막 인터뷰를 위해 본사로 초대한다는 소식을 받았다. 마지막 단계까지 살아남은 미국 전역의 지원자들이 회사 본사로 초대되어 1박 2일 동안 최종 심판을 받게 된다는 내용이었다. 이른바 'Super Saturday'였다. 이것은 미국의 많은 금융 회사들과 투자 은행들이 취하고 있는 방식으로, 첫째 날인 토요일에는 칵테일 파티가 열린다. 학생들은 각자 팀을 배정받고 자신의 팀 사람들과 함께 얼굴을 마주하고 저녁을 먹는다. 조금 여유 있는 분위기 속에서 지원자들은 성격과 인성 등에 대해 평가를 받는다. 둘째 날인 일요일에는 정식 인터뷰가 진행되는데, 다수의 면접관들과 마라톤 인터뷰를 통해 업무에 대한 보다 심도 깊은 평가를 받게 된다. 마지막 인터뷰 초대장을 받자마자 나는 칵테일 파티에서 이루어질 대화 주제와 정식 인터뷰의 가상 질문 리스트를 수십 개씩 뽑아 예상 답변 준비에 들어갔다.

　드디어 결전의 날이 다가왔다. 그날 아침, 학교에 들러 친구들과 함께 인터뷰 최종 점검을 한 뒤 뛰는 가슴을 진정시키며 세 시간 30분을 운전해 본사가 있는 도시에 도착했다. 호텔에 짐을 풀고 다시 한 번 가상 질문들을 되새김질하다 보니 어느덧 파티 시간이었다. 처음 간 도시에서의 어색함도 잠시, 살아남기 위해선 정신을 집중해야 했다. 나는 그간 학교에서 배운 모든 지식과 기술을 머릿속에 떠올려가며 나를 둘러싼 낯선 사람들과의 대화를 최대한 자연스럽게 풀어나갔다. 저녁 식사 시간에는 내 양 옆으로 두 명의 매니저가 앉았다. 그런데 시간이 얼마 지나지 않아 문제가 발생했다. 두 명 중 한 사람과 유독 대화가 잘 풀리지 않는 느낌이 들었다. 그는 한국을 포함한 동북아시아 전역의 나라들을 담당하는 매니저였다. 시간이 흐를수록 내가 준비해 간 대화 주제들이 그에게 잘 통하지 않는다는 느낌이 들었다. 내 나름대로 적절하다고 생각하며 화제로 꺼낸 것 중 하나가 바로 한국 기업의 미래에 관한 것이었는데, 그만 본격적으로 박살이 나버렸다. 그의 입에서는 쉴 새 없이 한국 기업에 대한 비판이 쏟아졌다. 결국 그런 화제를 꺼낸 나에게로 불똥이 튀는 형국이었다. 나중에 알게 된 사실이지만, 그 부서가 몇몇 한국 기업에 돈을 빌려주었는데 IMF를 지나 그 시점까지도 해결이 되지 않고 있던 상황이었다. 동북아시아 담당자로서 속을 끓이고 있을 매니저에게 하필 한국 기업에 대해 질문한 것이 화근이었다. 하지만 설마 내가 그런 사실을 알고도 질문을 했겠는가. 분위기가 잘 풀리지 않고 있다는 게 온몸으로 느껴졌다. 겉으론 열심히 스테이크를 썰며 태연한 척했지만, 작은 고기 한 점조차 목구멍으로 넘기기 힘들 정도로 나의 마음은 불안한 상태였다. 그때 몇 자리 건너 앉아 있던 훤칠한 매니저가 내게 지난여름 인턴십 활동 때 맡았던 가전제품 프로젝트에 대한 질문을 던졌다. 대화 분위기를 바꾸어 주기 위한 그의 친절한 배려가 느껴졌다. 지옥에서 겨우 탈출한 기분으로 간신히 그 시간을 마무리하고 서둘러 행사장을 나왔다. 숙소로 돌아가 거울을 보며 다음 날 있을 정식 인터뷰 준비를 했지만, 이미 마음이 상할 대로 상한 터라 잘될 리가 없었다.

그렇게 힘든 하루가 지나고 다음날 본격적인 인터뷰가 총 네 시간 동안, 각각 30분씩 일곱 명의 면접관과 마라톤 형식으로 진행되었다. 떨린다는 느낌조차 느끼지 못할 만큼 언 상태에서 인터뷰가 시작됐다. 나를 인터뷰하는 여러 면접관 중에는 당시 조직의 최고 고참도 속해 있었다. 그와의 인터뷰는 특별히 느낌이 좋았다. 반면 흑인 남자 매니저와 백인 여자 매니저와의 인터뷰는 감이 좋지 않았다. 특히 흑인 매니저는 나의 영어 발음과 억양을 잘 알아듣지 못한 듯했다. 내가 특별히 낯선 문장들을 말한 것도 아닌데 유독 대화가 잘 풀리지 않는 느낌이었다. 그렇게 인터뷰를 모두 마치고 나니 온몸의 기가 다 빠져나간 기분이었다.

그 후 심 봉사가 눈뜨기를 기다리는 심청이의 심정으로 초조하게 결과를 기다렸다. 대부분의 경우 1~2주 내 결과가 발표된다. 1주일쯤이 지나자 나와 함께 면접에 참가했던 친구들에게 하나둘 불합격 통지가 날아오기 시작했다. 하지만 내게는 아무런 소식이 없었다. 그렇게 시간이 지나 한 달 만에 얻은 대답은 내가 웨이팅리스트에 올랐다는 것이었다. 그리고 그 상태로 약 3개월이라는 피말리는 시간이 흘렀다. 최종 대기자 명단에 들었을 때 나는 내가 할 수 있는 온갖 시도는 다 해보았다. 앞서 이야기했던 것처럼 필라델피아로 날아가 담당 매니저를 직접 만나기도 했고, 주기적으로 이메일을 보내거나 미팅을 요청하기도 했다. 혹시나 그쪽에서 갑자기 요청해 올 지도 모를 인터뷰를 대비해 대기자 명단에 올라있던 기간 내내 인터뷰 준비 역시 멈추지 않았다. 다른 기업들로부터 합격 통지를 받아도 그 은행에 대한 생각은 놓지 않았다. 무엇보다 99번의 무수한 시도와 헛발질 끝에 찾아온 단 한 번의 기회를 놓치지 않고 싶어서였다.

이 취업 전쟁에서 나는 정말로 수많은 회사들로부터 거절당했다. 이력서와 커버레터 단계에서 고배를 마신 곳이 적어도 100군데 가까이 될 것이다. 인터뷰 단계까지 갔으나 거절당한 곳 역시 손가락으로 다 꼽기 힘들다. 하지만 나는 포기하지 않고 두드리고 또 두드렸다. 그리고 결국 면접 단계까지 뚫고 들어갔던 여러 회사들 중에서도 합격 가능성이 가장 낮아 보이던 지금의 회사가 나를 뽑았다. '설마 이 회사가?'라고 생각한 곳에서 나를 부른 것이다.

나는 이 모든 일이 가능했던 건 포기를 모르고 끝까지 노력하며 밀어붙인 끈기 때문이었다고 생각한다. 취업을 목표로 일단 취업 전쟁에 뛰어들었다면 섣불리 포기란 단어를 선택해서는 안 된다. 어쩌면 자신의 코앞까지 다가와 있을지도 모를 기회를 아깝게 놓쳐버릴 수 있기 때문이다. 포기라는 단어를 자신의 인생에서 지우는 일, 이것은 잡 전쟁을 앞둔 우리가 첫 번째로 가져야 할 자세임에 틀림없다.

잡(Job) 전쟁은 늘
현재진행형이다

힘겨운 취직 전쟁의 관문을 거쳐 처음으로 발령을 받은 곳은 은행의 국제부 본사가 위치한 필라델피아였다. 전 세계 44개 국가에 흩어져 있는 국제부 지사들을 관장하는 핵심 사령관들이 일하는 곳이기도 하다. 입사 첫날 필라델피아 거리를 걸으며 장밋빛 미래를 꿈꾸던 것도 잠시, 본격적으로 일을 시작하면서 나는 사회는 학교와는 다른 세계라는 것을 또 한 번 뼈저리게 느꼈다. 미국 은행 근무는 힘들었던 유학보다 한 단계 더 어려운 게임이었다. 한국과는 전혀 다른 정서의 미국 조직 문화에 적응하는 것도 힘들었고, 한국인 하나 없는 필라델피아 본사에서 365일 계속되는 업무를 소화하는 것도 숨 막히는 일이었다. 거기에다 익숙하지 않은 금융 상품을 파악하는 일과 여전히 지속되는 영어와의 전쟁 역시 나를 한시도 쉬지 못하게 만들었다.

그러나 이 모든 것들 위에 또 하나의 과제가 주어졌다. 바로 구체적인 목표 설정. MBA 유학은 2년이란 정해진 시간과 취업이란 정확한 목표가 있는 게임이었다. 하지만 회사 생활에서는 자기 스스로 시간과 목표를 만들어 나가야만 하는 것이다. 자신이 오르고자 하는 곳을 어디로 잡을 것인지, 거기까지 가는 시간을 어떻게 정할 것인지, 이 모든 것을 스스로 정하고 계획해야 하는 것이다. 입사 결정 후, 다행히도 나의 담당 매니저는 내가 3년 후쯤 오르게 될 중간 청사진을 그려 주었다.

내가 도달하게 될 3년 후의 그림, 그 구체적 목표를 생각하며 나는 자세를 가다듬었다. 내가 하고 있는 일에서만큼은 절대 남들에게 뒤지지 않기 위해 노력했다. 사실 나의 업무는 대다수의 MBA 출신들이 맡고 있는 은행 금융 업무와는 다소 달랐다. 가끔은 정통 투자 은행 분야에서 일하는 동기들이 부럽기도 했지만, 그때마다 3년 후의 내 모습을 떠올리며 성실히 업무에 임했다.

그런데 입사한 지 2년이 채 안 되었을 무렵 문제가 생겼다. 회사 조직이 바뀌면서 3년 뒤 계획되어 있던 나의 자리에도 변화가 생긴 것이다. 내 모든 노력과 목표는 없던 일이 되었다. 상사가 그 말을 전하던 순간 앞에선 담담한 척했지만 집으로 돌아와 펑펑 울었다. 그 목표를 향해 지난 2년을 달려왔는데 모든 것이 물거품이 되다니, 허무함이 밀려왔다. 그 일이 있은 뒤 6개월쯤 흘러 입사 2년 반이 되었을 때, 나는 점점 안달이 나기 시작했다. 인생을 걸고픈 목표나 꿈은 여전히 보이지 않는데다 하고 있는 일에 대한 과도한 스트레스가 더해지면서 또다시 조바심과 갑갑함을 느끼고 있었다. 그와 동시에 슬슬 나의 고질병인 '여기저기 기웃거리기'와 '끊임없는 꿈 찾기' 게임에 발동이 걸렸다.

그러던 어느날, 현재 공석인 홍콩의 한 보직이 우연히 눈에 띄었다. 우리 은행의 아시아 본사인 홍콩에 있는 무역 금융 세일즈 업무직으로, 전 세계 여러 나라의 금융 기관들을 상대로 금융 상품을 판매하는 업무였다. 문제는 그 보직이 최근 몇 년 간 다수의 사람들이 얼마 버티지 못하고 뛰쳐나간 자리라는 것이었다. 주변 동료들을 비롯한 모든 사람들은 내게 '버티기 힘든 자리'라며 만류했다. 거기다 미국 경기 악화로 회사 전체가 위협을 받고 있는 시점이었다. 누가 봐도 회사가 직원을 외국으로 파견할 여유가 없을 때였다. 하지만 나는 고민 고민 끝에 또 한 번의 결단을 내렸다. 현재의 위치에서 한 단계 업그레이드되기 위해서는 업무 환경을 다른 곳으로 좀 더 넓히고 다른 금융 상품의 세일즈에도 도전해 볼 때가 됐다고 생각했다. 홍콩으로 움직이기로 결심한 것이다.

일단 결심을 굳히자 회사 동료들을 비롯한 주변의 많은 사람들이 발 벗고 나서서 나를 도와주기 시작했다. 당시 홍콩의 인사 담당 매니저는 그 공석을 홍콩에 있는 현지 직원에게 맡기거나, 혹은 아예 없앨 것을 고려하고 있었다. 하지만 은행 본사에서 그간 나를 지켜본 많은 사람들이 홍콩의 매니저에게 이메일을 보내 그를 설득했다. 필라델피아에서 쭉 나를 지켜봐왔던 회사 조직을 관리하는 동료는 담당 매니저에게 편지까지 써가며 나를 응원해 주었다. 자신의 일도 아닌데 이렇듯 열정적으로 나를 도와주고 지원해 주는 주변 사람들이 너무나도 고마웠다. 내가 홍콩으로 떠나기 전 도와준 모든 이들에게 감사하다는 말을 전했을 때, 그들은 "그곳에 가서 너의 능력을 꽃피우는 것이 우리 회사를 위한 것이고 그게 우리한테 보답하는 길이야!"라며 격려를 아끼지 않았다. 아는 사람 한 명 없는 낯선 필라델피아 도시 한 가운데, 문화와 조직 정서가 다른 이곳에서 오로지 앞만 보며 달린 3년의 시간, 그 시간들이 절대로 헛되지 않았음을 느끼는 순간이었다.

그렇게 나는 필라델피아를 3년 반 만에 떠나 또 다른 낯선 도시 홍콩으로 옮겨왔다. 그런데 새로운 환경과 일에 적응하기도 벅찬 와중에 예상치 못한 물살이 또 한 번 나를 강타했다. 홍콩에서 일을 시작한 지 6개월도 채 안 된 어느 날 아침, 홍콩 인터내셔널 신문 경제면 1면에 우리 회사가 휘청거리고 있다는 기사가 실렸다. 설상가상으로 직원 1만 2천 명이 해고될 것이라는 사실까지 발표되었다. 내가 팔고 있는 무역 금융 상품이 내가 전담하고 있는 나라들에게는 아직 낯설었기 때문에 '갸우뚱한' 반응을 보이고 있을 때였다. 거기다 내 담당 국가의 한 디렉터가 암묵적으로 내 영어의 취약한 부분을 야금야금 공격해 오고 있을 때였다. 안 그래도 습한 홍콩의 공기 속에서 내 위치에 대한 위협을 느끼며 하루하루가 숨 막히게 지나갔다. 그런 상태로 3개월이 더 흘러 내가 홍콩으로 이동한 지 9개월이 되던 때, 마침내 우리 회사는 다른 회사에 인수 합병되었다. 곧 이어 대대적인 조직 개편과 인사이동이 단행되었고, 하루아침에 동료들이 우수수 잘려 나갔다. 여전히 내가 팔고 있는 상품은 전혀 반등을 보일 기미가 없었다. 당시 담당하고 있는 한 나라의 매니저들은 대놓고 이렇게 말하기도 했다.

"당신이 파는 상품은 절대로 우리나라에는 팔리지 않을 테니 그만 포기하는 게 어때요?"

하지만 나는 포기하지 않았다. 무조건 부딪혔다. 고객들을 만나 끈질기게 설득했다. 그리고 결국 그 노력의 결과가 조금씩 눈에 나타나기 시작했다.

2011년 현재, 나는 여전히 홍콩에서 일하며 산다. 한국이란 나라와 너무나도 다른 환경에서, 세계 각국에서 모인 직장 동료들과 더불어, 이제는 담당 국가를 넓혀 아프리카, 중동, 남아시아의 국가들을 상대로 무역 금융 세일즈를 담당하고 있다. 내가 이 업무를 맡은 후 담당하고 있는 대부분의 나라에서 10~20퍼센트의 매출 증가를 이루었고, 특히 한 국가에서는 100퍼센트가 넘는 엄청난 매출 성장을 달성하기도 했다. 내 앞을 거쳐 간 수많은 직원들이 포기하고 뛰쳐나간 자리, 매출 실적이 저조하고 지원조차 없어 보직을 없앨 고민까지 회사에 안겨 준 자리, 바로 그 자리에서 이뤄낸 성과이기에 더 큰 보람과 짜릿함을 느낀다.

하지만 이러한 성장과 결과에 만족하며 손에서 일을 놓은 적은 한순간도 없었다. 처음 필라델피아에서 시작해 지금에 이르기까지, 이 미국 은행에서 보낸 6년이 얼마나 변화무쌍하고 긴박감 넘치는 나날들이었는지 떠올려보면 매순간 긴장하며 살지 않을 수 없기 때문이다. 노력하지 않으면 어떻게 도태되는지 두 눈으로 목격했고, 자신의 의지와 상관없이 회사 환경이 변할 수 있다는 것도 경험했고, 또 그로 인해 불가피하게 인생의 항로를 수정해야 할 수 있다는 것도 깨달았다. 아무리 능력이 있어도 곳곳에 도사리고 있는 변수를 피해가지 못할 때가 있다는 사실을 알았기 때문이다.

변화의 급물살에서 살아남기 위해선 긴장하며 살 수밖에 없고, 남들에게 뒤쳐지지 않고 낙오되지 않기 위해선 무던히 노력하는 수밖에 없다. 물론 이런 삶이 때론 한없이 피곤하고, 두려움을 준다는 것을 잘 알고 있다. 하지만 그것이 반대로 나를 긴장시켜 한 걸음 더 발전시키며 동시에 생동감 넘치는 다양한 세계로 이끌어 준 것 역시 분명한 사실이다.

미지의 환경에서 미지의 사람들과 어울리며 미지의 국가들을 상대로 일하는 나는 지금도 매일 배우고 깨우치고 자극 받으며 살아간다. 그리고 그러한 일상의 순간순간 내 몸의 세포 하나하나가 살아 숨 쉬는 것을 느끼고 삶에 대한 열정이 충만해짐을 맛본다. 또한 아직까지 경험하지 못한 무궁무진한 세계가 앞으로도 끝없이 펼쳐질 것이라고 믿어 의심치 않는다. 각도를 약간만 틀어 생각하면 긴장감이란 어쩌면 우리를 좀 더 열정적으로 살게 하는 에너지이기도 하다.

취업에 성공했다고 해서 모든 게 끝난 것이 절대로 아니다. 큰 조직이건 작은 조직이건, 한국 조직이건 글로벌 조직이건 모두 마찬가지다. 잡 전쟁에 절대로 끝이란 없다. 어딘가 있을 나의 목표를 위해, 나의 꿈을 위해, 그리고 무엇보다 열정과 열기가 넘쳐흐르는 삶을 위해 나의 전쟁은 지금도 여전히 현재진행형이다.

외국 직장생활,
다섯 가지 적과 동침하기

한국에서 일을 하면서 겪는 나름의 고초가 있듯 외국 기업에서 일을 하다보면 한국에서와는 또 다른 다양한 문제를 만나기 마련이다. 그중 특히 어려운 다섯 가지 장애물을 꼽으면 영어, 비자, 인종 차별, 불안, 그리고 해고이다. 이제부터 이 다섯 가지 적들에 대해 하나씩 살펴보자.

영어, 영어, 영어, 그 풀리지 않는 숙제

많은 사람들이 내게 묻곤 한다. 어떻게 하면 영어를 잘할 수 있냐고. 외국 회사에서 일할 정도이니 영어를 정말 잘할 것이라고 생각하는 것이다. 그럴 때마다 나는 내 인생에서 시간과 돈과 에너지를 쏟아 부은 노력에 비해 그 보상이 극히 적은 두 가지가 있다면 바로 골프와 영어라고 자신 있게 답한다. 심지어는 요즘도 가끔씩 영어 실력만큼은 나보다 뛰어난 뉴욕의 부랑자들이 부러워질 때가 있다고 말이다.

나는 한국에서 태어나 한국에서 공부하고 5년간 한국에서 직장 생활을 했다. 대학에 들어가기 전까지는 단 한 번도 외국 땅을 밟아본 적 없는 머리부터 발끝까지 완전 순수 토종 한국 사람이다. 고백하건대 나는 아직도 가끔씩 꿈을 꾼다. 우리 어머니가 원정 출산으로 LA 한인 타운 구석 어느 병원에서 나를 낳았다면 내 영어 실력이 지금보다는 좀 나았을까? 기러기 가족이 되기를 각오하고라도 부모를 졸라 조기 유학을 감행했더라면 영어로 받는 스트레스가 덜했을까? 좀 더 어린 나이에 외국 여행과 어학연수에 관심을 가졌더라면 내 영어가 훨씬 유창해졌을까? 물론 그 꿈에서 깨어나 현실을 돌아보면 여전히 영어에 목매는 토종 한국인 박혜아를 발견할 뿐이다. 이것은 대한민국 남녀노소라면 누구나 느끼는 비애인 것이다. 아무리 구애를 해도 내 것이 되지 못하는 선망의 대상, 영어.

물론 영어에 타고난 재능을 가진 사람들을 주변에서 종종 만난다. 자전거 타는 일처럼 본능적으로 영어를 구사하고 원서를 읽고 단어나 어휘를 바로 흡수해 버리는 사람들이 있다. 하지만 나는 애석하게도 그런 남다른 언어 능력 따윈 애당초 없었다. 프랑스어, 중국어, 일어를 몇 년씩 공부했음에도 지금은 단어 한 마디도 기억하지 못한다. 영어 역시 지금처럼 매일 쓰지 않았더라면 금방 잊어버렸을 것이다. 단어를 수도 없이 노트에 쓰고 또 쓰고 입으로 외운다한들, 물 한 잔 마시고 뒤돌아서면 바로 낯선 언어가 되고 마는 것이다. 그렇다고 남들 시선 따위 아랑곳 하지 않고 뛰어난 사교성과 활달하고 자신감 넘치는 성격을 무기로 틀리건 맞건 외국인들에게 무작정 들이대는 성격도 못 된다. 상대방이 내 말을 조금이라도 못 알아듣는 기색이 느껴지면 금세 얼굴이 빨개지고 당황하는 숫기 없음의 여왕이었다.

아마도 이런 나와 비슷한 사람들이 꽤 많으리라. 그런데 이처럼 결코 뛰어나지 않은 영어 실력을 지닌 내가 참으로 신기하게도 지금의 자리까지 왔다. 유학 2년을 잘도 버텼을 뿐 아니라 외국 기업에서 6년 동안 괜찮은 성과를 올려가며 잘 지내고 있는 것이다. 영어와의 전쟁에서 단 한 번도 속 시원히 이겨본 적은 없지만 그렇다고 지지도 않았다. 지금도 완벽하지 않은 영어 실력으로 외국인들 틈에서 살아남을 수 있었던 나의 경험을 몇 가지 소개하겠다.

1단계 당장의 결과물이 없어도 포기하지 않는다

눈 빠지게 영어 문법책 들여다보기, 영어 단어가 빼곡히 적힌 단어장 만들기, 그 단어장과 한 몸이 되어 틈만 나면 중얼거리기, AFKN과 BBC 귀가 닳도록 듣기, 인기 절정의 미국 시트콤 대본 외우기, 강남역 학원가 토익, 토플, 텝스 강좌 섭렵하기, 온갖 사이트들 검색해 토익 점수 올리는 비법 캐내기, 회화 강습 빠지지 않고 출석하기, 어학연수나 교환학생 프로그램 신청하기…. 일일이 열거하기도 벅찬 이것들은 학창 시절부터 유학 시절까지 내가 시도해 본 온갖 영어 공부법들이다. 그런데 이 방법들, 절대 특별한 것이 아니다. 대한민국 사람들이라면 누구나 한번쯤 해봤을 보편적이고 평범한 방법들이라고 생각한다.

영어가 중요하다는 것을 모르는 사람은 없다. 나 역시 영어가 중요하다고 생각했기에 늘 영어에 매진했다. 딱히 영어를 좋아해서도, 부모님이 강요해서도 아니다. 별다른 목표도 없이 이리저리 기웃대기만 하던 내가 영어에 대한 특별한 꿈이나 목표를 가졌을 리도 없다. 그저 '언젠가는 필요하겠지'라는 막연한 생각이었다.

물론 가끔씩은 만족할 만한 결과물이 보이는 듯했다. 하지만 늘 다음 단계에서 다시 고비를 맞고 좌절하곤 했다. 교환학생을 거치며 영어 실력이 좀 나아졌다고 자부할 때쯤 곧바로 형편없는

GMAT 점수가 나를 실망시켰다. GMAT 공부에 매달려 MBA 합격 통지를 받은 후 이제 좀 한시름 놓았다고 생각한 것도 잠시, MBA 첫 수업 시간이 되자 알아듣기 힘든 교수님의 발음에 또 무릎을 꿇어야 했다. 은행 취직 후 가졌던 기대감도 주변 동료들이 속사포처럼 쏘아대는 영어 앞에 순식간에 사라져버렸다. 그렇게 영어는 잊을 만하면 나를 울리고 배신했다. 숱한 좌절의 연속에서 결국 나는 한 가지 사실을 깨달았다. 죽었다 깨어나도 나는 네이티브 스피커가 될 수 없다는 것이었다.

그럼에도 불구하고 나는 영어에 대한 애정 공세를 멈추지 않았다. 우선 냉정하게 하루아침에 내 귀가 번쩍 뚫리고 내 혀가 유연하게 굴러갈 만큼의 눈에 띄는 효과 같은 건 없다는 사실을 인정하기로 했다. 그런 다음 소처럼 묵묵히 영어 공부에 매진했다. 어찌 보면 무식하게 반복하고 지속하는 공부법만이 유일한 방법이라고 생각했다. 평생 안고 가야 할 과제처럼, 평생 해야 할 공부처럼, 나를 둘러싸고 있는 공기처럼, 하루 세 끼 먹는 밥처럼, 영어를 그런 존재로 대하기 시작한 것이다. 이것이 지금 이 자리까지 내가 무사히 올 수 있었던 영어 공부의 비결이라면 비결이다.

왜 빤한 이야기를 하냐고 욕할지도 모르겠다. 하지만 이것은 내가 몸소 증명해 낸 값비싼 경험이기 때문에 자신 있게 추천할 수

있다. 영어는 지금 당장 결과물이 없어도 절대로 포기하지 말아야
한다. 영어를 대할 때만큼은 단기적인 목표에 연연해선 안 된다.
온갖 방법을 다 동원해도 당장 손에 잡히는 효과가 없다고 좌절하
지 말고, 반대로 영어가 조금 느는 것 같다고 자만해서도 안 된다.
천재적인 언어 감각을 타고 태어나지 않은 이상, 대부분의 사람들
에게 영어란 평생 함께 가야할 파트너인 것이다.

2단계 창피해 죽을 것 같아도 도망치지 않는다

MBA 첫 학기 초반 마케팅 수업 시간의 일이다. 짧은 프레젠테
이션 과제가 학생 모두에게 주어졌다. 나는 '난폭한 컴퓨터 게임은
어린이 정서에 좋지 않다'는 주제로 꼼꼼하게 내용을 준비했다. 통
계표는 기본이요, 동영상에 음악까지 추가해 눈에 띌 만한 PT 문
서를 완성했다. 수업 중 교수가 예고 없이 던지는 질문인 콜드콜
(cold call)을 대비해 거울을 보며 그에 대한 연습도 철저히 하고
발표가 끝난 후 던져질 예상 질문에 대해서도 만반의 준비를 했다.
하지만 솔직히 말해 내가 지명을 받아 발표를 하게 될 확률은 거의
없다고 생각했다. 한정된 수업 시간을 감안할 때 학생 모두가 발표
를 하기에는 무리였기 때문이다.

과제 발표일이 다가왔다. 참고로 콜드콜의 순간은 교수와 나

와의 심리 게임이다. 내가 교수를 빤히 바라보고 있으면 내게 발표 기회를 달라는 메시지로 오해를 불러일으킬 가능성이 크다. 반대로 머리를 처박고 있으면 준비를 하지 않았다는 메시지로 전달되어 오히려 내가 지명될 수도 있다. 적당히 자신감 있는 얼굴로 적당한 횟수로 간간이 교수님의 얼굴을 쳐다보는 것, 이것이 콜드콜 심리전에서 이기는 전략이다. 나름대로 잘 준비했다는 자신감을 가지고 있었지만 특유의 소심한 성격이 어디 가겠는가. 슬슬 심장이 떨려오기 시작했다.

'학생들이 이렇게 많은데 설마 내 이름을 부르겠어?'

하지만 예상은 보기 좋게 빗나갔다. 백발의 교수님은 미소를 머금은 채 영어식 발음으로 내 이름을 호명하셨다.

"헤이 에이 팍(Hae A Park)."

그 순간 부디 내 귀에 환청이 들린 것이기를 진심으로 기도했다. 하지만 한 번 더 "헤이 에이 팍"이란 이름이 교수님의 입을 통해 흘러 나왔을 때 내 심장은 아우토반을 달리는 스포츠카의 엔진처럼 쿵쾅거렸다. 내가 MBA에서 겪은 첫 번째 콜드콜이었다. 학우들 사이에 아직 서로의 이름도 미처 외우지 못한 학기 초였다. 서먹서먹한 분위기에서 내가 발표를 잘해내지 못하면 어떤 이미지로 각인될지 불 보듯 뻔했다. 살얼음판 위를 걷는 기분으로 자리에서 일어나 강단 앞으로 걸어 나가는 동안, 지난 밤 거울을 보며 외운 PT 자료들이 하나 둘 날아가고 점점 머릿속은 백지장이 되어 갔다. 스크린 위에는 내가 애써 준비한 프레젠테이션 자료들이 펼쳐져 있었지만 나는 내가 무슨 말을 하고 있는지 모를 정도로 떨고 있었다. 다음 장으로 넘어가는 넥스트 버튼만 눌러대며 초스피드로 PT를 마쳤다. 그때까지도 내 심장 박동은 잦아들 줄 몰랐다. 넓은 강의실 정면에서 나 홀로 선 채 수많은 눈들을 감당하는 일은 마치 사형선고를 받길 기다리고 있는 피고가 된 것 같은 기분이었다.

그때 갑자기 중간쯤 어딘가에서 번쩍 손 하나가 올라왔다. 손의 주인공이 갑자기 내게 질문을 퍼붓기 시작했다. 처음에는 잘 들리지도 않았다. 그저 멍하니 그 손만 바라보고 있으니 그 학생이 다시 한 번 질문을 반복했다.

"혹시 본래 정서가 좋지 않은 아이들이 게임을 많이 하는 것은 아닌가요? 그 때문에 게임이 아이들에게 나쁜 영향을 끼친다고 알려진 것은 아닐까요?"

내가 이 질문을 아직까지도 또렷이 기억하는 것으로 봐서는 분명히 그 말뜻을 이해했다고 확신한다. 하지만 그 순간은 입도 눈도 얼어버린 상태로 모든 것이 정지 상황이었다. 평소였다면 아마도 "Very good question!"이라고 말을 한 뒤 시간을 벌며 대답을 생각했을 것이다. 반대로 질문의 애매모호함을 지적하며 좀 더 구체적인 설명을 해주겠냐고 되받아치고는 시간을 벌 수도 있을 것이다. 혹은 "다시 한 번 말해주시겠습니까?", 그것도 정 안되면 "당신 말에 동의합니다" 등 무슨 말이라도 한 마디 했을 것이다. 하지만 그 순간에는 어떤 말도 입 밖으로 나오지 않았다. 그저 모든 것이 일시에 정지해버린 느낌이었다. 내 모습을 더 이상 지켜볼 수가 없었던 건지 결국 그 사태를 안타깝게 보고 있던 교수님이 나서서 급히 상황을 마무리했다. 나는 나사가 풀린 로봇처럼 자리로 돌아가 앉았지만 이미 내 상태는 비참, 그 자체였다.

여기에 한걸음 더 나아가 쉬는 시간에 그 '손'의 주인공이 내게 다가와 미안하다고 사과함으로써 이미 절정에 달한 내 비참함에 완전히 결정타를 날려주었다. 냉정히 말해 그 손의 주인공이 했던 질문은 마케팅 수업의 주제와는 거리가 있는 다소 애매모호하고 생뚱맞은 질문이었다. 하지만 그의 질문이 엉뚱하건 아니건 내게 다가와 미안하다고 할 이유는 없었다. 그의 '미안하다'라는 말은 나를 불쌍히 여긴다는 말과 같은 뜻으로 다가왔다.

그날 저녁 집으로 돌아가는 길, 나는 유학이고 뭐고 다 그만두고 당장 한국으로 돌아가고 싶은 심정이었다. 더 이상 수업에 들어가고 싶지도 않았고, 어떤 얼굴로 친구들을 대해야 할지도 막막했다. 그날 밤 창피함과 좌절감 속에 지독하게 속앓이를 했다. 하지만 다음날 아무 일 없었다는 듯 학교로 돌아갔다.

만약 그 일이 있은 후 내가 부끄러움에 입을 닫아버리거나 한국으로 도망쳐 버렸다면 어떻게 되었을까? 아마 지금의 나는 없었을 것이다. 그 이후에도 영어로 인해 망신을 당한 일은 그야말로 셀 수도 없이 많았다. 하지만 그럴 때마다 나는 마케팅 수업 때의 사건을 떠올리며 아무 일 없었다는 듯 수업과 팀워크 활동에 참여했다. 소심한 성격 탓에 그 부끄러운 사건들을 금세 털어버리거나 무시할 순 없었지만, 내 자신을 무장하기 위해 사력을 다했다. 부끄럽다고 여기서 포기하거나 도망간다면 나중에 얼마나 후회할지 스스로 가장 잘 알고 있었기 때문이다. 그깟 영어 때문에 내 의지를 꺾지는 말자고, 영어 때문에 더 넓은 세계를 경험할 기회를 놓치진 말자고 다짐하고 또 다짐하며 나 자신을 다잡았다. 실제로 나처럼 소심한 성격은 영어 실력 향상에 전혀 도움이 되지 못한다. 하지만 그보다 더 부정적인 영향을 미치는 것이 그 부끄러움에 백기를 들고 도망가는 것이다. 모국어가 아닌 이상 민망하고 부끄러운 일이 발생하는 것은 당연하다. 그러니 영어 때문에 실패자가 될 필요는 없다. 아니, 오히려 영어 앞에서는 다소 뻔뻔해져야 할 필요가 있다. 영어가 아무리 중요하다 한들 영어가 내 인생의 주인공이 되어서는 안 될 것이다. 부끄러움을 이기는 용기만이 스스로를 주인공으로 만들 수 있다.

3단계 친구가 영어를 즐겁게 한다

돌이켜보면, 영어에 대한 내 강박관념에 변화가 생기기 시작한 계기가 확실히 있었다. 미국 친구들이 생기기 시작하면서부터 내 게도 변화가 온 것이다.

전화위복이란 말이 이럴 때 쓰이는 걸까. 학기 초 마케팅 수업 PT 사건 이후, 미국 친구들이 하나 둘 생기기 시작했다. 적극적인 성격이 아니기에 내가 먼저 그 친구들에게 다가간 것은 아니었다. 한두 마디씩 말을 섞다 보니 그렇게 조금씩 친해지기 시작했다. 시 간이 지날수록 마음 맞는 몇몇 사람들과는 속 깊은 이야기도 나눌 만큼 친해졌다. 이 친구들과 시간을 보낼 때는 내 영어 실력이 특 별히 떨어지거나 부족하다는 생각이 들지 않았다. 그냥 한국 친구 들과 수다 떠는 것 같은 평범하고 편안한 시간들이었다. 마음이 편 해지자 눈치 보지 않고 자연스럽게 말을 많이 하게 되었고, 그 수 다 속에서 영어를 편안하게 접하게 되었다. 무엇보다 이 친구들은 나와 취업 전쟁을 끝까지 함께한 동지인 동시에 내 이력서 작성과 인터뷰 준비에도 많은 도움을 준 조력자였다.

어딜 가나 친구란 소중한 존재다. 영어라는 골칫덩이 앞에서도 친구란 존재는 엄청난 힘을 발휘할 수 있다. 부족한 실력 때문에 늘 스트레스로 다가오는 존재였던 영어. 하지만 소중한 미국 친구들이 늘 내 뒤를 든든히 받쳐 주고 있었기에 그 스트레스를 한결 완화시킬 수 있었다.

4단계 영어 실력을 만회할 나만의 경쟁력을 기른다

미국 은행에서 회사 생활이 시작되자 영어와의 전쟁이 본격적으로 벌어졌다. 지금까지 전혀 접해 보지 않은 금융 상품과 용어에 둘러싸인 것만 해도 머리가 터질 것 같은데, 여기에 하나 더 TPP, TPS, MBS, ABS, SDRS 등 무수한 약자와 약어들까지 나를 고달프게 했다. 게다가 이메일과의 싸움도 힘겨웠다. 내 영작 실력이 네이티브 동료들에 비해 떨어지는 것은 기정 사실이지만, 문제는 바쁘게 돌아가는 금융 업무 특성상 신속하게 메일을 확인하고 답장을 보내야 하는 일이 다반사라는 점. 결국 나는 사무실에서 늘 가장 마지막까지 남아 컴퓨터와 씨름하는 사람이 되었다.

고객과의 미팅에서도 시련은 계속됐다. 고객이 비영어권자라면 크게 상관없지만, 미국인이나 호주인이 담당자로 있는 나라를 상대로 금융 상품을 팔아야 할 때면 진땀을 빼야 했다. 누구든 자신에게 무언가를 팔기 위해 다가오는 사람이 그리 반갑게 여겨지지 않을 텐데, 서툰 언어로 설득하려면 어떻겠는가?

여기에 마지막으로 더해진 적은 바로 숫자에 대한 공포였다. 은행에 취직을 했으니 숫자와 뗄 수 없는 관계가 된 것은 당연했다. 그런데 그 숫자라는 것이 두세 자리에서 그치는 것이 아니라 1억, 10억 단위로 넘어가다 보니 예상치 못한 문제들이 발생하기 시작했다. 처음 일을 시작했을 때 내가 해야 했던 일 중 하나가 주식이나 채권의 거래를 중개하는 트레이더로부터 숫자를 전달받아 다른 쪽 고객에게 전달하는 일이었다. 문제는 시각을 다투며 일하는 트레이더들과의 대화 중에는 조금이라도 시간을 지체할 여유 따윈 없다는 것이다.

일을 시작한 지 며칠 되지 않았던 어느 날의 일이다. 수화기를 통해 빛의 속도로 숫자들이 마구 들려왔다.

"124,630,425. 1억 2천 4백 6십 3만 4백 2십 5."

숫자만 남긴 채 전화는 뚝 끊어졌다. 솔직히 한국어였다 해도 받아 적기 힘들었을 정도로 빠른 속도였다. 1억 2천이라는 앞의 두 자리 밖에 받아 적지 못한 나의 가슴은 그 순간 싸하게 얼어붙었다. 말 그대로 그냥 가방 싸서 집으로 도망가고 싶었다. 혹은 밖으로 뛰어내리게 어디 열려 있는 창문이라도 없나 둘러보고 싶은 심정이었다. 하지만 다른 한편에서 내가 전해 줄 숫자만 기다리며 1분 1초를 다투고 있을 사람들의 재촉이 이어졌다. 손가락을 부들부들 떨며 다시 전화기를 들었다. 숫자를 다시 한 번만 이야기해 달라고 트레이더에게 요청했다. 하지만 아까와 똑같은 속도로 수화기를 통해 숫자들이 들려왔다. 이번엔 1억 2천 4백 6십까지는 들었던 것 같다. 그 다음 숫자들은 여전히 깜깜했다. 결국 나는 이메일로 그 트레이더에게 정중히 사과한 후 숫자를 재요청했고 간신히 업무를 처리할 수 있었다.

MBA 동기들에게 이 사건을 말하니 다들 운이 좋았다고 말했다. 대부분의 트레이더들은 그런 이메일에 절대 답장을 하지 않는다는 것이다. 1분 1초에 수십억이 왔다 갔다 하는 판국에 숫자를 몇 번씩 되풀이하는 것 자체가 그들에겐 시간 낭비인 셈이다. 참고로 장이 한창 폭발할 때는 트레이더들과 통화 자체가 되지 않는다. 그 정도로 시각을 다투는 일이다. 결국 나는 숫자 공부에 돌입할 수밖에 없었다. 오차를 조금이라도 줄이기 위해 예상되는 모든 수치를 숫자로 만들어보고 써보고 입속으로 중얼거리며 매일 밤 기본 중의 기본인 영어 숫자 공부에 다시 빠져들어야 했다.

그 일이 있은 후 며칠 뒤, Duke MBA 동기가 필라델피아로 출장을 왔다며 연락이 왔다. 그는 미국 최고의 투자 은행에서 일을 하는 한국인이었다. 저녁을 먹으며 내가 영어에 대한 하소연을 늘어놓자 그가 입사 초기에 겪었던 실수담에 대해 들려줬다.

"그날따라 장이 정말 숨 막힐 정도로 돌아가고 있었어. 눈도 깜빡 하지 못하는 그런 날 있잖아. 당연히 점심 먹으러 나갈 시간조차 없었지. 결국 우리 팀 헤드 매니저가 막내인 내게 샌드위치를 사오라는 주문을 했어. 그런데 그 사람 입맛이 보통 까다로운 게 아니거든. 샌드위치를 사올 가게와 메뉴까지 정해줬어. 문제는 가게 이름까지는 들었는데, 메뉴는 정확히 못 들었다는 거야. 하지만 무슨 샌드위치인지 되물어봤자 대답이 돌아오지 않으리라는 걸 뻔히 알고 있었어. 샌드위치를 사러 가는데 내 마음이 어땠겠어? 결국 '그래봤자 샌드위치가 거기서 거기지'란 생각에 가장 비싼 쇠고기 샌드위치를 사갔어."

"근데?"

"샌드위치를 보자마자 매니저가 고래고래 소리를 지르는 거야. 자기는 분명 'white meat'이라고 했는데, 너는 색맹이냐, 'white meat'은 검정도 아니고 붉은색도 아니고 하얀색 고기이다, 너희 한국에선 'white meat'이 쇠고기냐, 너한테는 이런 간단한 심부름조차 시킬 수 없는 거냐… 주변 동료들에게 다 들릴 정도로 야단을 치는데, 진짜 딱 죽고 싶더라. 아마 닭고기나 칠면조를 원했던 것 같아. 솔직히 아직도 정확하게 뭔지는 모르겠지만. 하하."

그 얘기에 내 형편이 그 친구보다는 낫다고 생각했다.

"아, 한번은 이런 일도 있었어. 일이 많아서 야근을 하던 날이었는데, 말 그대로 파김치가 된 새벽녘이었어. 메일로 파일을 상사에게 보내고 퇴근을 하려는데, 그 파일의 용량이 너무 컸던 거야. 그걸 압축시켜서 상사가 원하는 버전으로 바꾸는 방법이 있는데, 내가 그걸 제대로 듣지 못한 거야. 상사가 하도 빨리 보내라고 재촉하는 바람에 결국 난 파일을 그대로 보냈어. 그런데 상사가 파일을 여는 순간 컴퓨터가 딱 멈춰버린 거야. 그때 욕지거리와 함께 펜, 노트들이 내 책상으로 마구 날아들더라. 와, 정말이지, 그 순간만큼은 영어 실력을 얻을 수만 있다면 악마에게 영혼이라도 팔고 싶은 심정이었어. 근데 너 그거 알아?"

"뭐?"

"영어를 완벽하게 구사하는 그 인간들도 내 앞에서 무릎을 꿇을 때가 있다는 거. 장담하는데 내 영어 실력은 전혀 나아지지 않았다는 거지. 남들은 한 번에 알아듣는 이야기를 나는 가끔은 세 번은 들어야 이해할 수 있으니까. 아직도 영어 때문에 스트레스를 받는 게 사실이야. 하지만 그게 다가 아니더란 거야."

"그럼?"

　"내가 업무에서 성과를 내기 시작하면서부터 나를 보는 눈이 달라졌어. 영어 지진아인 내가 여기서 아직도 이렇게 일하고 있는 이유는 바로 그들보다 뛰어난 업무 실력 때문이야. 어차피 나는 영어 배우려고 취직한 게 아니잖아? 내가 지금 이 낯선 땅, 낯선 회사에서 일하는 목적은 영어를 마스터하기 위해서가 아니야. 훌륭한 파생 상품을 만들고 그 일에서 능력을 인정받는 것이지."

　비단 이 친구뿐만이 아니다. 영어 실력이 부족하지만 실력으로 과감히 맞장 뜨고 있는 한국 친구들은 외국 회사에 수두룩하다. 영어가 전부라면 나 역시도 지금까지 버티지 못하고 있을 것이다. 내가 완벽한 영어 실력을 가지지 못했더라도 나를 좋아하고 인정하며 지원해 주는 동료와 친구들이 있다. 영어가 전부라면 그런 끈끈한 관계는 절대로 생길 수 없었을 것이다.

　나는 영어에 자신이 없는 사람이었다. 아니, 아직도 자신 없는 사람이다. 하지만 그런 나도 유학 생활을 무사히 마치고 외국 회사 취직에 성공하고 지금까지 잘 살아가고 있다. 다행히 나는 영어 때문에 이 거대한 세상이 주는 짜릿하고 다양한 도전들을 시도조차 하지 못할 정도로 겁쟁이는 아니었다. 영어 때문에 벙어리 삼룡이가 될지언정, 영어 때문에 가슴에 멍울이 생겼을지언정, 영어 때문에 내 자신이 한없이 작아졌을지언정, 그것 때문에 내게 주어진 소중한 기회들을 날려버릴 만큼 멍청하지는 않았던 것이다. 소처럼 꾸준히 밀어붙이는 끈기에 부족한 영어 실력을 채워줄 다른 무기를 최대한 많이 만든다면 외국 회사 취직에 성공할 확률도, 또 그곳에서 살아남을 확률도 훨씬 높아진다. 물론 영어 실력은 아주 중요하다. 하지만 절대로 영어가 전부는 아닌 것이다.

노예허가증, 비자의 또 다른 이름

비자(VISA)의 사전적 의미는 타국을 방문하는 외국인에 대한 입국 허가증이다. 하지만 외국에서 취업을 원하는 이들에게는 무척이나 골치 아픈 문제이기도 하다. 이민비자, 관광비자, 학생비자, 취업비자 등 비자의 종류도 많을뿐더러 특히 미국은 비자 문제에 있어선 다른 나라들보다 훨씬 까다롭다. 한국에서 대학까지 마친 후 미국으로 건너온 눈에 띄는 특기 하나 없는 토종 한국인이 미국 회사에서 한국과 전혀 무관한 일을 할 경우, 그 사람에게 영주권이 발급되는 경우는 그리 흔하지 않다.

외국인을 채용할 경우 회사는 그 외국인이 회사에 반드시 필요한 이유를 작성해 나라에 제출해야 한다. 도대체 어떤 직책이기에 미국 본토에 넘쳐나는 자국민이 아니고 외국인을 채용하는 것인지 납득할 만한 사유를 요구하는 것이다. 만약 그 직책을 굳이 외국인에게 줄 필요가 없다고 판단하면, 영주권 발급의 기회는 날아가게 된다. 나의 그린카드 발급 과정도 우여곡절이 많았다. 회사에서 지원해 주는 영주권 신청 과정에서 우리 회사의 전담 법률회사 직원이 실수를 하는 바람에 보통 1~2년 안에 마무리 되는 일이 3년이 넘게 걸린 것이다. 재항소 과정까지 겪게 되자 급기야 나는 그 법률회사를 상대로 소송을 낼까 고민하기도 했다.

뉴욕으로 출장을 간 어느 날, 그곳에서 회계 법인 회사에 다니는 지인과 저녁식사를 함께하게 되었다. 오랜만에 만난 반가움도 잠시, 비자가 이야기의 주제가 되기 시작하면서부터 나는 불평을 털어 놓았다. 비자와 관련된 일련의 과정들이 너무 짜증난다, 간혹 회사와 인터뷰를 할 때 비자 이야기만 나오면 어쩔 수 없이 지고 들어가게 되는 것 같아 이해하기 힘들다…. 내 하소연에 그는 배부른 소리 말라며 답답한 자신의 상황을 털어놓았다. 그는 비자 문제 때문에 이직을 심각하게 고민하고 있는 중이었다.

그가 일하고 있는 회계 법인은 미국에서도 한 손에 드는 큰 규모의 회사였지만, 그는 영주권 신청은 아예 꿈도 꾸지 못하고, 취업비자 중 단기간 취업비자에 해당하는 H1 비자 상태로 6년째 근무하고 있다는 것이다. 근무한 지 9년이 되어가는 자신의 파트너도 여전히 영주권을 받지 못하고 있다고 했다. 심지어 H1 비자조차도 매해 갱신해야 한다는 말에 나는 깜짝 놀랐다. 그것이 미국 회사의 전형적인 자본주의 속성이고 환경이라는 게 그의 지론이었다. '비자가 불만이면 그만둬라, 오고 싶어 하는 사람들이 줄 서서 기다리고 있을 만큼 너 아니어도 일할 사람은 많다'라는 말을 대놓고 하지 않을 뿐, 외국인 비자 문제에 대한 미국 회사들의 태도는 그것과 거의 다름없었다.

참고로 H1 비자 상태는 불안정한 신분이다. 취업비자 중에서도 훈련생이나 계약직 등을 위한 단기간 취업비자로, 신분이 확실한 보호자의 지원 아래에서만 미국 땅을 밟고 미국의 공기를 마실 수 있다. 쉽게 말해 어떤 형태로든 보호자가 떨어져 나가는 순간, H1 신분의 사람도 즉시 미국 땅을 떠나야 한다. 예를 들어 보호자 격인 회사가 해고하는 순간 한 달 이내로 미국 땅을 떠나야 하는 것이다. 만약 그 기한 내에 떠나지 않으면 바로 그 순간부터 불법 체류자가 된다. H1 상태에서 미국 땅에 발을 붙이고 살고 싶다면, 그에게 자신의 보호자인 회사는 신이나 다름없는 존재인 것이다. 물론 다른 회사로 옮기는 것이 완전히 불가능한 것은 아니다. 하지만 문제는 한국과 무관한 일을 하는 미국 회사가 돈과 변호사를 써가며 외국인을 위해 H1 비자를 지원해 줄 확률은 그리 높지 않다는 것이다. 귀찮을 일 없이 단순하게 미국인 지원자를 뽑으면 되기 때문이다. 거기다 미국 회사들이 구조 조정에라도 들어갈라 치면 신분이 불분명한 외국인들이 1순위 조정 대상이 되는 것은 자명한 결과다. 현실이 이렇다 보니 비자 문제를 해결해 줄 새로운 직장을 찾는 게 결코 쉬운 일이 아니다.

물론 한국과 직, 간접적으로 관련이 있는 일을 하는 회사의 대다수는 한국인 직원들에게 비자 스폰서가 되어 준다. 규모가 큰 회사들은 회사 전용 변호사를 고용해 가며 우수한 외국인 직원들에게 비자 지원을 해주고 있기도 하다. 탄탄한 재정의 큰 회사들에게는 영주권 발급을 위해 드는 돈의 액수가 그다지 치명적이지 않기 때문이다. 나 역시 회사의 지원으로 영주권을 발급 받은 케이스다. Duke 동기 중에서도 규모가 크거나 매출이 좋은 회사에 취업한 외국인 동기들 대부분이 입사와 동시에 영주권을 신청했다. 이처럼 회사가 탄탄하면 그만큼 비자와 영주권 문제를 해결하기가 상대적으로 쉽다. 또한 뉴욕과 LA에 있는 많은 한국 회사들은 간접적으로 직원들에게 비자 지원을 해 준다. 그렇기 때문에 미국에서 유명한 회계 회사를 다니던 지인의 이야기는 어느 정도 충격이었다.

물론 회사도 나름의 이유가 있을 것이다. 회계사와 회계사의 파트너는 고객을 잡기 위해 열심히 뛰어야 하는 직업이다. 이 거대한 미국 땅에 잡을 수 있는 잠재 고객이 얼마나 많겠는가? 하지만 미국 고객들을 상대하기에 외국인 직원들의 언어도, 외모도, 문화와 사고방식도 썩 만족스럽지 못한 게 현실이다. 게다가 유명 MBA 출신들이니 연봉은 높다. 그러니 회사는 그들에게 이미 충분히 많은 비용을 지출하고 있다고 생각하는 것이다. 변호사를 대가며 비자까지 해결해 줄 이유가 딱히 없는 것이다. 그들이 아니어도 이제 막 MBA를 졸업한 실력 뛰어난 젊은 외국인들이 비자 따윈 상관없다는 열정적 태도로 줄을 서서 기다리고 있기 때문이다. 하지만 5, 6년 넘게 미국 땅에서 몸 바쳐 일하고 있는 사람의 입장에서 보면 굉장히 불안정한 상황이다. 비자를 족쇄로 회사가 자신을 쥐락펴락 하고 있다는 사실을 파악한 지 오래지만 달리 뾰족한 수가 없는 게 현실. 만약 한국과 미국을 오가며 생활하거나 그런 일을 가진 사람이라면 비자 문제가 정 안 풀릴 경우 한국으로 돌아갈 수도 있다. 그러나 이미 가족 모두가 미국 땅에서 정착해 생활하고 있는 상황이라면 이야기가 또 달라진다. 아이는 미국에서 태어나 미국 태생이지만, 부모는 이도저도 아닌 어중간한 신분인 것이다. 혹시나 회사에서 해고되면 아이는 미국에 남고, 자신만 한국으로 돌아가야 하는 상황이 올 수도 있다. 그러니 매년 회사에서 직원들의 업무에 대해 평가하는 시간이 돌아오면 얼마나 가슴을 졸이겠는가? 해마다 자신의 H1 비자를 갱신하는 순간이 오면 얼마나 떨리겠는가? 그야말로 살얼음판을 걸으며 생활해야 하는 것이다.

오랫동안 미국에서 일을 한 사람들뿐만 아니라 이제 막 유학을 왔거나 갓 졸업해 미국 취업 시장에 뛰어드는 젊은이들에게도 비자 문제는 역시나 골치 아픈 문제다.

한국인들에게도 잘 알려져 있는 뉴욕 한복판에 자리 잡은 파슨스(Parsons)와 뉴욕주립대 패션전문학교 FIT(Fashion Institute of Technology)에는 매년 수십 명의 한국 젊은이들이 미래의 멋진 디자이너 혹은 일류 디자인 마케터를 꿈꾸며 유학을 온다. 한국에서 대학을 마치고 직장 생활까지 했지만 디자인에 대한 꿈을 버리지 못해 뒤늦게 유학을 오는 경우도 많다. 그들은 뉴욕이 주는 특유의 매력에 흠뻑 반해 꿈같은 2년을 보낸다. 디자인 공부도 열심히 하고, 몸이 부서져라 인턴 일을 하기도 한다. 자신의 꿈이 실현되는 순간만을 꿈꾸며 그렇게 버티지만 졸업하는 순간 냉정한 현실의 벽에 부딪힌다. 이름만 들어도 가슴 떨리는 세계적인 디자인 회사에 막내로 입사해 밤낮없이 일하느라 몸이 부서질 듯 하지만 그런 기회조차 감사해야 한다는 것을 깨닫게 된다. 눈물 나게 살벌한 한국의 취업 경쟁 상황과 비슷하기도 하나, 조금 더 안쓰러운 일은 바로 이 미국 회사들이 외국 학생들을 대하는 모진 태도이다. 이 회사들은 미국 대학원 졸업 후 1년간 학생 신분으로 전공 분야의 회사에서 일할 수 있는 OPT(Optional Practical Training) 프로그램을 이용해 외국 학생들을 싼값에 활용한다. 심지어는 OPT 신청마저도 학생 본인의 비용으로 충당해야 한다는 원칙을 고수하는 회사도 있다. 쥐꼬리만 한 월급은 비싼 뉴욕 자취방 월세에도 못 미칠 때가 많다. 그나마 조금이라도 남아 있다면 미국 정부에 세금이라는 명목으로 고스란히 바쳐야 한다. 그런데 그 기회라도 잡기 위해 외국인 학생들은 자신의 돈까지 써가며 OPT를 신청하는 것이다. 그러나 1년 후 비자를 갱신해야 하는 순간이 오면 이 회사들은 외국 노동자들을 냉정하게 버린다. 이름만 들어도 가슴 떨리는 유명 디자인 회사의 심부름꾼으로라도 일하고 싶어 하는 자국민 학생들이 널린 마당에 굳이 비자로 인한 부대비용을 회사가 지불해 가며 외국인을 고용할 이유가 없는 것이다. 더 직설적으로 표현하자면, 애초부터 그 회사들은 어차피 외국인 학생들을 1년만 쓰고 버릴 생각이었다고도 할 수 있다.

꿈을 위해 낯선 땅에서 비싼 생활비를 들여가며 온갖 어려움을 견뎌냈지만 냉정한 자본주의에 이용만 당하고 버려진 젊은 예비 디자이너들은 결국 뉴욕의 작은 액세서리 회사, 섬유 회사, 심지어 이름도 들어본 적 없는 낯선 직장이라도 들어가기 위해 안간힘을 쓴다. 급여, 업무 환경 등 모든 것이 열악한 조건이라도 비자 문제가 해결된다면 감수할 수밖에 없다. 회사들은 영악하게도 이미 이 외국인들의 어려운 조건을 속속들이 잘 알고 있다. 비자 문제 해결을 위해 개인 비용으로 변호사를 고용할 것을 입사 조건으로 거는 회사도 많으며, 비자를 빌미로 업무를 과도하게 부과하기도 한다. 한국에서 대학을 졸업한 후 디자인에 대한 꿈을 버리지 못하고 파슨스로 유학을 간 친구는 위의 과정을 고스란히 겪었다. 졸업 후 이름만 들어도 탄성을 지르는 명품 디자이너 회사에 취직을 해 1년 동안 뼈 빠지게 일했지만 결국 OPT가 끝나는 시점에 H1 비자 신청을 거부당했다. 이후 뉴욕의 작은 한국 가구회사로 옮겼지만 회사 변호사와의 소통에 문제가 생겨 결국 15일 만에 한국으로 쫓겨나다시피 하며 돌아갔다.

학창 시절부터 치열한 경쟁 사회를 겪으며 사는 한국인들은 미국이란 나라의 합리성과 자유를 동경하곤 한다. 미국을 '기회의 땅'이라고 부르는 데는 분명 이유가 있을 것이다. 자유롭고 드넓은 땅인 만큼 다양한 일자리를 바탕으로 여유로운 수요와 공급이 이루어지는 곳이 미국이다. 하지만 한 겹 벗겨보면 그 이면에는 잔혹한 현실이 존재한다. 실리주의 습성이 깊게 밴 미국이란 나라는 전 세계에서 몰려드는 풍부한 인력을 바탕으로 비열하고 냉정한 방식으로 노동자들을 이용하고 있다고도 볼 수 있다. 물론 이런 일이 미국에서만 일어나는 것은 절대 아니다. 이방인의 신분으로 외국에서 일할 때 반드시 필요한 비자는 예상치 못한 여러 문제들을 야기하고, 때론 모멸감이나 굴욕감을 안겨 준다. 남의 나라이기 때문에, 남의 나라 회사이기 때문에 겪어야 하는 문제인 것이다. 자신이 똑똑하고 머리 좋고 명문 학교를 나왔으며 그 누구보다 열심히 일할 수 있다고, 내 능력에 맞는 회사에서 마음 편히 일하게 해 달라고 주장한들, 자국민이 아니라면 자유로울 수 없는 것이 비자 문제인 것이다. 내 나라가 아니기 때문에 더해지는 설움인 것이다. 보다 넓은 곳에서 기회를 찾고자 도전한 사람들이 치루는 또 하나의 대가가 바로 이 비자 문제이다.

인종 차별의 굴레

필라델피아 본사에서 근무하던 시절에 있었던 이야기다. 일이 조금 늦게 끝난 초겨울, 퇴근 후 집으로 돌아가던 길이었다. 쌀쌀해진 날씨와 함께 짧아진 해는 필라델피아 도시 전체를 어둑어둑하게 만들고 있었다. 동료 몇몇과 입씨름까지 해가며 힘들게 끝낸 프로젝트 때문에 그날따라 유난히 피곤했다. 비교적 거리가 짧은 건널목에 서서 신호가 바뀌기를 기다리고 있을 때, 맞은편에 자전거를 탄 흑인 꼬마 아이가 보였다. 열 살 정도 되었을까? 신호가 바뀌고 길을 건너는데 그 꼬마가 전투적인 자세로 자전거를 내 쪽으로 들이밀며 다가오는 게 아닌가? 건널목에는 꼬마와 나 외에는 아무도 없었고, 나는 무의식적으로 몸을 피했다. 그런데 그 꼬마가 자전거를 내 옆으로 밀치듯 몰고 가며 내뱉은 말이 걸 작이었다.

"You, Chinese bitch, go back to your home!"

의역하자면 "이 중국년아, 너네 집으로 돌아가!" 정도가 될까? 잠깐의 떨림은 곧바로 분노로 바뀌었고, 난 발걸음을 되돌려 그 흑 인 꼬마를 따라가려 했다. 하지만 파란 불이 깜빡거리기 시작하더 니 곧 신호가 바뀌었고, 결국 나는 건널목 한복판에서 옴짝달싹할 수 없는 상태가 되고 말았다. 꼬마가 간 쪽을 집요하게 눈으로 쫓 아보았지만 꼬마의 자전거는 이미 저만치 달아나버리고 없었다. 나는 집으로 돌아가는 내내 흥분을 삭히지 못하고 씩씩거리며 그 꼬마를 잡아서 어떻게 혼을 내줄까 고민했다.

다음 날 회사 동료에게 그 사건에 대해 이야기했더니 꼬마를 따 라가지 않은 게 천만다행이라며 나를 타일렀다. 아무리 어린 꼬마 라 해도 총을 가지고 있을 가능성도 무시할 수 없으니 그만 잊어버 리라는 것이다. 하지만 동료의 충고에도 불구하고 나는 그 뒤로 몇 주간 자전거를 탄 흑인 꼬마만 보면 달려가 얼굴을 확인하곤 했다.

그렇게 한 달쯤 흘렀을까. 그날도 집으로 돌아가는 저녁이었다. 시리얼을 사기 위해 집과는 조금 거리가 있는 가게를 일부러 찾았다. 쇼핑을 마친 후 집으로 돌아가는 지름길을 택한다는 것이 사람의 왕래가 거의 없는 골목길을 지나게 됐다. 부지런히 걸어가는데, 3, 4미터 앞에 흑인 청년 셋이 모여 있는 게 보였다. 특별히 무언가를 하고 있는 것은 아니었고 말 그대로 어슬렁거리며 시간을 보내고 있는 듯했다. 참고로 이러한 광경은 필라델피아에서는 별로 낯선 광경이 아니다. 특히 필라델피아 센트럴 시티라고 불리는 도시 중심은 흑인 인구가 상당수를 차지하고 있다. 골목이 다소 외진 곳에 있는 게 약간 신경이 쓰였지만 그렇다고 일부러 길을 돌아갈 필요까지는 없다고 생각하며 흑인 무리 옆을 지나가는데 그들 중 한 명이 내게 소리를 질렀다.

"You, Chinese bitch, go back to your country!"

흑인 꼬마와 같은 소리였다. 그 소리에 바로 소리를 지르며 되받아쳤다.

"I am not Chinese, what is wrong with you? (나는 중국 사람이 아닙니다. 무슨 문제가 있습니까?)"

그런데 갑자기 그들이 깔깔거리며 웃더니 아무 대꾸 없이 나와 반대 방향으로 걸어가는 게 아닌가? 나는 더욱 열이 받아 그들의 뒤를 따라가려다가 순간 동료의 충고를 떠올렸다. 결국 또 혼자 분을 삭이지 못한 채 씩씩거리며 집으로 돌아올 수밖에 없었다.

다음 날 점심을 먹으며 동료에게 이 이야기를 꺼냈다.

"그들은 분명 내게 인종 차별적인 모욕을 주었어. 객관적으로 말하자면 길거리의 흑인들에게 내가 위협을 받았고 욕을 먹은 상황이야. 내가 이런 경험을 두 번이나 겪고 나니 길거리에 보이는 흑인부터 직장에서 만나는 흑인들까지 죄다 색안경을 끼고 보게 되는 게 당연하지 않아? 그럼 내가 흑인을 인종 차별 하는 걸까?"

이 말에 동료는 내게 사람을 개개인으로 판단해야지 단순히 인종만으로 판단해서는 안 된다며 충고했다. 미국인 중에서도 전형적인 가톨릭 신자에 백인다운 교과서적 대답이었다.

아마도 이 일화가 내가 미국에서 가장 직접적으로 겪은 인종 차별의 예일 것이다. 한 가지 장담하는 것은 회사에서 누가 내게 이런 말을 했다면 그 자리에서 그 사람은 '사형감'이다. 100퍼센트 해고된다는 뜻이다. 실제로 이제껏 내 앞에서 드러내놓고 "너는 아시아인이기 때문에 이런 일을 할 수 없어"라든가, "너는 아시아 태생의 여자이기 때문에 이런 일을 해야 해"라는 말을 한 사람은 단 한 명도 없었다. 하지만 동시에 "미국이란 나라에서 '소수'임을 느껴본 적이 있느냐"고 누가 묻는다면 그 역시 대답하기 참으로 애매하다. 인종 차별을 당하진 않아도 나의 의식 저 밑에는 늘 내가 미국 사회 안에서 '마이너리티 그룹'이라는 생각이 깔려 있는 게 사실이다. 그렇기에 누군가 회사 내에서는 인종 차별을 받아본 적이 없냐고 묻는다면 대답하기가 아주 난감하다. 그만큼 복잡한 문제라는 이야기다.

사회가 글로벌화되면서 인종 차별에 관한 개념도 더욱 복잡해졌다. 7, 80년대처럼 '피부색이 다른 인종은 이곳의 출입을 금한다'와 같은 노골적인 표지판은 찾아볼 수 없다. 내가 앞에서 겪은 일들도 비교적 단순한 인종 차별의 예일 것이다. 그런 단순하고 무식한 차별 앞에선 오히려 싸우기 쉽다. 회사, 식당, 가게 등에서 내가 겪은 것과 같이 직접적인 차별을 받을 경우에는 그런 말을 한 직원이나 상대방을 한 방에 해고할 수 있는 것이 미국의 법이다. 그렇기 때문에 드러내 놓고 자극적으로 인종 차별을 하는 사람은 생각보다 별로 없다. 하지만 그것이 모든 미국인들의 인종 차별 의식이 바뀌었다는 것을 의미하지는 않는다. 상대방이 인종 차별에 대해 바른 의식을 가지고 있는지 명확하게 알아차리기는 힘들다는 것이다. 보다 정교해진 문화와 보다 성숙해진 개념 틈에서 인종 차별을 정의해 내는 것은 그만큼 복잡해졌다. 예를 들어, 나를 보는 미국인의 첫인상은 당연히 '동양' 혹은 '중국' 여자이다. 우리가 금

발의 백인을 보면 미국인이라고 지레짐작하는 것처럼 당연한 현상
이다. 따라서 나를 처음 본 미국인들의 머릿속에는 본인들이 가지
고 있는 동양 여자 혹은 중국인 여자에 대한 선입관이 한 겹 덮인
상태에서 나와 대화를 시작하게 되는 것이다. 동양 여자나 중국인
에 대한 편견 혹은 일방적 정보로 인해 그 미국인이 머릿속으로 어
떤 생각을 하며 나를 대할지 알아차리기란 지극히 힘들다. 또 그것
이 설사 부정적인 생각이라 할지라도 내가 그것만으로 어떠한 항
의를 하거나 처벌을 요구할 수도 없는 노릇이다. 오늘날 인종 차별
이 복잡해진 이유가 바로 이것이다.

　사실, 미국뿐 아니라 세상 어느 곳에서나 차별은 존재한다. 금
발의 멋진 외국인이 당신에게 길을 물었을 때와 터번을 쓴 검은 피
부의 파키스탄 사람이 길을 물었을 때, 똑같은 친절과 성의로 대할
자신이 있는가? 솔직히 고백하자면, 나 역시도 미국에서 공부하며
일하기 전까지는 내 나름대로 각 나라 인종을 판단하던 미천한 차
별 의식을 지니고 있었다. 하지만 미국에서 공부하고 일하면서부
터는 내 속에 자리 잡고 있던 차별 의식을 깨기 위해 노력했다. 미
국 안에서는 내 자신이 바로 그 차별의 대상이 되기 때문이다. 그
리고 이것은 현재 아프리카와 방글라데시, 그리고 중동 국가들을
스스럼없이 고객으로 맡게 된 원동력으로도 작용했다.

물론 단순하고 무식한 인종 차별을 당하는 순간이면 침묵하기보다는 당당하게 따지고 싸웠다. 그러한 내 분노는 평등사회로 나아가기 위한 일말의 보탬이라고 스스로 정의내리기도 했다. 하지만 보다 정교해진 사회 환경에서는 나 스스로도 보다 정교해져야 인종 차별에 대항할 수 있다는 것을 알았다. 진정으로 살아남기 위해서는 부당한 대우를 받거나 일이 잘 풀리지 않아도 무조건 인종 차별을 핑계로 내세우지 않도록 스스로 노력해야 한다는 걸 깨달은 것이다. 그래서 나는 생각을 바꿨다. 내가 이들의 언어를 더욱 유창하게 잘하고 이들의 문화를 더 잘 이해하고 이들보다 더욱 참신한 아이디어를 내놓을 수 있다면 되는 것이다. 결국 내가 동양 여자여서가 아니라 아직 미숙하기 때문에 프로젝트를 맡지 못하는 것이고, 내가 한국 여자여서가 아니라 내가 매니저에게 온전한 신뢰를 얻지 못해서라고 정리하는 것이다. 즉, 내가 남보다 나은 실력을 가지면 해결되는 문제이며, 결국 스스로 노력하는 것이 정답이라는 결론을 내렸다.

외국 기업 내에서 인종 차별이 절대 없다고는 말하기 어렵다. 하지만 인종 차별이 두려워 외국 기업에서 일하는 것을 겁낼 필요 역시 없다. 확실히 드러나는 인종 차별을 당했을 때 자신의 정당한 권리를 주장하는 일은 생각보다 어렵지 않다. 누가 봐도 인종 차별이라고 명백하게 판단할 수 있는 문제에 있어서는 법이 보호해 주기 때문이다. 그보다 몇 백 배 더 힘든 것은 사람들의 의식 속에 깔린 아주 미묘하고도 애매한 인종 차별이다. 아마도 이 문제에 대한 궁극적 방안은 자신의 경쟁력을 기르는 것이 아닐까 싶다. 피부 색깔을 제외하고는 그들과 비교해서 어떠한 것에도 뒤지지 않게 본인 자신을 갈고 닦는 것, 그들의 문화에 적응하고, 그들보다 뛰어난 실력을 만드는 것, 그들이 먼저 나에게 손을 내밀어 요청할 능력을 기르는 것, 이것이 가능할 때 차별이 비집고 들어올 틈이 점점 좁아지고 있음을 스스로 느낄 수 있다.

'불안'이라는 이름의 괴물

2008년 10월, 우리 회사가 다른 회사에 넘어간 일은 순식간에 일어났다. 그 소식이 있기 2주 전만 하더라도 우리 회사가 4대 투자 은행 중 한 곳을 살 거라는 소문이 돌았다. 회사의 재정 상태가 좋지 않다는 소식이 들려오고 주식이 매일 급감등하고 있었지만 전 세계 모든 금융 회사가 비슷한 상황이고 보니 딱히 우리 회사만의 문제라고는 생각하지 않았다. 회사가 인수된다는 소식이 있던 날 홍콩 시각으로 이른 저녁, '은행 본사가 있는 미국 동부 시각으로 주식 시장이 시작되기 전 발표가 있을 것이다'라는 풍문

스스로 선택하는 인생만큼 빛나는 인생은 없다.

일단 잡 전쟁에 뛰어들었다면 섣불리
포기란 단어를 선택해서는 안 된다.

2007년 가을, 뉴욕 타임스퀘어

현실에 안주하기만 하면 꿈의 밀도도 옅어진다.

이 돌았다. 하지만 그때까지만 해도 모두들 '설마'했다. 하지만 미국 시각으로 아침 7시 30분, 내가 있는 홍콩 시각으로는 저녁 7시 30분, 긴급 컨퍼런스 콜(conference call) 번호가 전 세계 매니저급 지사 직원들의 이메일로 전달됐다. 그리고 오전 8시, 장이 열리기 한 시간 전 발표가 있었다. "회사가 팔렸다"라고. 컨퍼런스 콜이 끝난 후, 중국 지사장으로 있는 내 상사에게서 전화를 달라는 이메일이 왔다. 매니저는 전화 통화에서 별일 없을 테니 맡은 일에 매진하라고 했지만, 매니저 또한 회사 인수 사실을 전혀 짐작하지 못하고 있었고, 통화 내용 역시 회사 상부로부터 지시를 받은 느낌이었다.

다음 날 회사에 출근하자 또 다른 회의가 열렸다. 침착하게 현 상황을 받아들이고 눈앞에 놓인 일에 집중하라는 당부의 회의였다. 하지만 그 말을 전하는 홍콩 지사장 역시 전혀 갈피를 잡지 못하고 있는 게 분명했다. 그 뒤 일주일간 회사에는 전운이 감돌았다. 전쟁터나 마찬가지였다. 문제는 적군이 누구인지 모른다는 것과 저 멀리서 총성이 어렴풋이 들리긴 하나 아직까지 눈앞에선 아무런 일도 일어나지 않고 있다는 것이었다. 그러나 이 고요가 곧 아수라장으로 바뀔 것이라는 예감은 강하게 들었다. 후에 들은 이야기로는 법적으로 모든 것이 정리되지 않은 상태에서 우리 회사의 인수 소식을 발표한 상대 회사의 총수들이 우리 회사 부서장들에게 미팅을 요구했다고 한다. 엄밀히 말하자면 이것은 불법이다. 법적으로 두 회사가 아직 통합되지 않은 상태에서 한 회사가 다른 한 회사의 정보를 요구하는 것은 부당하다. 회사 기밀뿐 아니라 고객의 정보까지 유출될 수 있기 때문이다. 또한 이때 이러한 미팅을 요구 당하는 사람들의 기분은 어떻겠는가? 수많은 부하를 거느린 대장이었던 나에게 갑자기 어제의 적장이 새로운 사령관이 되었다며 작전 지도를 들고 오라고 호령하는 꼴을 보는 것이다. 거기다 새로운 고참은 예전에 전장에서 마주친 적도 있고, 심지어 서로의 얼굴에 침을 뱉으며 싸운 적도 있는 안 좋은 사이일 수도 있다. 작전 지도를 가지고 오라고 명령하는 '어제의 적장이자 오늘의 대장'의 얼굴에선 '눈엣가시였던 네 놈을 자를 날도 얼마 남지 않았다'라는 위협적인 미소가 번뜩인다. 자, 이런 상황이 눈에 그려지는가? 그야말로 죽을 맛인 것이다. 이처럼 우리 모두에게 숨 막히는 시간이 지나가고 있었다.

사방이 가시밭으로 뒤덮인 분위기 속에서 5일이 지났다. 미국 동부 시각으로 새벽, 또다시 갑작스러운 컨퍼런스 콜 요청이 떨어졌다. 당시 나는 오래 전부터 계획해 온 영국 여행을 하고 있던 중이었다. 회사 인수 소식이 발표된 날로부터 이틀 후 떠나기로 되어 있던 여행이었다. 회사 인수 소식을 듣던 날 여행을 취소하려 했지만 상사와 지역장이 말렸다. 회사에 있어봤자 할 일도 없고 마음만 불편하니 여행 취소하느라 돈 낭비하지 말고 그냥 다녀오라는 것이다. 등 떠밀리다시피 해서 여행을 갔지만 편할 날이 없었다. 시시각각 이메일을 체크하고 새벽에라도 일어나 컴퓨터를 찾아 보고서를 작성해 보내곤 했다. 그런데 여행 3일째, 대영박물관을 관람하고 있을 때 긴급 컨퍼런스 콜이 왔다. 컨퍼런스 콜 참석을 위해 주변을 둘러보며 조용한 공간을 찾았으나 세계 각국에서 온 관광객들이 바글거리는 박물관에서 마땅한 곳을 찾기는 힘들었다. 여기저기를 돌다 결국 내가 선택한 곳은 외딴 공중화장실 앞의 자그마한 공간이었다. 창밖으로 한두 방울씩 떨어지는 빗방울을 피해 걸음을 총총 옮기는 사람들을 바라보며 별의별 생각이 다 들었다. 하지만 막상 컨퍼런스 콜 회의에서 발표된 소식은 뜻밖의 것이었다. 또 다른 은행이 우리 회사를 산 기존의 은행보다 더 높은 가격을 제시했고, 우리 회사는 높은 가격을 제시한 후발 은행의 제의를 수락한다는 내용이었다. 사실 우리 회사를 먼저 사겠다고 발표했던 기존의 은행은 인수합병 협상에서 가차 없이 사람을 쳐내기로 소문난 곳이었고, 거기다 비즈니스 영역의 상당 부분이 우리 회사와 겹치기 때문에 우리 회사 측의 많은 인력이 잘려 나갈 게 불 보듯 뻔했다. 후에 들은 풍문으로는 그 은행은 합병 직후 우리 회사 인력의 70퍼센트 가량을 감소시킬 계획이었다고 한다. 이에 반해 두 번째로 나타난 은행은 신용 평가나 자산 안전 면에서 앞의 은행보다 한 수 위였다. 동시에 비즈니스 영역 또한 우리 회사와 겹치는 부분이 훨씬 적었기 때문에 해고 부분에서도 조금은 안심해도 될 것이란 희망이 직원들 사이에 퍼져나갔다. 컨퍼런스 콜 회의가 끝난 후, 뉴욕 금융가에서 일하고 있는 MBA 동기들에게서도 이메일이 날아들었다. 다들 내 앞날을 걱정해 주던 동기들이었다. 새롭게 나타난 은행이 우리 회사를 인수한다는 소식에 마켓의 반응도 이전보다 훨씬 좋으니 큰 걱정 말라고 했다. 하지만 처음 우리 회사를 사겠다고 발표한 은행 역시 쉽게 물러서지 않았다. 소송을 걸겠다고 으름장을 놓으며 인수 경쟁을 절대 포기하지 않겠다는 입장을 밝혔다. 은행 대 은행 사이의 전쟁이 얼마나 큰 법정 소송이 될 것인지에 대해 미국 신문들은 수치를 내놓기 바빴다. 결국 합병 최종 선택자가 결정되기까지 약 두 달이 걸렸고, 법적으로 최종 마무리가 되기까지는 2년이 넘게 걸렸다.

회사를 인수하는 은행이 변경되었다는 발표가 있은 직후 회사 분위기 역시 이전보다 나아지긴 했지만, 전장의 긴장감을 완전히 벗어날 수는 없었다. 우리 회사를 산 은행이 과거 M&A를 어떻게 해나갔는지를 분석한 'MBA case study' 복사본이 공공연히 직원들 사이에 돌았다. 모두들 눈이 빠지게 사례들을 연구하기 시작했다. 국제부 소속이었던 나는 동료들과 상대 은행의 국제부 직원들을 파악하며 세세하게 영역 분석 작업에 들어갔다. 그 은행이 고객들에게 매달 보내는 잡지를 구해 공부했고, 고객 중 누군가가 그 은행의 직원을 안다고 하면 적극적으로 정보를 얻어냈다. 그리고 얼마 후, 하나로 합병된 새로운 은행의 부행장 14명에 대한 인사 발표가 있었다. 참고로 우리 회사 회장은 이미 해고된 지 오래였고, 우리 부서를 총괄하던 부행장 역시 회사 실적이 곤두박질치기 시작한 몇 달 전 일찌감치 퇴출당했다. 인사 발표 결과, 총 14명의 부행장 중 13명이 상대 은행의 직원들이었다. 14명중 13명. 90퍼센트가 넘는 우리 회사 측 부행장들이 잘려 나간 것이다. 혹 한국의 은행 간의 합병 뉴스를 주의 깊게 들었던 사람이라면 잘 알 것이다. 합병이 일어난 경우 대체로 국내 은행들은 노조의 반발이 두려워서라도 사이좋게 양측 회사 반반 비율로 인력 구조를 맞추어 나간다는 것을 말이다. 더군다나 부행장이라는 직책, 즉 회사 수뇌부 14명 중 단 한 명만이 살아남았다는 것은 더 이상 긴 말이 필요 없는 강력한 메시지였다. 규모 상으로는 우리를 인수한 은행보다 우리 은행이 조금 더 컸지만 다 소용 없는 일이었다. 이후에도 끊임없이 루머는 계속되었다. 부행장 인사 발표 이후, 아래 직원들의 조직도 모습도 조금씩 윤곽이 드러나기 시작했다. 그러면서 주변 사람들이 하나 둘 잘려나갔다. 바로 옆 책상에서 일하고 있던 동료마저도 어느 날 보이지 않는 것이었다.

이때의 심정을 한마디로 표현하자면 '불안' 그 자체이다. 보통 불안이 다가올 조짐이 보일 때 성숙한 사람들은 스스로 다양한 해결책을 강구한다. 그런데 회사가 팔려나간 시점에 일반 직원들이 스스로 찾아낼 수 있는 해결책은 생각보다 많지 않다. 법적으로 저쪽 회사 사람들과의 정보 교환이 차단된 상태에서 내가 할 수 있는 일은 극히 드물다. 자신이 할 수 있는 일이 거의 없는 상황에서 타인에 의해 결정되는 나의 미래를 마냥 기다릴 수밖에 없는 답답한 상황인 것이다. 경기가 좋은 시절이라면 스스로 회사를 그만두고 적극적으로 새로운 일을 찾아 나서겠지만, 우리 회사가 팔려나간 시점은 그런 행동이 해답이 될 수 없는 때였다. 전 세계 금융권이 불투명한 안개 속에서 허우적대고 있던 시기였기에 적극적으로 인생을 개척한다며 회사를 그만두어봤자 나를 반길 회사는 어디에도 없을 것이 뻔했다. 결국 타인에 의해 결정될 나의 운명을 조용히 앉아서 기다리는 것 말고는 내가 가진 대안이 별로 없다는 슬픈 현실을 받아들여야만 했다. 그리고 바로 이때 불안이란 괴물이 슬금슬금 다가오기 시작했다.

잘 알겠지만, 공포 영화나 스릴러 영화를 볼 때 사람들의 심장이 최고조로 뛰는 시점은 괴물이나 범인이 나타나는 순간이 아니라 그것들이 나타나기 직전이다. 조만간 괴물이 나타날 것이라는 전조가 흐르는 때인 것이다. 회사에서의 내 운명이 어떻게 될지 모르는 상황이 주는 불안은 공포 영화의 그 찰나와 아주 흡사하다. 이쯤 되면 차라리 어떤 결론이든 빨리 나는 것이 좋겠다는 생각까지 하게 된다. 거기다 이런 일이 벌어지는 공간이 자신에게 익숙하지 않은 낯선 곳이라면 그 불안감은 한층 더 강도가 세다. 공포 영화를 자신의 집에서 가족과 같이 보는 경우와 낯선 도시의 커다란 호텔에서 혼자 보는 경우, 그때의 불안감은 천지 차이이다.

어떤 위험이 도사리고 있는지 전혀 알 수 없는 낯선 곳에서 홀로 공포 영화를 볼 때 이런 불안감을 감소시켜 줄 수 있는 방패를 찾기란 참으로 힘들다. 그냥 두 눈 부릅뜨고 혼자 끝까지 감내하거나, 아니면 이불 속으로 잠시 숨거나, 그것도 여의치 않으면 아예 채널을 돌려 버릴 수도 있을 것이다. 하지만 그것도 잠시다. 영화가 끝난 후에도 슬그머니 불안감이 다시 찾아온다. 만약 그때

'똑똑' 문 두드리는 소리라도 난다 치면 말 그대로 심장이 덜컹 내려앉는 기분을 느낄 것이다. 그러면 속으로 다짐한다. 다시는 이런 외딴 곳으로 홀로 여행을 떠나지 않겠다고. 결론이 어떻게 나건 그 불안을 다시는 겪고 싶지 않기 때문이다. 그만큼 불안은 사람을 약하게 만든다.

결국 이 외지에서는 혼자 싸워 나가야 한다. 잠깐씩 얻을 수 있는 위안에 기대어서는 강해질 수 없다. 나 역시 그 불안을 버티며 지금까지 살아남았고, 더 정확하게 말하면 지금도 살아남기 위해 애쓰고 있다. 물론 불안이 완전히 사라진 것은 아니다. 한국보다 좀 더 강도 높은 적자생존의 원칙 아래 움직이는 서양의 기업에서 버티다보면 불안감에 잡아먹힐 것 같은 날이 자주 찾아온다. 방법은 오직 하나뿐이다. 이 괴물이 피할 수 없는 존재라면 이 괴물과 함께 타국의 전쟁터에서 공생할 방법을 강구해야 하는 것이다. 불안이라는 괴물 때문에 내가 시작한 전쟁을 포기할 수는 없는 노릇 아닌가. 외지에서의 삶이 순간순간 가져다주는 짜릿한 자극을 포기할 수는 없는 것이다. 결국은 당당하게 받아들이고 함께하는 방식으로 맞서야 한다. 불안을 친구처럼, 애인처럼 받아들일 수 있을 정도로 강한 심장을 갖게 된다면, 장담하건대 이 세상 어디서든 살아남을 수 있을 것이다.

해고, 외국 회사가 직원을 자르는 방식

외국 기업을 선호하는 사람들에게 그 이유에 대해 물어보면 대체로 비슷한 대답이 돌아온다. 하릴없이 밤늦게까지 책상을 지키거나 억지로 회식에 참가해야 하는 ‘상사의 눈치를 살피는 직장 문화’가 상대적으로 약하다는 것이다. 윗사람 말은 무조건 따라야 한다는 일방적인 계급 문화도 한국 회사들에 비해 덜하다는 점, 거기다 비교적 높은 연봉과 휴가를 자유롭게 쓸 수 있는 점, 무엇보다 공평한 승진 기회와 합리적 출산 휴가 정책 등 여성에 대한 배려심이 크다는 점 등을 외국 기업 근무의 장점으로 꼽는다. 물론 대부분 맞는 이야기다. 하지만 문제는 그 합리적인 자본주의 습성의 이면에 피도 눈물도 없이 냉정한 자본주의의 또 다른 얼굴이 도사리고 있다는 사실이다. 그것의 가장 큰 예가 바로 가차 없이 진행되는 ‘해고’의 정서다.

외국에서 일하는 수년간 많은 사람들이 속된 말로 ‘잘려’ 나가는 것을 옆에서 목격하였다. 그들 중에는 매우 친했던 동료나 바로 옆자리에서 일하던 동료도 있었다. 또한 그들 중 대부분이 일을 못하거나 회사 규칙을 어겨서 내쳐진 게 아니라, 그저 인력 조정을 위해 불가피하게 해고된 사람들이었다. 그래서 그들은 하나같이 자신의 해고를 예상하지 못했다.

일을 열심히 하며 싹싹하기로 소문난 친한 동료가 있었다. 어느 날 그녀는 팀의 최고 팀장과 미팅 스케줄이 잡히자 1년에 두 번씩 있는 연간 보고 회의라고 생각하고 그간의 실적과 결과를 보고하는 문서를 만들어 미팅에 들어갔다. 미팅 다음 날, 그녀에게서 전화가 왔다. 해고 통보를 받았다는 것이다. 그녀도, 나도 할 말을 잃었다. 한창 미국이 경제 위기를 겪던 때의 이야기가 아니라 평화롭던 시절에 일어난 일이라 그 충격이 더 컸다. 이러한 해고는 지위와는 상관없다. 우리나라로 치면 이사급이나 상무급도 하루아침에 해고를 당한다. 물론 이처럼 직급 높은 사람들에게는 '잘렸다, 해고되었다'와 같은 표현은 삼간다. 실적이 급감할 때 '이제 당신은 가족과 시간을 보낼 때'라는 말을 조용히 건네며 사퇴를 종용하는 형식을 취한다. 겉으로는 직원들의 격려와 박수를 받으며 떠나지만 뒤끝은 씁쓸하다. 이게 바로 미국 회사의 조직 논리이다.

서브프라임 이슈로 몸살을 앓았던 2007년부터 2009년 사이의 이야기는 일일이 거론하기도 힘들 정도이다. 잘려 나간 사람이 너무 많기 때문이다. 2008년 12월, 미국 내 최고의 투자회사에서 일하고 있던 MBA 시절 동기와 저녁 식사를 하며 그의 직속 상사와 동료가 하루아침에 잘려나갔단 얘기를 나눈 적이 있다. 그러고 나서 몇 달 후 그날 오후에 인사 발표가 있을 것이라는 동기의

메일을 받았다. 정확히 5시 이후, 그에게 보낸 이메일이 '수취인 불가'라는 메시지와 함께 되돌아왔다. 그도 해고된 것이다.

이러한 해고의 정서는 금융업에만 해당되는 사안이 아니다. 미국 건축 회사에 근무하는 친구가 언젠가 내게 하소연을 한 적이 있다. 자신의 옆에서 일하던 동료가 출근을 했는데, 그의 사무실 출입증 카드, 컴퓨터 작동 카드 등 모든 장치들이 작동을 하지 않더라는 것이다. 그리고 곧이어 수위가 나타나 동료를 배웅하며 개인 물품은 나중에 택배로 보내겠다며 빈 몸으로 돌아가게 했다고 한다. 혹 있을지 모를 정보 유출을 막기 위해 개인용품을 챙길 시간마저 주지 않는 것이다.

단순 근무인 오퍼레이터직이나 싼 임금으로 인도인이나 동남아인을 아웃소싱하는 회사들은 더욱 심하다. 인도로 많은 일들이 아웃소싱되는 회사를 다녔던 한 지인의 이야기다. 어느 날 갑자기 회사 상사가 그녀의 팀 전원을 부르더니, 이제부터 일대일 미팅을 할 것이며 그 자리에서 바로 살아남을 사람과 잘릴 사람을 통보하겠다는 일방적인 선언을 했다고 한다. 그날 그녀는 살아남긴 했다. 하지만 그녀는 팀 동료를 잃은 슬픔을 내게 토로했다. 앞서 미팅 룸에 들어간 팀원들이 울며 나오는 것을 보며 자신의 차례를 기다리던 그 심정이 어떠했겠는가. 살아남아도 언제 또 잘릴지 모르는 것이 현실이기에 마냥 좋아할 수도 없는 것이다.

또 다른 미국 회사의 이야기는 더 충격적이었다. 2년 동안 3차에 걸쳐 직원들이 해고됐는데, 워낙 해고 인원이 많다 보니 일대일 미팅을 할 시간적 여유조차 없었다고 한다. 어느 날 아침에 출근해보니 빨란 리본과 파란 리본이 직원들의 책상 위에 전부 놓여 있었는데, 빨간 리본은 오늘이 마지막 출근인 사람이고 파란 리본은 살아남은 사람이라는 통보가 전달되었다. 이런 일화들 모두 미국의 경기가 지금처럼 좋지 않은 때가 아닌 비교적 안정적이었던 2006년의 이야기들이다.

내 친구 중에 미국 시민권이 없는 태국 출신의 세금 전문가가 있었다. 그녀는 항상 회사 일을 걱정하며 주말에도 출근해 일을 하곤 했다. 적당히 일하라고 면박을 주던 나에게 그녀는 '잘리면 어떡하냐'며 푸념하곤 했다. 그때만 하더라도 미국 회사의 무자비한 양면에 대해 깊이 깨닫지 못했던 나는 쓸데없는 걱정 말라며 반박했다. 그런데 내가 출장을 다녀온 한 달 사이 그녀는 회사에서 잘리고 이사를 해버렸다. 그녀도 다른 외국인들처럼 H1 비자로 남아 있던 터라 직장을 잃는 동시에 미국 땅을 떠야 할 위기에 처했다. 3주 안에 다른 회사를 찾지 못하면 미국에서 나가야 하는 것이다. 아이가 학교를 다니고 있다, 이삿짐을 아직 다 안 쌌다, 다른 회사와 면접을 보고 있으니 기다려 달라 등의 사정은 절대로 통하지 않는다. 다행히 그녀는 워싱턴 DC에 있는 한 회사로 때맞춰 옮길 수 있었다. 하지만 그녀가 겪었을 스트레스를 한번 생각해 보라. 미국에서 산 지 10년이 넘었는데 다른 회사를 찾지 못하면 가차 없이 떠나야 하는 악몽 같은 현실. 그런데도 회사는 그녀의 사정을 봐주지 않았다. 이것이 미국 회사의 현실인 것이다.

물론 한국에서도 일방적인 해고 통보가 낯선 단어는 아니다. 하지만 회사에 엄청난 해가 되는 치명적인 실책을 저지르지 않은 이상 직원을 하루아침에 자르는 일은 드물다. 일선에서 물러나 있는 말년의 직원에게도 적어도 1~2년의 유예 기간을 준다. 명예퇴직 옵션도 제시하며 경제적 면을 고려해 적어도 스스로 선택이란 것을 할 수 있게 배려한다. 이에 반해 마치 교통사고를 당하듯 급작스럽게 직장 생활이 끝나는 경우가 눈앞에서 벌어지는 곳이 바로 미국 회사인 것이다. 언제 해고될지 모른다는 불안감에 생활이 피폐해지기도 하고, 나 혼자 잘한다 한들 시장 상황이 갑자기 불안해지면 팀 전체가 와해될 수도 있다는 것을 알기에 늘 긴장감과 스트레스에 시달리기도 한다. '20년 후면 나는 저 자리에 있겠지' 하는 안정적인 인생 시나리오 따윈 절대로 없는 것이 바로 외지에서의 직장 생활인 것이다.

하지만 이 역시 우리의 인생에 또 다른 자극으로 다가올 수도 있다. 안정되었지만 가끔은 심심한 직선의 삶이 아닌, 오르락내리락 굴곡이 심한 만큼 짜릿함도 큰 곡선의 삶. 해고된 동료들은 하나같이 이렇게 털어 놓는다. 해고는 당시의 삶을 피폐하게 만들었지만, 그 덕분에 지금은 보다 나은 직장에서 또 다른 재미를 찾아 더 신나는 삶을 즐길 수 있게 되었다고. 장기적인 삶의 관점에서 보자면, 안정 대신 찾아온 변화가 결국은 그들에게 커다란 선물을 안겨 준 셈이다. 이런 논리를 진심으로 받아들일 수 있다면 외국 회사 생활을 선택해도 좋다. 처음부터 끝까지 자본주의 논리로 점철된 미국 회사의 맛은 개개인마다 다르게 느껴질 테니 말이다. 앞으로 무한한 일들이 펼쳐질 텐데, 이 역시 인생에 있어 몇 번쯤 찾아올 '업&다운'이라고 생각한다면 의외의 짜릿한 재미를 안겨 줄 수도 있다. 결국 모든 선택은 자신의 몫이다.

한국 토종으로
낯선 땅에 뿌리 내리기

"토종 한국인인 당신이 미국 현지에서 취업에 성공한 비결은 무엇인가요?"

MBA를 졸업하고 원하는 외국 기업에 취직한 후 가장 많이 들었던 질문이 바로 이것이다. 미국에서 태어난 것도 아니고 심지어 고등학교나 대학을 나온 것도 아닌 순수 한국 토종이 미국 회사, 그것도 미국 회사의 한국 지사가 아닌 미국 현지 취업에 어떻게 성공했느냐는 것이다.

영주권을 지닌 자국민이 아닌 외국인을 직원으로 채용하기 위해선 회사는 많은 고민을 한다. 앞서 말했듯이 대표적으로 비자 문제가 그렇다. 미국 경기가 순항하던 시절이면 몰라도 경기가 좋지 않은 현 시점에 비자에 관한 비용을 추가로 부담하며 외국인 직원을 뽑는 회사가 드물기 때문이다. 우리 회사 역시 몇 년 전, 미국 국적이 아닌 외국인 직원에게 기본적으로 비자를 지원하지 않겠다는 공표를 한 적이 있다. 우리 회사뿐만이 아니다. 2007년 서브프라임 모기지 사태 경제난으로 미 정부로부터 돈을 빌린 회사들의 경우 외국인 직원에게 아무 지원도 하지 않을 것이란 흉흉한 풍문이 떠돌았고, 몇몇 회사들은 실제로 그런 발표를 하기도 했다.

그럼에도 불구하고 외국인들에게 미국 현지 취업의 기회는 비록 좁긴 해도 아직 열려 있다. 그렇다면 미국 회사가 추가 비용을 들여가며 자국민 대신 외국인을 채용하는 이유는 무엇일까? 이 이유를 파악하는 일은 외국 현지 취직의 비결을 푸는 중요한 열쇠가 될 수 있다. 흔히 3D 업종에서 이야기되곤 하는 '외국인들은 인건비가 싸다, 큰 불평이 없다, 일을 무조건 열심히 한다'와 같은 이유를 제외하고, 고임금의, 정규직의, 프로페셔널한 직업군에서 외국인을 채용하는 이유는 다음의 두 가지를 꼽을 수 있다.

첫째, 자국민들에게 없는 무언가 특별한 능력을 가졌기 때문이다. 이런 이유로 현지 취업에 성공한 외국인들은 특히 기술직, 컴퓨터 관련 IT 업종, 운동이나 예술 관련의 예체능 분야 등에서 많이 발견할 수 있다. 앞서 이야기한 바 있는 자신의 인생 목표를 완벽하게 정하고 미친 듯이 달려 나가는 그룹의 다수가 여기에 해당한다. 자신의 길을 뚜렷이 정해 앞만 보고 달린 만큼 그 분야에서 어느 누구보다 뛰어난 기술 혹은 능력을 몸에 지니게 된 사람들 말이다. 조금 더 구체적으로 예를 들어 보겠다. 미국 메이저리그에 입성한 한국인 박찬호와 김병현 선수. 언어가 통하지 않는 이 두 대한민국 청년을 굳이 자신들의 팀으로 데려가겠다고 결심했을 때는 분명 이들의 자질이 텍사스 출신의 네이티브 스피커인 금발의 로버트보다 뛰어나다고 판단했기 때문이다. 혹 지금 당장 눈에 보이지 않을진 몰라도 몇 년 잘 키우면 로버트에게 발견할 수 없는 무언가가 튀어나올 것이란 예감이 들었기 때문이다. 이를 뒷받침하는 것이 바로 미국 영주권 지원 자격 요건에 명시된 내용이다. 영주권 지원 시 가장 최우선으로 분류되는 집단이 바로 'EB1'이다. 그런데 EB1 집단으로 분류되기 위해서는 다음과 같은 조건을 만족시켜야 한다. 'Persons with extraordinary ability & Outstanding professors and researchers.' 즉, 매우 뛰어난 기술이 있거나 훌륭한 연구 업적을 가지고 있는 사람이다. 특출한 능력을 가진 사람들에게 최우선으로 영주권을 하사하겠다는 미국 정부의 실리주의적 의지가 잘 나타나 있는 대목이다.

둘째, 회사가 필요로 하는 일에 외국인 직원을 유용하게 써먹을 수 있는 경우이다. 특히 자국을 벗어나 외국 시장에 상품을 팔아야 하는 회사, 즉 세계 국가들을 상대로 비즈니스를 하는 컨설팅 회사, 제약 회사, 금융 회사 등에서 이러한 예를 많이 본다. 한국에 상품을 팔아야 한다면 금발의 로버트보다 구수한 사투리 억양이 있을지언정 한국 실정을 훤히 꿰고 있는 김철수가 더 제격이다. 미국 내에서 한국 사람을 상대로 비즈니스를 해야 하는 경우도 마찬가지다. 미국의 여러 글로벌 회사들은 언제부턴가 서서히 깨닫기 시작했다. 고집 센 한국 사람들은 미국 땅에 살면서도 끝까지 한국어를 쓰고 한국 정서를 고집한다는 사실을 말이다. 그러니 한국이란 시장을 포기하려고 마음먹지 않는 한 한국인을 뽑아야 비즈니스가 가능한 것이다. 많은 금융 회사들이 중국인을 꾸준히 채용하는 이유도 중국이라는 거대한 대륙에서 뽑아낼 수 있는 미래의 돈을 놓치고 싶지 않기 때문이다. 한국인을 채용하는 목적도 이와 크게 다르지 않다. 일례로, 미국 현지의 거대 회계 법인들 안에는 한국 기업을 전담하는 전문팀이 따로 있다. 이 전담팀은 여러 한국 기업에 대한 해박한 지식과 정보를 가지고 있을 뿐 아니라 한국의 대학 선후배 인맥 모임, 골프 모임, 심지어 사적인 술자리 모임과도 유기적으로 연계되어 있다. 여기에 많은 미국 회사들이 한국 회사들과 제휴를 맺어 정기적으로 정보를 주고받고 인력도 교환해

가며 함께 배우고 성장해 나간다. 넓게 보면 정보와 지식 교류가 목표이지만, 그 속에는 '한국 기업의 네트워크를 활용한 자사의 이윤 창출'이란 보다 핵심적인 목표가 숨겨져 있다.

자, 이제 교과서적인 해답은 나왔다. "어떻게 하면 한국 토종이 미국 현지 취업에 성공할 수 있나?"라는 질문에 대한 답은 바로 이 두 가지 중 하나에 속하는 것이다. 자신만이 지닌 기술을 세상에서 둘도 없는 가치로 개발하고 다른 어떤 미국 학생들보다 뛰어나게 포장해 미국 회사들의 군침을 돌게 하든가, 아니면 미국 회사가 현재 한국인을 대상으로 팔려고 하는 상품이 한국 사람인 자신을 위해 태어난 물건인 양 열심히, 효과적으로 상대를 설득해야 할 것이다. 그렇다면 나의 경우는 어떠했을까?

굳이 두 가지 중에 고르자면, 나는 두 번째 경우에 속했을 것이다. 우리 회사는 세계 각국에 지사가 있는데, 그중에서 한국은 중요한 시장으로 자리 잡고 있다. 우리 회사는 '한국 시장에서의 활용도'라는 분명한 목적을 지니고 나를 채용했을 것이다. 다른 미국인들보다 내가 특별히 뛰어난 자질을 가져서도 아니고, 훌륭한 리서치를 발표해서도 아니다. 그렇다면 보다 냉정하게 내가 취업에 성공한 이유를 분석해 보겠다.

"상위 10위 안에 드는 MBA 학위를 가졌기 때문인가?"

상위 10위 내 MBA 학위를 가진 미국 학생들은 못해도 만 명이 넘는다.

"금융 지식이 풍부하기 때문인가?"

나보다 금융 지식 빠삭하고 잘난 MBA 동기들도 수천 명이다.

"한국을 겨냥한 사업에 맞게 한국말을 잘하기 때문인가?"

교포가 아니고서야 한국말 못하는 한국 사람이 어디 있는가? 나만큼 한국말 잘 하는 MBA 동기들도 줄잡아 천 명은 될 것이다.

"그럼 한국과 한국인의 정서를 누구보다 잘 알기 때문인가?"

한국에서 쭉 살아 한국 정서를 넘치게 잘 아는 MBA 동기 역시 천 명은 될 것이다.

"영어와 한국어를 동시에 매우 뛰어나게 구사하기 때문인가?"

내 영어 실력이 절대로 남들보다 뛰어나지 않다는 것은 앞서 상세히 고백한 바 있다.

그렇다면 도대체 이유가 뭘까? 토종 한국인으로 평생 영어에 대해 한을 가지고 살고 있고, 심지어 금융 지식마저 남들에 비해 그리 뛰어나지 않은 내가 미국 현지 은행, 그것도 한국인 한 명 없는 본사에 입사할 수 있었던 비결은 무엇일까?

냉정히 말해, 나는 '운'이 좋아 미국 현지 취직에 성공했다. 지금 이 순간, 이 '운'이라는 단어를 본 당신의 입가에 냉소가 번질 수도 있다. "또 운 타령이냐?"라는 비웃음마저 들린다. 그럼에도 나는 이 사실을 부정하지 않는다. 나는 운이 좋아 미국 회사 취업에 성공했다. 하지만 내가 말하는 운은 날 때부터 은수저를 입에 물고 태어난 천운과도 같은 운명을 지닌 사람들의 그것과는 확연히 다르다. 날 때부터 왕자님, 공주님 팔자이거나 월반을 하여 하버드, 스탠포드를 척척 들어가는 천재적 지능을 지닌 사람들과는 다른 운이다. 우리 같은 평범한 사람들에게만 해당하는 운, 어쩌면 운이라고 이름 붙이기도 참으로 머쓱한 그런 운, 99번 죽어라 노력해야 한 번 얻을 수 있는 그런 운이다.

나 역시 99번의 헛발질 끝에 소중한 한 번의 기회를 얻었다고 말한 바 있다. 그리고 그 운을 놓치지 않고 따낸 것이다. MBA 시절 내내 나는 수많은 회사의 문을 두드렸지만 거절당하고 또 거절당했다. 하지만 포기하지 않았다. 엄청난 시간과 돈을 투자하고 눈물 흘리고 탄식하면서도 포기하지 않았다. 내게 새로운 미래를 열어 줄 가능성이 조금이라도 있는 회사의 문을 두들기고 또 두들겼다. 그렇게 두드려댔던 무수한 문들 중 하나가 바로 현재의 직장이었던 것이다. 그리고 거기서 안주하지 않았다. 99번 또 두드려가며 나의 시장을 개척했다. 처음에는 한국이란 시장을 위해 회사가 나를 뽑았을지 모르지만, 회사도 점차 내 능력을 인정하고 다른 영역에 도전할 수 있는 기회를 주었다. 나 역시 한국 시장으로만 시야를 좁히기에는 내 욕심이 넘치고, 무엇보다 세상이 너무도 넓다는 것을 깨닫기 시작했다. 그리하여 아프리카, 방글라데시, 중동의 무역 금융 시장이 눈앞에 펼쳐진 것이다. 입사와 함께 계획되었던 3년 후의 미래가 사라졌을 때 애타게 찾아온 내 인생의 꿈이 한순간에 날아가 버린 듯해 속상했다. 하지만 지금 생각해 보면 그것이 나에게 찾아온 또 한 번의 운이었다. 만약 내가 그 당시 처음의 계획대로 필라델피아에 머물렀다면, 나의 꿈 찾기 여정은 거기서 중단되었을지도 모른다. 그랬다면 지금 내 눈앞에 펼쳐진 이 넓은 세상을 나는 하나도 맛보지 못했을 것이다. 익숙함에 나를 가두어 두지 않고 99번 두드리는 힘든 여정 속에서 순간순간 찾아오는 바로 그 '운' 때문에 나는 지금 이 자리에 설 수 있었다.

한국 토종으로서 외국 현지에서 일하고 싶다면 가슴에 손을 얹고 스스로에게 물어보아라. 나는 외국인들이 가질 수 없는 기술과 능력을 가지고 있나? 그것이 누가 보더라도 외국 회사에서 탐낼 만한 능력인가? 명석한 두뇌와 강인한 체력으로 무장한 뛰어난 외국인들과 무한 경쟁을 할 자신이 있는가? 외국인들과의 경쟁에서 당당히 이길 수 있을 만한 나만의 필살기가 확실히 있나?

만약 고개를 저어야 한다면 다음 조건으로 넘어가 보자. 외국인들보다 뛰어난 기술이나 능력을 갖추지 못했다면 한국인이기 때문에 가질 수 있는 장점이 있는지 생각해 보라. 자신의 기본 능력에 한국인이라는 점이 더해져 외국 회사에 도움이 될 수 있을지 스스로 물어보자. 물론 여기서 말하는 기본 능력은 언어, 성적, 경력, 성실성 등의 요소가 모두 평균은 되어야 한다는 것을 전제한다. 이 기본 능력 위에 본인의 강점을 더해야 할 것이다. 한국인이기 때문에, 쭉 한국에서 자랐기 때문에 가질 수 있는 장점들은 생각보다 많다. 그리고 경쟁에 나서기 전에 잊지 말아야 할 것이다. 나와 함께 외국 현지 취업 시장의 문을 동시에 두들기고 있을 다른 한국인 경쟁자들 역시 수두룩하다는 것을. 그들보다 눈에 띄기 위해선 경쟁력을 갖춘 나만의 차별화된 스토리가 필요하다. 가령 영어는 기본으로 능숙하게 하고 특전대 혹은 ROTC 경험이 있는 한국인 청년이 있다고 하자. 글로벌 기업들은 이 청년이 ROTC나 군대에서 익힌 리더십과 유연성이 네이티브 스피커이지만 약골인 대니얼보다 조직 생활과 제3시장 개척 업무에 있어 유리하게 작용할 것이라 판단할 수 있다.

마지막으로 평균의 실력과 나만의 강점이 준비되었다고 가정해 보자. 그럼 이제 뽑힐 일만 남았나? 천만의 말씀이다. 냉정히 말해 여전히 가능성은 매우 낮다. 99퍼센트는 부정적인 대답을 기대해야 할 것이다. 하지만 언젠가 한 번은 주어지는 그 1퍼센트의 운을 잊어선 안 된다. 물론 가만히 앉아서 그 1퍼센트의 운이 오기만을 기다린다면 그것은 평생 오지 않을 것이다. 스스로 움직여 기회를 만들어야 한다. 취직에 필요한 모든 조건을 완벽히 준비한 뒤 미친 듯이 두드리는 것. 깨지고, 깨지고, 또 깨지더라도 계속 두들기는 것. 그것만이 길이다. 1퍼센트라는 가능성에 대한 믿음을 가지고 두드려라. 힘들어도 그만한 가치가 있는 일이라고 생각한다면 각오하고 덤벼야 한다. 99번은 넘어질 것이다. 넘어질 때마다 생기는 생채기로 인해 몸과 마음 모두 검게 멍들 것이다. 그러나 스스로 그만한 가치가 있다고 생각하면 또 일어나서 덤벼야 한다. 왜? 그 과정이 언젠가 한 번은 찾아올 나의 운을 좀 더 빨리 불러들이는 역할을 하기 때문이다. 또한 그 헛발질의 과정에서 나도 모르는 사이 차근차근 경험과 실력이 쌓이고 있기 때문이다. 무엇보다 그 과정들 너머 한국이나 미국만이 아닌 전 세상, 아니, 우주 전체가 우리를 기다리고 있기 때문이다.

나는 운이 좋아 미국 은행에 입사했다. 하지만 그 행운 역시 내가 만든 것이고, 그것 역시 나의 실력이다.

어떤 회사에서
일하고 싶은가

칼 퇴근하고도 승진하는 여자

은행에서 합격 통보를 받은 후 필라델피아 사무실로 출근한 첫날, 담당 매니저에게서 일에 관한 가이드라인을 지시받았다. 40분가량 업무에 대해 설명한 후, 매니저는 일을 하다 모르는 것이 생기면 언제든 질문하란 말을 마지막으로 이야기를 마쳤다. 순간 나는 정확한 출퇴근 시간이 궁금해졌다. 어찌 보면 가장 기본적인 이야기인데, 매니저는 그것에 관해선 단 한 마디도 언급하지 않았기 때문이다. 하지만 내 질문에 그는 웃는 얼굴로 "당신 마음대로"라고 답했다. 놀란 토끼눈을 한 내게 그는 여전히 웃음을 머금은 채 자신의 철학을 들려 주었다.

"일에 있어 첫 번째 원칙은 무조건 프로페셔널리즘이에요. 만약 일이 일찍 끝나면 그때가 퇴근 시간이고, 반대로 일을 끝마치지 못했으면 야근을 해서라도 일을 끝내는 게 당연합니다. 내가 매일 8시에 출근한다고 해서 절대로 당신에게 8시 출근을 강요할 수는 없어요."

회사 생활이 본격적으로 시작되자 난 그의 이야기가 진실임을 알게 됐다. 한국 직장 문화에 익숙해질 대로 익숙해져 있던 내게는 사실 놀라운 광경이었다. 야근 없는 칼 퇴근 풍경, 그리고 그것을 아무도 손가락질 하지 않고 당연하게 받아들이는 문화, 출퇴근 시간을 개인이 유동적으로 정할 수 있는 자유.

우선 미국 회사 직원들은 업무 시작 시간이 대체로 빠르다. 이유는 한 가지다. 빨리 일을 끝내고 집에서 가족과 시간을 보내고 싶어서이다. 하지만 이것 역시 아무도 강요하지는 않는다. 내 매니저의 경우에는 8시에 출근해 거의 6시경에 퇴근했다. 7시 이전에 출근해 4시경에 퇴근하는 매니저들도 많았다. 물론 일이 많을 때는 늦게까지 남아 일을 처리하지만 아주 특별한 일이 아니고서는 대부분 야근을 하지 않았으며, 아래 직원에게도 절대 야근을 강요하지 않았다. 나의 담당 매니저는 오히려 내가 너무 늦게까지 일한다고 걱정하곤 했다.

휴가를 사용하는 데 있어서도 이 프로페셔널리즘 원칙은 마찬가지로 고수된다. 자신이 1년간 사용할 수 있는 휴가 일수 안에서 일정과 기간을 자신이 원하는 대로 쓸 수 있다. 자신에게 주어진 일만 제대로 처리하면 아무 문제가 없는 것이다. 직원들은 휴가를 쓸 때 짧게는 1주일, 평균적으로 2주일 정도를 쓴다. 크리스마스 시즌에는 3~4주까지 쉬는 사람도 가끔씩 있다. 하지만 그렇게 휴가를 쓰는 데 있어 상사나 동료의 눈치를 보는 일은 거의 없다.

입사 첫 해, 나는 일을 배우고 익히느라 그해에 주어진 휴가 일수를 다 사용하지 못했다. 남아있는 휴가 일수를 쓰지 않으면 그대로 날아갈 상황. 이것을 알게 된 내 매니저가 다가와 말했다.

"당신이 입사할 때 내가 말했던 프로페셔널리즘 원칙 기억하죠? 휴가를 쓰는 것에서도 마찬가지에요. 당신에게 주어진 휴가는 당신의 정당한 권리에요. 무엇보다 나는 짧은 휴식이야말로 일에 더 충실하게 만들어 주는 요소라고 생각합니다. 그리고 그것이 바로 휴가의 본질이겠지요. 나는 그런 의미의 휴가를 날려버리는 걸 원치 않습니다. 아까운 휴가 일수가 사라지기 전에 휴가를 다녀오거나, 만약 올해 안에 쉬는 것이 여의치 않으면 내게만 이야기하고 내년 언제든 휴가를 다녀와도 괜찮아요. 당신이 판단하기에 일에 방해가 되지 않는다면 언제든. 그리고 내년부터는 절대로 이런 일이 없도록 했으면 합니다."

도리어 휴가를 제때 쓰지 않았다는 이유로 혼난 셈이었다.

한국 회사에 미국 회사의 프로페셔널리즘을 적용하기 힘든 것은 아마도 '눈치 보기'라는 한국 사회 특유의 정서 때문일 것이다. 한국에서 직장을 다니는 사람들은 이 '눈치 보기'에 대해 많이 공감할 것이다. 내 일이 다 끝났어도 윗사람이 자리를 뜨지 않아 하릴없이 남아 있는 일, 나의 상사도 일 때문에 남아 있는 게 아니라 상사의 상사인 윗분들의 눈치를 보느라 남아 있는 일이 비일비재하다. 입사 3개월만 지나면 누구나가 그 이상한 사슬을 눈치 챌 수 있다. 휴가 문제도 사정은 비슷하다. 정당하게 사용할 권리가 있는 휴가인데도 주변 눈치가 보여 제때 쓰지 못하는 일이 다반사이다. 윗사람이 휴가 계획을 먼저 짠 뒤에야 아랫사람들의 휴가 일정이 결정되는 경우도 종종 있다. 간혹 휴가 중에도 상사 전화 한 통에 사무실로 달려가야 하는 상황이 벌어지기도 한다. 혹시 주말을 끼고 휴가를 써서 쉬는 날짜가 길어지기라도 하면 주변 동료들과 상사들로부터 따가운 눈총이 쏟아지기도 한다.

물론 직원 한 사람이 휴가를 가면 당연히 일에 어느 정도 차질이 생길 수 있다. 하지만 그렇다고 회사가 당장 망할 일도 없다. 그 사람이 휴가에서 돌아올 때까지 기다릴 수도 있고 주변의 동료가 나눠서 일을 처리할 수도 있다. 한국 회사라고 해서 그것을 모르는 바는 아닐 것이다. 하지만 한국 조직은 상사보다 부하 직원이 휴가를 먼저 가거나, 혹은 길게 쉬거나, 혹은 상사보다 일찍 퇴근하는 것을 '버릇없다'라고 여긴다. 전반적으로 군대식의 계급 문화, 집단주의가 직장에서도 만연하기 때문이다.

미국 회사들의 이러한 프로페셔널리즘은 미국이란 나라가 가장 중요하게 여기는 가치인 평등과 미국인들의 합리적 혹은 개인주의적 사고방식에서 오는 것이라고 볼 수 있다. 그리고 이 원칙들은 높은 지위에 있는 사람들에게도 마찬가지로 적용된다. 자신이 직급이 높다고 해서 아랫사람에게 일을 떠맡기거나 업무를 소홀히 하는 경우도 거의 없다. 나아가 미국인들에게 계급이란 것이 그다지 가치 없는 것이 되는 순간들도 종종 있다. 그들에겐 일이 최우선이고 그것이 '프로의 세계'라고 생각하기 때문이다. 일례로, 현재 우리 팀의 최고 상사는 아직도 자신이 금융 상품을 팔 기회가 오면 두 팔 걷어붙이고 열변을 토하며 세일즈맨 기질을 발휘한다. 그에게는 무엇보다 일이 중요하기 때문이다. 가장 효과적으로 빨리 일을 끝마칠 수 있는 사람이 당연히 그 일을 해야 하는 것이다. 그는 나이가 60세가 넘었으며, 우리나라 은행으로 치자면 전무급 임원이다. 우리나라 은행에서는 그 정도 직급이면 자신이 직접 상품을 파는 경우가 극히 드물다. 대부분 부하 직원에게 맡긴다. 참고로 그 상사는 팀에서 가장 높은 위치지만 우리 사무실에서 가장 빨리 출근한다. 자신의 비서보다도 더 빨리 출근한다. 하지만 절대로 우리에게 자신보다 빨리 출근할 것을 강요하지 않는다. 그런 가치 대신에 일에 있어 철저함과 프로 기질을 요구한다. 계급이란 것보다 프로페셔널리즘이 더 중요한 가치라는 것을 잘 보여 주는 좋은 예일 것이다. 머리가 희끗희끗한 할아버지가 금융 상품을 팔기 위해 직접 전화를 걸어 "저는 누구입니다"라며 이야기를 시작하는 모습을 볼 때마다 정말로 많은 것을 느끼게 된다.

'직원들이 자신에게 주어진 일을 잘 수행해 내는 것'을 최고의 가치로 지향하는 것은 외국 회사나 한국 회사나 마찬가지일 것이다. 오래까지 남아 야근을 하고 휴가도 안 쓰고 열심히 일하는 겉모습만 놓고 보면, 한국 회사의 직원들이 더 프로처럼 일하는 것이라고 말할 수도 있다. 직급에 따라 해야 할 일이 따로 정해져 있는 한국 회사의 사고방식이 어쩌면 더 체계적으로 잘 정비된 조직으로 받아들여질 수도 있다. 둘 중 어느 쪽이 옳고 그름을 따지는 것은 무의미하다. 다만 두 곳 모두를 경험해 본 내 입장에서 보자면, 일의 효율과 능률면에 있어서만큼은 외국 회사의 프로페셔널리즘 원칙이 더 필요하지 않을까 싶다.

자유가
직원을 춤추게 한다

한국 직장에 막 입사한 새내기 후배들에게 종종 이런 이야기를 듣는다. 즐거워야 할 점심시간이 고역이라는 것이다. 자유로워야 할 식사 시간조차 상사의 눈치를 보며 윗사람의 기호에 맞는 음식점을 전전하는 광경이 아직까지 낯선 것이다. 거기다 단체로 앉아 초스피드로 말도 없이 밥만 먹는 삭막한 분위기 또한 견디기 힘들다. 친구와 약속을 만들어 회사 밖으로 나와 점심을 먹는다 해도, 그것 또한 눈치를 봐야 할 상황인 것이다.

한국과 달리 외국 회사에서의 점심시간은 철저하게 개인의 시간이다. 대부분의 사람들은 점심시간을 스스로 알아서 활용한다. 직접 점심을 싸오는 사람들도 있고, 간단하게 샌드위치로 해결하는 사람도 있다. 각자가 알아서 원하는 시간에 해결한다. 계속 일을 하면서 점심을 먹을 수도 있고 휴식을 취하면서 먹을 수도 있다. 혼자 나가서 공원에 앉아 천천히 점심을 먹으며 여유를 즐길 수도 있으며, 아예 점심을 건너뛰고 일을 한 뒤 퇴근 시간을 앞당길 수도 있다. 예를 들어 우리 사무실의 한 직원은 점심시간에 별다른 일이 없으면 근처 피트니스 센터에서 운동을 한다. 운동 후 사무실로 돌아올 땐 간편하게 샌드위치 하나를 사들고 와 5분 만에 해치우고 바로 다시 업무에 들어간다. 갓난아기가 있기 때문에 조금이라도 빨리 퇴근을 하기 위해서이다. 물론 동료들과 함께 어울려 점심을 먹는 경우도 많다. 하지만 시간이나 메뉴 선정 등이 일방적으로 한 사람의 명령 혹은 기호에 따라 정해지는 경우는 거의 없다. 대부분 모두의 동의 아래 결정되며 더치페이 역시 기본이다.

점심시간 풍경 외에도 한국과 다른 모습은 쉽게 찾아볼 수 있다. 그중 대표적인 것이 바로 '회식 문화'이다. 한국 회사들의 회식 문화는 외국 회사에서는 찾아보기 힘들다. 사실 미국 회사 취직이 결정됐을 때 주변 친구들에게서 가장 많이 들었던 질문 중 하나가 파티에 관한 것이었다. 드레스나 턱시도를 입고 한 손에는 칵테일 잔을 들고 고급 호텔 연회장에서 파티를 하는 직장인들의 모습. 하지만 그것은 할리우드 영화나 미국 시트콤이 심어준 환상에 불과

했다. 내 경우 지금껏 그런 자리를 거의 가져보지 못했다. 물론 대규모의 크리스마스 파티를 열거나 정말로 영화에서처럼 턱시도와 드레스를 입고 파티를 하는 회사도 간혹 있긴 하다. 하지만 그것은 특정 직종에 불과할 뿐, 대부분의 회사들은 회식 자체가 거의 없다. 간혹 있다 해도 저녁을 먹기 전 한두 시간 동안 간단한 간식거리와 술 한 잔을 곁들이는 'Happy hour' 정도이다. 물론 참석할지 말지는 전적으로 개인의 의사에 달려 있다. 우리 회사도 크리스마스나 추수감사절을 기념하는 파티가 종종 있긴 하다. 하지만 절대로 술은 없다. 오후 5시경쯤 다 같이 모여 간단한 다과를 나누며 "Happy holiday!"를 외치고 사라진다. 친한 동료끼리 모여서 저녁을 먹거나 소규모로 파티를 여는 형식의 회식도 간간히 있다. 하지만 이때도 참석 여부에 있어 무조건 개인의 의사가 우선이다. 설령 모임에 빠져도 미움 받을 일은 절대로 없다.

실제로 나는 외국 회사에서 일하면서 회식이나 파티에 참석하라고 강요받은 적이 단 한 번도 없다. 만약 강압적으로 회식에 참여하라고 하는 상사가 있다면 여지없이 징계감이다. 술을 억지로 마시게 하는 것 역시 마찬가지다. 2차로 노래방에 가서 억지로 노래를 부르라고 강요하거나 노래방에서 싫은 내색이 분명한 부하 직원에게 춤 한 판 추자고 덥석 어깨라도 부여잡는다면 그 상사는 법적 공방으로 전 재산이 날아갈 각오를 해야 할지도 모른다. 게다가 그 상사 한 명의 징계로만 끝나지 않을 수도 있다. 미국 법은 그런 직장 문화를 만든 회사의 책임도 물을 것이므로 회사 역시 명예 훼손과 금전적 손해를 각오해야 할 것이다.

이처럼 미국을 비롯한 대부분의 외국인들에게 점심시간, 퇴근 후 시간, 그리고 주말은 완벽하게 개인의 자유 시간이다. 사무실을 떠나는 순간부터는 무조건 개인의 시간이라고 봐도 무방하다. 한국 사회는 이 점에서 많이 다르다. 아마도 의식의 차이 때문일 것이다. 이전에 비하면 많이 약해지긴 했어도 한국의 회사들은 직원들의 애사심과 충성심, 직원들 간의 단결력 등을 가장 중요한 가치 중 하나로 여긴다. 그리고 이것을 가장 효과적으로 끌어낼 수 있는 방법이 바로 단체 활동, 즉 점심 식사, 회식, 수련회 등이다. 이에 반해 외국 회사는 개개인의 평등과 자유를 최대한 존중한다. 회사를 위해 개인의 시간과 이상을 양보하라고 강요하지 않는다. 일에 방해가 되지 않는다면 평생 옆 동료와 말 한 마디 나누지 않아도, 밥 한 끼 같이 먹지 않아도 그것을 문제 삼을 수 없다.

한국 회사와 외국 회사 간의 문화 차이는 이처럼 극명하다. 한국 회사의 경우, 개인의 자유 측면에서 어느 정도의 희생을 감수해야 한다. 하지만 동시에 외국 회사에서는 경험하기 힘든 선후배나 동료들 간의 따뜻한 정을 쌓아갈 수 있다. 반면 미국을 비롯한 많은 외국 회사들의 경우, 개인의 자유를 마음껏 누릴 수 있는 반면 동료는 동료, 일은 일이라는 냉정한 생리를 받아들여야 한다. 옆 동료가 하루아침에 해고되어도 무신경한 환경은 어찌 보면 정 없고 차가운 곳으로 느껴질 수 있다.

이처럼 다른 두 개의 근무 환경 중 어느 쪽을 선호하느냐 하는 것은 전적으로 개인에 달려 있다. 내 경우, 한국에서 직장을 다닐 때는 회식이 싫어 피해 다녔다. 동료들과 함께하는 불필요한 술자리는 성격상 잘 맞지 않았다. 하지만 외국에서 몇 년 일하다 보니 가끔씩 한국의 회식 문화가 눈물 나게 그리워지기도 한다. 얼큰하게 오른 취기 속에서 동료들과 어깨를 맞대고 새벽녘에 택시를 잡으며 쌓아가던 정, 그 따뜻함이 문득 문득 생각나는 순간이 분명 있다. 다시 말하지만, 어느 쪽이 더 좋다고는 아무도 판단할 수 없다. 각자의 기호와 성향에 따라 스스로 판단할 뿐.

요즘은 이런 상상을 하곤 한다. '직원들의 자유와 자율성을 보장하면서도 따뜻한 사람 냄새가 나는 그런 회사 어디 없을까? 미국 회사의 장점과 한국 회사의 장점을 섞는다면 완벽한 환경의 직장이 탄생할 수 있을 것 같은데….'

마음의 문을
두드리는 동료애

외국 회사의 경우, 직장 동료와 절친한 친구 관계로 발전하는 경우는 참으로 드물다. 외국인들은 서로의 영역 구분이 한국인보다 강한 편이기 때문이다. 물론 모든 동료들과 일일이 친구 사이로 지낼 필요는 없다. 하지만 그래도 가끔씩은 회사 휴게실에 모여 배를 잡고 웃으며 수다를 떨고 싶다는 생각을 하곤 한다. 상사 험담을 속사포처럼 내뱉으며 스트레스를 풀어 보고 싶기도 하다. 무엇보다 이 쓸쓸한 전쟁터에서 내 뒤를 받쳐 줄 동료가 하나쯤은 있다는 든든함도 느끼고 싶다. 하지만 그렇다고 해서 지금 내가 차가운 전쟁터에서 아군 하나 없이 혈혈단신 홀로 진격을 하고 있는 것은 아니다. 절친한 친구 사이는 아닐지언정, 분명 내 편이 되어주는 존재가 있다. 그 이름은 바로 멘토(mentor)이다.

누구나 한번쯤 들어보았을 멘토-멘티 관계를 나는 MBA에서 처음 경험했다. 2학년 선배가 1학년 후배와 짝이 되어 상담자 역할을 해 주는 것이다. 중학교부터 대학교까지 나는 철저히 개인 위주의 학교생활을 해왔다. 내성적이고 개인적인 성격도 한 몫 해서 나는 선배나 후배들과의 교류가 지극히 적은 학생이었다. 거기다 한국 직장에서 종종 들었던 '사회에선 아무도 믿지 말라'는 조언이 내내 귀에서 떠나지 않았다. 그런 내게 미국 학교에서 말하는 멘토-멘티 관계가 순수하게 와 닿을 리 없었다. '외국인 학생들에게 학교에 대한 좋은 이미지를 심으려고 만든 쓸 데 없는 제도'라는 삐딱한 생각도 가졌다. 하지만, 본격적으로 멘토링을 경험했을 때 깨달았다. 내가 얼마나 좁고 편협한 생각을 가지고 살았는지, 그리고 얼마나 남에게 베풀지 않고 살았는지 말이다.

MBA 시절 나의 멘토는 미국 중서부 작은 도시에서 온 베쓰(Beth)라는 빨간 머리의 여자 선배였다. 그녀는 사람이 타인에게 조건 없이 얼마만큼 베풀 수 있는지 몸소 보여 주는 사람이었다. 내게 무언가를 바라거나, 혹은 자신의 이득을 위해서 하는 행동이 아니라 그냥 진심 어린 마음으로 나를 도와주었다. 영어 실력이 부족한 나의 이력서를 교정해 주고 인터뷰 연습을 돕는 것 정도는 기본이었다. 자신이 참석하는 파티 중 내가 편하게 함께할 수 있을 만한 모임에는 늘 나를 불렀고, 내 생일에 예고 없이 선물을 보내기도 했다. 또 내가 관심을 가질 만한 주제의 기사나 자료가 있으면 항상 이메일을 보내왔다.

그녀는 남을 돕는 게 몸에 밴 사람이었다. 언젠가 내가 "당신의 시간과 에너지를 쏟아가면서까지 왜 그렇게 나를 도와주냐"고 물었을 때 그녀의 대답은 간단했다. "그냥 네가 좋아서."

미국에서 회사 생활을 하면서도 나는 이 멘토라는 존재를 통해 또 한 번 많은 것을 깨닫게 됐다. 입사한 지 몇 개월쯤 지났을 때, 회사에서 멘토－멘티를 모집하는 행사가 열렸다. MBA 시절의 기억을 떠올리며 나는 호기심에 지원을 했다. 한 번도 만나본 적 없는 다른 지역 지사의 한 팀장이 나의 멘토로 지정되었고, 이 멘토가 보여 준 나에 대한 지극한 배려는 또 한 번 나를 놀라게 했다.

멘토－멘티 관계로 지정된 후 처음 통화를 하던 날이었다. 그날따라 일이 잘 풀리지 않아 나는 하루 종일 저기압 상태였다. 짜증이 머리까지 치솟아 있는 상황. 그러니 만난 적도 없고, 각자 일하고 있는 나라 간의 시차도 크고, 무엇보다 담당하고 있는 나라들이 서로 연관성이 없어 공통 화제도 별로 없을 게 뻔해 보이는 멘토와 전화를 하는 건 귀찮은 일이었다. 솔직히 시간이 아깝다는 생각이었다. 그런 내 기분은 통화 내내 여과 없이 표출됐다. 인사를 주고받은 후부터 줄곧 어색하고 지루한 대화가 지속됐다.

"요즘 일은 어때요? 힘든 건 없나요?"

"네… 뭐, 딱히….."

"회사에 적응하기가 쉽진 않죠? 어려운 일이나 고민이 있으면 털어놔 봐요."

"아, 네….."

나는 '별로 할 말이 없다'는 자세로 일관했다. 하지만 그는 그런 나의 무례함을 다 참고 들으며 결국 내 마음 속의 걱정거리를 끄집어내 털어놓게 만들었다. 심지어는 미국 출장 시 일부러 나를 만나기 위해 필라델피아에 들르기까지 했다. 인내심이 대단한 사람이었다. 참고로 우리 회사는 윗사람도 부하 직원들에게서 점수로 평가를 받는다. 냉정하게 말해 나를 꾸준히 도와주던 상사들이 그 평가 점수를 의식해서 도와준 것이라고 생각할 수도 있다. 하지만 이 멘토와 나는 서로 평가 점수를 주고받을 일도, 가까운 미래에 같은 팀이 될 확률도, 업무의 영역도 달라 업무상 부딪힐 일도 없는 관계였다. 그럼에도 그는 자신의 시간과 에너지를 투자해 나를 성심껏 도와줬다. 요즘도 수시로 내게 연락해 잘 지내고 있는지, 회사에서 어려운 일은 없는지 안부를 묻고 잘 못 챙겨줘 미안

낯선 땅, 치열한 일터에서도
내 편이 되어주는 동료의 존재는 절실하다.

2009년 겨울, 레바논 베이루트에서 회사 고객들과

2009년 봄, 회사 동료들과의 저녁 파티

태국 이웃사촌 누크

개인의 자유와 평등을 존중하는 프로페셔널한 세계

하다고까지 한다. 언젠가 그의 보살핌에 감동을 받은 내가 그에게 고맙다는 말을 한 적이 있다. 하지만 그의 대답은 아주 간단했다.

"내 작은 도움으로 혜아 씨의 능력이 조금이라도 더 발휘된다면 그것이 회사를 위하는 일이고, 또 나는 그것만으로도 기뻐요."

이 멘토—멘티 관계를 통해 나는 외국 기업에도 '순수한 동료애'가 엄연히 존재한다는 사실을 인정하게 됐다. 직장이나 사회에서 만난 사이여도 순수한 마음이 통할 수 있다는 걸 알게 된 것이다. 그리고 그 깨달음으로 인해 내 주변 동료들에게도 한층 더 마음을 열 수 있었다. 물론 잊어서는 안 되는 한 가지 전제가 있다. 합리적인 사고방식의 미국인들답게 이 모든 것들은 '서로의 능력을 서로가 인정한 후'라는 전제 하에 가능하다는 것이다.

우리 모두가 알다시피 일터는 치열한 전쟁터다. 그것은 변함 없는 사실이며, 자신의 몸을 대신 태워가며 내게 쏟아지는 포탄을 막아 줄 사람은 어디에도 없다. 하지만 내가 쓰러지지 않도록 나를 붙잡아 주고 받쳐 주는 기둥 같은 존재들은 분명 있다. 내가 총알을 맞아 쓰러지면 상처를 치료해 주고 붕대를 감아 주며 조금만 참으라고 용기를 북돋아 주고, 나아가 함께 앞으로 나아가자고 외치는 동료들, 그들이 있기에 나는 이 낯설고 냉정한 외지의 전쟁터를 조금은 수월하게 버텨 나갈 수 있는 것이다.

좋은 상사 vs
나쁜 상사

한국에서 금융 회사를 다니던 친구가 얼마 전 이직을 했다고 연락이 왔다. 안정된 직장을 그만둔 용기에 일단 박수를 치며 격려한 후 이직 이유에 대해 물었다. 그녀는 자신의 직속 상사 때문이라고 대답했다.

몇 달 전 그녀는 자발적으로 상품 기획서를 만들어 직속 상사에게 제출했다. 문제는 그녀의 직속 상사가 실력 면에서 늘 지적을 받아오던 사람이었다는 것이다. 부하 직원들보다도 얕은 지식과 능력으로 친구를 놀라게 했을 정도였다고 한다. 기획서를 제대로 이해하지 못한 것이 분명한 상사로부터 '생각 중이다'는 대답만 반복해서 들어야 했다. 그리고 몇 달 후, 상사의 쓰레기통으로 직행한 자신의 기획서를 목격하고 만 것이다.

친구는 답답하고 화가 났지만 그 단계까지는 우선 참고 견디었다. 그런데 그로부터 몇 주 뒤, 그 상사가 조직의 윗선으로부터 어떠한 문제에 대해 추궁 받는 일이 생겼는데, 그 화살을 부하 직원인 그녀에게 돌리며 책임을 회피한 것이다. 안 그래도 그 상사 밑에서 일하다간 금세 도태될 것이라고 불안해하던 터라 그 순간 그나마 남아 있던 안정된 직장이 주는 위안조차도 잃어버렸다. 그리고 때마침 헤드헌터를 통해 연락이 온 외국계 회사로 이직을 한 것이다. 새로 옮긴 회사는 어떠냐고 내가 물었더니 친구는 피식 웃으며 말했다.

"일의 양은 이전 회사의 5배쯤은 돼. 우리 팀장이 독일인인데, 성격이 정말 까칠하기 그지없어. 하지만 지난 번 회사에서 겪은 그런 악몽 같은 경험은 없어."

우선 지금의 상사가 가지고 있는 일에 관한 지식의 양이 이전 상사와는 비교할 수 없는 수준이라고 했다. 또한 회사 분위기가 다르다고 했다. 자신이 새로운 상품이나 프로젝트를 제안해 좋은 평가를 받으면 팀원 모두가 달려들어 몰두한다는 것이다. 함께 노력해 탄생한 결과물이 결과적으로 팀 모두의 성과로 돌아올 것을 다들 잘 알고 있기 때문이다. 자신이 뭔가 아이디어를 내면 '지나치게 나서거나 튄다'고 눈총을 보내던 이전 회사 동료들과는 확실히 다르다고 했다. 그리고 무엇보다 지금의 독일인 상사는 어떤 일이 생겨도 부하 직원을 방패막이로 내세우지는 않으리라 생각한다고 했다. 성격이 아무리 까칠해도 최소한 아랫사람을 팔아 자신이 살아남을 구멍을 만들지는 않을 것이란 이야기였다.

친구의 이야기를 들으며 문득 이런 생각이 들었다. 과연 나에게 좋은 상사란 어떤 사람이고, 또 나쁜 상사는 어떤 사람일까? 직장 생활을 하는 이 땅의 수많은 직장인들에겐 떼려야 뗄 수 없는 관계, 과연 믿고 따라도 될 만한 '좋은 상사'란 어떤 사람들일까?

우선 단언컨대, 내가 100퍼센트 만족할 수 있는 상사는 이전에도 없었고, 현재도 없으며, 앞으로도 없을 것이다. 이것은 한국 회사나 외국 회사나 마찬가지이다. 세상에서 가장 가까운 사이인 부모, 형제, 자매, 부인, 남편도 완전히 만족할 수 없는데, 어떻게 맞춘 듯이 딱 마음에 드는 상사를 찾는단 말인가? 무엇보다 직장 동료도 아니고 자신에게 일을 지시하는 윗사람이니 어떤 면에서든 불편한 점이 있기 마련이다. 따라서 지금까지의 경험상 만약 나의 상사가 다음의 두 가지 조건 중 어느 한 가지라도 충족한다면 나는 무조건적인 신뢰와 존경을 보낸다. 그는 분명 나에게 어떤 방식으로든 좋은 영향을 미칠 것이기 때문이다.

1. 자신의 일에 대해 풍부한 지식과 실력을 가진 사람

2. 인격적으로 존중할 수 있는 사람

우선 '일에 대한 지식과 실력'을 똑 부러지게 갖춘 사람이다. 이런 상사라면 설사 가치관이나 성격이 잘 맞지 않는다고 해도 곁에서 많은 것을 배워야 할 필요성이 분명히 있다. 나 역시 이런 상사라면 개인적으로 맞지 않는 부분이 있다 해도 일단 신뢰와 존경을 보낸다. 일은 일이기 때문이다.

또 다른 조건은 '사람 됨됨이'이다. 자신의 욕심을 뒤로 하고 다른 사람의 미래와 이익을 위해 진심 어린 조언이나 행동을 하기는 참으로 힘들다. 특히 회사는 경쟁 사회의 축소판이기에 더더욱 그렇다. 회사에서 인격적으로 성숙한 인성을 보여 주는 상사라면 혹 실력이 조금 부족하더라도 믿고 따른다.

만약 이 두 가지 장점을 모두 갖춘 상사를 만난 적이 있다면 정말로 운이 좋은 사람이다. 둘 중 하나라도 갖춘 상사를 일터에서 만난다는 것은 그만큼 어려운 일이기 때문이다. 그런 면에서 나는 상사 복만큼은 단단히 받았다고 자부한다.

내가 가장 처음 만난 '좋은 상사'는 한국의 호텔에서 일할 때 만났다. 바로 당시 호텔의 사장으로 재직하던 분이다. 그는 오랜

시간 일본에서 일을 하다 호텔 업계로 뛰어든 사람이었는데, 그 누구도 따라오지 못할 꼼꼼함을 지닌 일명 '메모 왕'이었다. 그리고 높은 자리에서도 늘 새로운 아이디어를 끊임없이 생각하고 내놓는 모습이 본받을 만했다.

나는 일을 할 때 다소 거칠고 투박한 '전투가'의 모습을 보인다. 평소에는 낯도 가리고 소심한 편이지만, 일을 할 때면 180도 달라진다. 의견을 말하는 데 주저하지 않고 싸워야 할 때면 망설임 없이 싸움꾼으로 변한다. 당시 홍보팀의 주요 업무 중 하나가 매달 주력해서 홍보할 내용을 기획하는 일이었는데, 업무상 다른 파트와 협의해서 일을 진행해야 하는 경우가 대부분이었다. 그런데 다른 파트에서 협조에 잘 응하지 않을 경우 항상 문제가 커졌다. 협조가 원만하게 이루어지지 않으면 같은 홍보팀 직원들은 그냥 홍보 주제를 바꾸자고 나를 설득했다. 하지만 나는 그럴 수 없었다. 무조건 해당 파트 담당자를 찾아가 왜 협조할 수 없는지 끈질기게 물었다. 그리고 나 스스로 이해할 때까지 절대로 물러서지 않았다. 만약 상대방이 5가지 이유를 대면 그것을 해결할 5가지 방안을 들이밀곤 했다. 거기다 부탁이나 애교와는 담을 쌓은 성격인지라 나의 업무 스타일에 대한 회사 동료들의 반응은 극과 극이었다. 나를 아주 좋아하거나, 반대로 아주 싫어하거나.

사장님은 나의 이런 모습을 긍정적으로 평가해 주었다. 나는 그분에게도 수많은 질문과 기획안을 들이밀었다. 일개 사원인 주제에 감히 사장의 말에 반박하며 토론을 벌이기도 했다. 일 앞에선 그놈의 '성질'을 죽이지 못했던 것이다. 하지만 사장님은 나의 모든 행동들이 일에 대한 욕심과 열정 때문이라며 이해해 주었다. 분명 투박하고 거칠었지만 순수한 열정을 높이 사고, 있는 그대로의 나를 봐주며, 나아가 나의 장점이 더 잘 살아날 수 있도록 이끌어 주었다. 게다가 단 한 번도 나의 까칠한 성격에 대해 대놓고 면박 주지 않았다. 나를 억지로 바꾸려 하지 않고, 먼저 내가 가진 장점을 잘 살릴 수 있도록 도와주었다. 부하 직원의 있는 그대로의 모습에서 반짝반짝 빛날 수 있는 점을 찾아내어 그것을 잘 다듬어 주는 상사, 동시에 아랫사람에게 끊임없이 자극을 주며 스스로 부족한 점을 깨닫게 하는 상사, 그분이 바로 그러했다.

나의 두 번째 좋은 상사는 미국 은행에서 만난 나의 첫 팀장이었다. 돌이켜보면 그는 지식과 사람 됨됨이라는 두 가지 조건을 모두 만족시키는 훌륭한 상사였다. 필라델피아 출신인 그의 첫 직장은 은행이었다. 그는 그곳에서 사내 연애 끝에 결혼에 골인한 후 야간에 로스쿨을 다니며 변호사 자격증을 땄다. 졸업 후 영국에서 몇 년간 변호사 생활을 한 뒤 다시 은행가로 변신한, 조금은 특이 한 이력을 지닌 사람이었다. 좋은 경력과 뛰어난 머리를 가진 그를 두고 회사 사람들은 늘 궁금해 했다. 그의 실력이면 충분히 당시 연봉의 몇 배를 받으면서 뉴욕의 투자 은행으로 자리를 옮길 수 있었기 때문이다. 이 궁금증에 대한 그의 대답은 간단했다. 사랑하는 도시 필라델피아에서 부인과 네 명의 자녀들과 여유롭게 시간을 보내는 게 행복하다는 것이다. 높은 연봉이 탐나지 않는 것은 아니지만, 그것이 가족과 함께 보내는 행복과 맞바꿀 정도는 아니라고 했다. 그는 확고한 신념 아래 스스로 행복을 찾을 줄 아는 성숙한 사람이었다. 또한 자신에게 쏟아지는 비판에도 귀 기울일 줄 알고, 남을 비난하는 데는 늘 뒤로 물러서는 자세를 보였다.

그는 인간적인 면에서뿐만 아니라 '슬기롭고 현명한 사람'의 롤 모델이기도 했다. 직원들에게 일에 대한 조언뿐 아니라 인생에 대한 조언도 아끼지 않았다. 그가 우리 팀원들에게 내건 모토는 'street of dreams'였다. 바로 꿈을 찾는 팀을 만들자는 것이다. 자신의 사무실 문은 언제나 열려 있다고 말하며 상담자를 자처했다. 직원들이 사소한 신변잡기 고민을 털어놔도 항상 "welcome!"을 외치며 반갑게 맞아주었다. 고민을 들어주는 것에서 그치지 않고 해결책을 찾기 위해 함께 발 벗고 나서주기까지 했다. 내가 내지른 행동 때문에 다른 팀 사람들에게 비난을 받고 있을 때 그는 내 편이 되어 함께 싸워 주었다. 비자 문제로 골머리를 앓고 있을 때도 자발적으로 시간을 내가며 나를 도와줬다. 나뿐만이 아니었다. 우리 팀 사람들 모두에게 늘 그렇게 한결같이 대했다. 팀원에게 필요한 사람이라고 생각하면 자신이 직접 연결고리가 되어 소개를 시켜주었고, 심지어 부서 이동을 고민하는 직원에게도 아낌없이 다른 부서 사람들을 소개해 주었다.

그가 내게 더욱 특별한 상사였던 이유는 또 있다. 내가 부족한 영어 실력과 문화적 차이 때문에 의기소침할 때마다 언제나 날 일으켜 주었다. "너의 영어는 절대 뒤떨어지지 않으니 기죽을 필요 없다"고 끊임없이 자신감을 불어넣어 주었고, 또 용기를 북돋아 주었다. 실제로 그는 입사 당시 내게 최고점수를 주었던 면접관이었다. 입사하는 순간부터 홍콩으로 옮겨올 때까지 그의 전폭적인 신뢰와 지원은 내 직장 생활에 지대한 영향을 끼쳤다.

그는 효율적으로 일을 처리하는 방법도 가르쳐 주었다. 특히 일을 대하는 자세에 있어서 많은 것을 배웠는데, 그는 항상 이렇게 말했다.

"쿨해져라. 일에 치이지 말고 일을 즐겨라. 네가 즐겁고 행복한 것이 최우선이다."

일에 열정이 넘쳐 필요 이상으로 흥분하고 필요 이상으로 집요하게 몰두하는 내게 그는 늘 "calm down(침착해라)"을 주문하고 쿨해지기를 종용했다. 일에 미쳐 한밤중에 핸드폰으로 이메일을 확인하고 있으면 내게 "지금 당장 잠을 자라"는 답장을 보내며 재미있게 일하는 방법에 대한 충고를 아끼지 않았다.

홍콩으로 보직을 옮기면서 헤어지게 되었지만, 아직도 그에게 가끔씩 전화를 한다. 인생에 대한 조언이건, 일에 대한 조언이건, 무언가 해답이 필요할 때 가장 먼저 떠오르는 119 전화가 그일 만큼 그는 나의 좋은 직장 상사이자 인생 조언자인 셈이다.

내가 만난 세 번째 좋은 상사는 현재 내가 몸담고 있는 무역 금융팀의 최고 상사이다. 그는 내게 일에 관한 능력과 일에 임하는 태도가 얼마나 중요한지 일깨워 준 사람이다. 앞서 잠깐 언급했다시피 60이 넘은 나이에, 임원급 위치에 있으면서도 직접 일에 뛰어들어 몰두하는 모습을 보여 준다. 그에게는 아랫사람은 윗사람에게 무조건 복종하고 사소한 일 처리를 맡아 해야 한다는 공식 따윈 존재하지 않는다. 거기다 무역 금융에 관해서 다양한 상품을 개발하고 발전시켜 왔기에 이 분야에선 그야말로 '전설적인 인물'로 회자되고 있다. 그 정도의 위치에 올랐지만 여전히 직접 금융 상품을 파는 것을 꺼려하지 않는다. 게다가 일을 해치우는 데 있어서도 타의 추종을 불허하는 속도와 정확성을 보인다. 그것은 그가 무역 금융 분야에 있어서만큼은 그 누구보다 해박한 지식과 경험을 쌓아 왔기에 가능한 일이다. 뿐만 아니다. 그는 일에 관련된 아이디어를 끊임없이 내놓는 걸로도 유명하다. 부하 직원들에게 "아이디어 좀 가져와봐" 하고 요구하기보다 먼저 "이런 건 어때?"라며 솔선수범 해 의견을 내놓는다. 그런 모습을 보면서 부하 직원들은 긴장하지 않을 수 없다. 최고 상사인 그가 보여주는 일에 대한 열정과 해박 한 지식에 감명 받고 또 자극을 받는다. 그리고 그것은 팀 전체의 업무 능률 상승으로 연결된다. 실제로 나는 그를 보며 늘 스스로를 다잡게 되었고 채찍질하게 되었다.

물론 내가 지금껏 회사 생활을 하면서 늘 존경심이 우러나오 는 좋은 상사들만 만나온 것은 아니다. 일일이 예를 들기도 벅찰 만큼 나쁜 상사라고 일컬어질 만한 사람들도 많이 만났고 상처도 적잖이 받았다. 하지만 한 가지 분명한 사실은 좋은 상사이든 그렇 지 않은 상사이든 모두 나에게 가르침을 주는 존재라는 사실이다. 좋은 상사를 통해서는 일에 대한 지식을 얻고, 능력을 기르는 법을 배우고, 나아가 인성과 인생에 대한 가르침을 얻었다. 그리고 훗날 나의 미래상을 진지하게 계획하도록 이끄는 긍정적 효과도 얻었 다. 나쁜 상사를 통해서도 마찬가지다. 무엇보다 '아, 나는 저렇게 는 하지 말아야지'라는 큰 깨달음을 안겨 주기 때문이다.

완벽한 직장이란 존재하지 않는가

개인의 자유와 평등이 존중되는 프로페셔널한 세계. 외국 회사는 한국 회사에 비해 분명 이러한 장점들을 지녔다. 하지만 그렇다고 해서 외국 회사가 모든 것이 완벽한 천국 같은 직장이라는 뜻은 절대로 아니다. 엄연히 회사는 하나의 조직이고 더군다나 수많은 사람들이 일을 하기 위해 모여 있는 곳이기 때문이다.

외국 회사에 대한 가장 큰 오해 중 하나가 바로 직원들 간의 권력 싸움이나 암투 같은 게 없으리라는 점이다. 미국 시트콤에서처럼 멋지고 쿨한 남녀들만 있는 줄로 아는데, 사실 다 착각이고 허상이다. 권력을 두고 직원들 간에 정치가 벌어지는 모습이나 나아가 '배경'과 '연줄' 문제 역시 절대 한국과 크게 다를 바 없다. '누구의 사람'이라거나 '누구의 줄'이라는 것이 은연중에 정해져 있는 속 모습은 한국과 별반 차이가 없다는 것이다. 취미 활동을 위해 모인 동아리나 사조직에서조차 계급이 생겨나는 것이 인간의 습성인데, 하물며 일하는 직장은 어떻겠는가? 단언컨대, 정치란 놈이 전혀 개입하지 않는 회사 생활이란 전 세계 어느 곳에서도 찾기 힘들 것이다. 외국이라고 해서 다를 건 없다는 뜻이다.

물론, 미국 은행 입사를 처음 앞두고 있을 당시 나 역시 어느 정도 기대를 하긴 했다. 세계에서 가장 민주적인 국가라고 알려진 미국이기에 배경이나 연줄 따윈 들어올 틈이 없을 것이라고 말이다. 하지만 곧 깨달았다. 그것은 나의 순진한 착각이라는 것을….

백그라운드와 연줄에 대해 유난히 생각이 많아지는 때가 바로 회사에 여름 인턴들이 오는 시즌이다. '다음 주부터 여름 인턴이 출근합니다'라는 소식을 전해들을 때마다 '언제 공고가 났던가' 하고 고개를 갸웃거린다. 회사의 모든 직원 채용은 정식 채용 공고 과정을 통해서만 이루어지며, 사내 인트라망을 통해 모든 직원들이 그 공고를 볼 수 있기 때문이다. 하지만 그러한 채용 공고가 없어도 회사에는 여름 인턴들이 꾸준히 들어오곤 했다. 혹은 공고가 말 그대로 형식으로만 끝나는 경우도 종종 있었다. 이런 일들이 생기는 이유는 뻔했다. 이미 내정자가 있거나, 누구의 아들 혹은 딸

결국, 인생은 자신의 선택이다.

치열하게 부대끼고 때론 원치 않는 타협도 해가며
최고의 화음을 만들어가는 곳, 그것이 바로 직장이다.

세상 어디에도 완벽한 직장이란
존재하지 않는 것일까?

회사 생활에서 어느 정도
건강한 정치력 또한 필요하다.

이라는 강력한 타이틀을 단 친구들이 얼굴을 들이미는 경우다.

물론 이러한 현실을 모르는 바는 아니었다. 불과 몇 년 전, 나역시 여름 인턴 지원자 시절을 겪은 바가 있기 때문이다. 나는 수없이 탈락의 고배를 마시고 있는 반면, 나보다 성적, 실력, 노력, 열정, 그 어느 것 하나 나을 게 없어 보이는 동기가 유명 회사의 인턴자리를 쉽게 따내는 모습을 볼 때, 그리고 그런 동기들이 알고 보면 '누구 아들이나 딸'이라는 이야기를 들었을 때, 잘난 부모님의지위를 등에 업는 일이 밤새 정성껏 이력서를 작성하는 일보다 더큰 힘을 발휘한다는 걸 깨달았을 때, 나는 권력으로 점철된 이 사회를 무던히도 원망했다. 그렇기에 회사에서 그 '연줄의 실체'들을볼 때마다 착잡한 마음이 드는 것도 사실이다. 한편으론 그 인턴들을 반갑게 맞이하는 나 자신을 볼 때 권력 앞에서 어쩔 수 없이 작아지는 내 모습에 스스로 놀라곤 한다. 결국 정치, 권력, 배경이 끼어들 틈이 없는 아름다운 무공해 직장이란 절대 존재하지 않는 것일까? 그것들은 그저 허상에 불과한 것일까?

지난 10년 간 한국, 미국, 그리고 홍콩에서 회사 생활을 해오며 배운 것이 있다. 바로 조직 생활에 있어선 어느 정도 건강한 정치력이 필요하다는 사실이다. 물론 나는 정치력이 빵점에 가까웠다. 지금도 빵점에 가깝지만 예전보다는 조금 나아졌다. 일할 때에는 투사의 모습으로 돌변하는 성격 때문에 인간관계까지 고려하며 일을 하지 못하는 것이 가장 큰 문제였다. 까칠하기 그지없고 낯선 사람들과 어울리는 걸 꺼리는 나의 기본적 성향도 문제이지만, 소위 말해 입바른 소리를 잘 참지 못하고 성질대로 내뱉어야 속이 시원한 고질병 때문에 종종 문제를 일으키곤 했다. 이해가 되지 않으면 상사에게 절대로 복종하지 않던 일도 있고, 때론 눈치 없이 혼자 'NO'라는 대답을 해 주위의 눈총을 받던 일도 많았다.

이 모든 과정 속에서 항상 귀결되는 결론은 '회사는 나 혼자 일하는 곳이 아니다'라는 사실이다. 회사는 함께 일하는 동료, 상사, 후배들과의 화합을 통해 해결책을 찾아가는 노력이 필요한 곳이며, 그 과정에서 권력과 정치는 자연스럽게 생겨나기 마련이다. 그리고 그런 과정을 겪으며 화합하는 일 역시 회사 생활의 일부이다. 만약 그 화합의 과정이 너무 힘들고 더럽고 치사하여 견딜 수가 없고, 정치와 권력과 연줄이 없는 완벽하게 깨끗한 청정 회사를 찾는 이가 있다면, 지금 이 불완전한 회사 동료들 사이에 얽혀 있는 정치, 권력, 연줄에 적응하기 위해 쏟는 시간과 에너지의 100배를 더 쏟아 부어도 그런 곳을 찾기란 쉽지 않을 것이다. 주변 사람들과 치열하게 부대끼고 때론 원치 않는 타협도 해가며, 그 나름대로의 최고 화음을 만들어가야 하는 곳, 그것이 바로 직장이기 때문이다.

PART 4

어떤 삶을
살고 싶은가

자유냐, 정이냐,
그것이 문제로다

타국에 사는 외지인들에게는 자신의 나라와 타국 간의 문화, 정서, 사고방식의 차이가 커다란 딜레마로 다가오곤 한다. 어떤 때는 '그래, 사람 사는 세상이 다 똑같지' 싶다가도, 문득 문득 느끼는 한국과의 차이는 늘 고민에 빠지게 한다.

처음 미국 땅에 떨어졌을 때, 시도 때도 없이 나를 보고 웃는 미국인들이 너무도 당황스러웠다. 처음에는 정신적으로 문제가 좀 있는 사람들이 아닐까 싶기도 했다.

미국인들은 모르는 사람에게 다가가 안면을 트고 말을 붙이고 자신을 소개하는 데 전혀 거리낌이 없다. 낯선 사람끼리도 길을 가다 서로 눈인사를 주고받고, 옷깃이 스치면 서로를 소개하고 말문을 터놓으며 대화를 시작한다. 전혀 관계없는 사람이라도 무거운 것을 들고 있으면 도와주겠다고 자청하고, 두 손 두 발이 멀쩡한 사람인데도 대신 문을 열어 주고, 생전 본 적 없는 사람들을 위해 엘리베이터 버튼을 끝까지 눌러준다.

이런 미국 문화에 슬슬 익숙해질 무렵, 방학을 맞아 한국에 잠시 들어오자 이번에는 한국인들의 모습이 너무도 낯설게 다가왔다. 길을 가다 만나는 사람들의 얼굴은 하나같이 딱딱하게 굳어 있었다. 같은 아파트에 살더라도 특별한 계기가 있지 않고는 인사도 잘 나누지 않는 우리와 미국인들은 정서 자체가 본질적으로 다르다.

미국인과 한국인의 정서가 왜 그렇게 다를까? 순전히 내가 겪은 미국 생활을 바탕으로 생각해 볼 때, 겉모습만 놓고 보자면 타인에게 무뚝뚝하고 친절을 베푸는 일에도 인색한 한국인들은 나와 남의 구분이 명확해 인간관계가 좁고 수동적이라 할 수 있다. 반면 미국인들은 적극적이고 인간관계의 폭이 넓어 보인다. 하지만 한 까풀 벗겨보면 실상은 완전히 다르다. 한국 사람들은 누군가와 친해지기까지 상당한 시간이 걸리지만, 일단 그 사람과 친해지면 나와 상대의 구분이 거의 사라진다. '우리'가 되는 것이다. 지인의 일을 내 일처럼 생각하는 우리 정서를 생각하면 쉽게 이해가 갈 것이다. 이로 인해 발생하는 단점들도 있다. 친척이나 별 관계없는 이웃집 일에도 시시콜콜 간섭하고 참견하는 것, 친구의 일에 필요 이상으로 흥분하거나 개입하는 것이 그 예다. 반면 내 영역 바깥의 사람들은 무조건 '남'으로 치부된다. 그 '남'에게는 이보다 더 냉정할 수가 없으며, 내 편이 아니라는 선을 확실하게 긋고 강한 경계심마저 보인다. 하지만 자신의 영역 안에 들어선 사람에게는 속내를 다 끄집어내 보일 정도로 이보다 더 정다울 수가 없다. 대다수의 한국인들은 그렇다. 반면 미국이나 일본 등의 나라는 반대다. 겉에서 볼 때 이들은 나와 남의 경계가 한국인들보다 약하고 누구에게나 친절하다. 다시는 볼 일 없는 사람들에게도 친근한 미소를 보인다. 하지만 그것은 한국인들이 내 편에게 속내를 모두 내보이는 것과는 조금 다른 친근감이다. 그들은 웬만해서는 자신의 속을 모두 꺼내 보이질 않는다. 늘 웃음을 띠고 상냥한 모습으로 살지만 그들의 진짜 속마음은 아무도 알 수 없다. 또한 '내 편, 내 사람'이라는 개념이 한국인들보다 약하다. 나의 영역과 남의 영역을 구분 짓고 가를 만한 기준조차 명확하지 않기 때문이다. 그저 자신을 제외하고는 모두가 남이라는 생각뿐이다.

이러한 정서의 차이는 참으로 다양한 문화의 차이를 만들어 낸다. 아무리 오래 알고 지내는 회사 동료들끼리도, 몇 년을 함께 보낸 학교 동기들끼리도 서로의 영역을 깨뜨릴 만한 질문은 삼간다. 작은 예로 지금 홍콩에서 함께 근무하는 내 동료들은 단 한 번도 나에게 나이를 물어본 적이 없다. 회사에 친한 동료가 이혼을 하였는데, 그녀의 부모조차 이혼 사유를 모를 정도이다. 나이가 몇인지, 결혼은 했는지, 아이는 있는지 등의 질문은 본인이 먼저 이야기를 꺼내기 전에는 웬만하면 묻지 않는 것이다. 이것은 미국뿐 아니라 홍콩, 일본 등의 나라들을 살펴봐도 비슷하다. 이런 문화를 가진 나라 사람들의 눈에는 우리 한국인들은 두 가지 부류로 비춰진다. 교양이라고는 눈곱만치도 없는 인종, 혹은 자신의 마음 바닥까지 꺼내어 친해지려 애쓰는 정 많은 인간.

그런데 이 같은 한국식 사고와 미국식 사고의 충돌은 학교나 직장뿐 아니라 한국인 가정 내에서도 일어나곤 한다. 우연히 알게 된 한국인 노부부는 결혼 후 일찍 미국으로 이민을 왔다. 의사 생활을 하며 성공적으로 잘 정착한 그들은 세 아이들 모두 아이비리그 대학에 보내기도 했다. 그런데도 그들은 자신들의 여생이 무척 외롭다고 털어놓았다. 바로 자녀들과의 문제 때문이었다. 아들과 딸들이 '너무도 미국적인' 사고방식을 갖게 된 것이다. 뼛속까지 한국인인 부모의 상식으로는 자녀란 내 사람, 내 영역에 속한 이들이어야 하는데, 미국에서 나고 자란 자녀들에게는 그 방식이 통하지 않는 것이다. 대학까지는 어떻게든 부부의 뜻대로 밀어붙일 수 있었지만 대학을 졸업한 이후부터 갈등이 심각해졌다. '나의 삶은 나의 삶, 부모의 삶은 부모의 삶'이라는 미국식 사고를 지닌 아이들이 '자식의 인생이 곧 나의 인생'이라는 개념의 한국적 사고방식을 거부하기 시작한 것이다. 졸업 후 자식 셋 모두 부모의 뜻과는 다른 직장을 선택했고, 결혼 문제에 있어서도 마찬가지였다. 한국인 배우자를 강력하게 주장하는 부모의 뜻을 전혀 이해하지 못한 아이들은 결국 소식조차 뜸해졌다. 그나마 연락을 하고 지내는 자녀조차 미국인과 결혼하여 정을 나누는 데 한계가 있다는 것이다. 손자, 손녀 역시 그들 근처에 오고 싶어 하지 않는다고 했다. 이들 부부는 "나이가 들수록 한국이 그립다"는 말을 덧붙였다.

객관적으로 보면 미국이란 나라가 노후를 보내기에는 한국보다 훨씬 매력적이다. 특히 미국에서 의사로서 어느 정도의 부와 명예를 쌓은 이들 부부의 경우라면 더욱 그렇다. 탄탄한 노후 보장 시스템 아래 좋은 공기 맡아가며 여유롭게 노년을 즐길 수 있는 미국에서의 삶이 한국에서의 삶보다 질적으로 나을지 모른다. 그럼에도 불구하고 이들은 나이가 들수록 한국을 그리워한다. 더군다나 이들 노부부와 같은 한국인 이민자들의 대부분은 한국의 지나치게 넘치는 '정'이 지겨워 미국행을 결심했던 이들이다. 사돈의 팔촌 집 숟가락 개수까지 알 정도로 비밀이 없고, 때론 조금 심하다 싶을 정도로 남 일에 간섭하는 한국인 특유의 정서에 두 손 두 발 들고 떠나왔다는 사람들이 대부분이다. 그런데도 많은 이들이 나이가 든 후에는 결국 그 지긋지긋하던 한국의 정서를 그리워하게 된다. 그 이유가 대체 무엇일까? 그것은 바로 외로움 때문이다. 아무리 좁은 땅이어도, 의료 시설이 조금 못해도, 연금 보장 제도가 불만스러워도, 어릴 적 친구, 가족, 이웃, 하다못해 노인정 동지들끼리 매일 만나 먹고 떠들고 어울리는 한국의 정겨운 일상을 그리워하는 것이다. 결국은 '내 영역 안의 사람들끼리 부대끼며 정과 재미를 나누는 것이 노년의 가장 큰 행복이 아닐까'라고 반추하게 되는 것이다.

미국에서 파견 근무를 하고 있는 한국인 은행 지사장과 점심을 먹던 도중 이들 노부부에 대한 이야기를 꺼낸 적이 있다. 이야기를 듣던 지사장 역시 크게 공감하며, 우리 한국인의 기준에서 바라보면 남녀노소 불문하고 미국 사람들은 너무도 외롭게 사는 것 같다는 말을 덧붙였다. '자유롭고 합리적'이라는 장점을 가졌지만 '외로움'이라는 단점도 지닌 나라가 바로 미국이라는 것이다. 한국의 '정'이 넘치는 정서가 '귀찮음'과 '정다움'이란 양면의 얼굴을 지닌 것처럼 미국의 자유로운 정서 역시 고독함이라는 이면을 지니고 있는 것이다.

행복바이러스의
놀라운 힘

어찌 보면 가장 이해하고 공감하기 힘들지만, 반대로 내가 가장 배우고 싶기도 한 외국인들의 사고방식이 있다면, 바로 '행복'에 관한 인식의 차이이다.

"Are you happy? (행복한가요?)"

이 질문에 여러분은 어떤 대답을 할 수 있는가? 자신의 현재 생활에 만족하며 사는 사람들, 즉, 행복지수가 높은 사람들이 유독 적은 나라가 바로 한국이라고 한다. 나 역시 마찬가지다. 나는 그야말로 전형적인 한국 사람이다. 만족이란 것을 잘 모른다. 현재의 만족이 아닌 미래를 항상 목표로 한다. 무조건 끊임없이 나가야 한다. 그런데 전 세계 모든 사람들이 우리 한국인과 같은 것은 아니다.

2008년 어느 날, Duke MBA의 동기생 하나가 이메일을 보내왔다. 미국인인 그녀는 자신이 지금 그 어느 때보다 행복하다고 했다. 그녀는 MBA 졸업생들이 꿈꾸는 회사 중 하나인 세계 최고 컨설팅 회사에서 좋은 조건의 연봉으로 일을 시작했다. 취직한 지 1년 후에는 학교 때부터 연애하던 남자와 결혼하고 집 장만도 했다. 그런데 그로부터 1년 후, 갑자기 하는 일이 싫어졌다며 손해 보는 것까지 감수하고 집을 판 뒤 샌프란시스코로 이사를 갔다. 이후 샌프란시스코의 작은 회사에서 다시 일을 시작했고, 남편은 장모의 도움을 받아 스피커 사업을 시작했다. 그녀가 현재 살고 있는 집은 친구의 소유인 주택을 싼값에 임대한 것인데, 샌프란시스코 지역의 집값이 떨어지지 않아 자신의 집을 사지 못하고 기다리는 중이라고 했다. 게다가 1년 전쯤 자궁에 담석이 생겨 수술을 받았고, 아이가 유산되는 슬픔을 겪기도 했다. 그렇다고 그녀가 속세의 삶이나 물질적인 것에 전혀 욕심이 없는 자연주의 인간인가 하면, 그것도 아니다. 대학 땐 독일 스포츠카를 몰다가 사고를 일으키기도 했고, MBA에 입학하자마자 벤츠를 구입했으며, 명품 가방 아니면 들지 않을 정도로 화려한 인생을 꿈꾸던 사람이었다. 그런데 그녀가 현재 자신의 삶이 행복하다고 하니 나로서는 당황스러울 수밖에 없었다. 하지만 그녀를 행복하게 만드는 것들은 정작 따로 있었다. 바로 개인적인 시간을 할애할 수 있는 여유였다. 환상적인 날씨의 샌프란시스코에서 사랑하는 남편과 친한 친구들과 함께할 수 있고, 퇴근 후 집까지 일을 가져오지 않아도 될 정도의 업무량에 진심으로 만족하고 있었다. 또 그런 여유 때문에 자신만의 취미 활동도 가질 수 있으니 더욱 행복할 수 있었다.

솔직히 한국인의 기준에서 그 친구가 나열하는 행복의 조건을 그대로 이해하기란 쉽지 않다. 완벽에 가까운 GMAT 점수에, 클래스에서 가장 어린 나이였음에도 IBM에서 학자금을 지원받으며 MBA를 다니던 그녀를 우리는 '천재'라고 불렀다. 중국어까지 완벽히 구사할 줄 알았던 그녀를 향해 거의 모든 회사가 두 팔을 활짝 벌리고 맞을 준비를 하고 있을 정도였다. 또 물질과 성공에 전혀 관심이 없는 친구도 아니었다. 그럼에도 세계 최고 수준의 컨설팅 회사를 마다하고 대신 평범하고 여유로운 일상을 택한 것이다. 끊임없는 출장과 야근을 반복하는 나날은 그녀가 원하는 행복한 삶이 아님을 바로 깨달았기 때문이다.

미국에서 알게 된 한 지인의 이야기도 내게는 적잖이 충격적이었다. 그녀는 하버드대학을 졸업하고 스탠포드대학에서 박사 과정을 이수한 재원이었다. 그녀가 보스턴 근처의 웨슬리대학에서 교수로 일하게 되었다는 소식을 들은 지 얼마 되지 않아 보스턴으로 출장을 가게 되었고, 오래간만에 그녀를 만나게 되었다. 수동 기어에 라디오도 나오지 않고 힘들게 손으로 창문을 올려야 하는 낡은 차를 몰고 그녀가 나를 픽업하러 나왔다. 우선 교수가 된 것을 축하한다고 인사를 건네자 그녀는 자신에게 누군가를 가르치는 이 직업이 잘 맞는지 모르겠다고 했다.

"내 모교가 있고 친구들도 많은 도시이긴 하지만, 이 지성인의 도시 보스턴이 어딘가 모르게 불편한 것도 사실이야. 과연 내가 원하는 곳인지도 확신이 안 서. 가끔씩 이 도시의 지적 허영심 같은 것이 부담스럽기도 해."

그녀는 놀라는 내게 2년 정도 일하다가 불편한 마음이 가시지 않는다면 오래건(Oregon)으로 옮길 예정이라고 했다. 순간 입 속의 커피를 내뿜을 뻔했다. 그런 나를 보면서 그녀가 덧붙였다.

"내가 좋아하는 산과 물이 있으니까. 굶어 죽기야 하겠어?"

아마 한국에선 이런 말을 하는 사람이 있다면 대부분이 이렇게 반응했을 것이다.

"일류 법대를 나와 사법고시에 패스해 판사 자격증을 받은 수재가 산과 강이 좋아서 귀농을 하겠다고? 제정신이야?"

그렇다. 최고의 학벌과 똑똑한 머리를 가졌다면 그것을 활용해 멋진 미래를 향해 쭉쭉 뻗어나가는 게 바로 우리의 상식인 것이다. 하지만 앞서 얘기한 두 사람은 나와, 아니, 우리와는 달랐다. 그들은 현실의 행복에 최우선을 둔다. 물론 앞날을 걱정하지 않거나 계획하지 않는 것은 아니다. 하지만 그 미래 계획이란 흔히 우리가 생각하는 개념과는 다르다. 현재 자신을 행복하게 하는 것이 무엇인지가 첫 번째다. 그리고 자신을 행복하게 만드는 기준도 우리의 것과 다소 거리가 있다. 무의식중에 우리에게 주입되어 온 '좋은 직장, 높은 연봉, 넓은 집' 같은 것들과는 완전히 다른 것이다. 그리고 또 한 가지, 이들은 정말로 순수하고 솔직하게 행복을 외칠 줄 안다. 우리가 볼 땐 그다지 특별할 것도 없는 일에서도 '행복하다'고 아주 쉽게, 아주 자주 말한다.

나는 이 '행복에 대한 인식 차이'는 미국 교육의 영향 때문이라고 생각한다. 그리고 바로 이것이 내가 생각하는 미국 교육의 가장 큰 장점이다. 미국 헌법에 '행복 추구(the Pursuit of Happiness)'라는 구절이 있다. 미국인들은 아주 어린 아이일 때부터 어떠한 선택을 하게 될 때 "Are you happy?"라는 질문을 들으며 자란다. 자신의 선택과 결정에 이 질문이 첫 번째 판단 기준이 된다. 그리고 훗날 그 결정이 옳았는지 아닌지를 판단할 때 역시 "Am I happy?"라는 질문이 기준이 된다. 아무리 현실과 동떨어진 선택이었다 해도, 돈이나 명예, 권력 등의 객관적 가치에서 벗어난 선택이었다 해도, 만약 당사자 본인이 행복하다면 주변 사람들은 그것을 인정해 준다. 미국인들 모두 'Happy'라는 마법의 위대함을 철저하게 교육받았기에 그것의 가치에 엄청난 경외심을 가지고 있는 것이다.

앞서 말했던 나의 좋은 상사 이야기를 기억할 것이다. 그는 지금보다 10배의 월급을 받고 10배 더 큰 집에서 살 수 있다고 해도 지금의 행복과 바꾸지 않겠다고 했다. 그가 더 높은 연봉과 더 큰 집을 포기한 이유는 바로 사랑하는 필라델피아에서 사랑하는 가족과 시간을 보내고 자신만의 자유 시간도 마음껏 즐기는 지금의 생활이 자기 자신을 더 행복하게 만들기 때문이다. 그와 마찬가지로 나의 두 미국인 친구 역시 '자신만의 행복'이라는 기준에서 스스로 인생을 선택한 것이다. 하지만 나를 포함한 수많은 한국 사람들은 행복에 대한 개념이 미국인들과는 많이 다르다. 지금 옆 자리의 직장 동료나 친구들에게 한번 물어보라.

"너 행복해?"

"넌 언제 행복했어?"

"넌 언제쯤이면 행복해질 것 같아?"

대다수의 한국인들은 이 같은 질문에 자신 있게 답하지 못한다. 미국인 친구 하나가 내게 이런 말을 한 적이 있다.

Are you happy?

2004년 여름, 바하마 Freeport

멋진 미래에 대한 갈망 때문에 도리어 현재의 행복을
마음껏 누리지 못하는 건 아닐까?

모로코 카사블랑카의 어느 이발소 앞

“넌 행복이라는 단어에 참 인색한 것 같아. 아니면 정말 행복한데도 입 밖으로 말하는 것이 쑥스러워서 그러는 거야?”

그 친구의 지적에 나는 잠시 동안 할 말을 잃었다. 미래는 중요하고, 더구나 멋진 미래란 참으로 좋은 것이다. 하지만 미국인들을 보며 나 역시 가끔씩 고민하게 된다. 혹여 우리가 ‘멋진 미래’에 대한 갈망과 성취감 때문에 현재 느낄 수 있는 행복을 마음껏 누리지 못하는 것은 아닐까 하고 말이다.

현재의 행복과 미래의 가능성에 대한 적절한 합의점을 찾아가며 살 수 있다면 얼마나 좋을까? 하지만 인간이기에 우리는 모든 것에 자로 잰 듯 완벽할 수는 없다. 나 역시 보통의 일반적인 한국인으로서 ‘현재에 만족하며 작은 것에도 감사하며 살라’고 자신 있게 외치지 못한다. 멋진 미래가 주는 짜릿한 감동이 나를 달리게 하기 때문이다. 하지만 그럼에도 불구하고 나는 노력하고 있다. 지금 나의 시간이 혹시 백일몽 같은 미래를 위한 제물이 되어가고 있는 것은 아닌지 끊임없이 반문하고 점검한다. 허황된 꿈을 위해 소중한 현실의 행복에 무관심하고 있는 건 아닌지, 살아가는 동안 가끔씩은 되짚어 볼 필요가 있기 때문이다.

꿈과 열정이
위대한 이유

필라델피아에서 살던 시절, 이웃사촌 중에 태국 처녀가 한 명 있었다. '누크(Nuch)'라는 애칭을 가진 그녀는 필라델피아에 있는 미국 굴지의 화학 회사에서 회계사로 일하고 있었는데, 정말로 착하고 정이 많은 아가씨였다. 필라델피아로 처음 옮겨와 모든 것이 낯설던 당시, 모르는 사람을 경계하던 내게 먼저 다가오고 마음을 털어놓은 게 누크였다. 그녀는 유용한 필라델피아 생활 정보들을 아무 대가 없이 알려주며 큰 도움을 주었다. 무엇보다 그녀는 최고의 요리사였다. 누크는 요리를 정말로 좋아하고 즐겼고, 내게 맛있는 태국 요리를 선사하곤 했다. 그러다 나중에는 금요일마다 우리 집에서 누크가 직접 요리한 음식을 먹으며 수다를 떠는 게 일상이 되어버렸다. 여느 태국 레스토랑의 일류 주방장들과 비교해도 손색없을 정도의 요리 실력 덕분에 그녀의 요리를 맛본 이후부터는 웬만한 고급 태국 레스토랑의 음식에도 만족하지 못할 정도였다.

그러던 어느 금요일 밤이었다. 누크가 요리한 생선찜과 똠양꿍, 여기에 샤도네 와인 한 잔이 곁들여졌다. 그 오묘한 맛들의 조화에 새삼 감탄하며 그녀에게 물었다.

"누크, 태국으로 돌아가고 싶던 적은 없어? 여기 생활 솔직히 정말 힘들잖아. 태국에서 살면 훨씬 편할 텐데."

"가족도 있고, 집안 일 봐주시는 분도 있고… 당연히 태국으로 돌아가는 게 편하겠지. 영어 실력도 더 이상 나아지지 않고…. 회사에서 해고될까봐 전전긍긍 눈치 보는 것도 힘들어."

"그렇구나…. 그럼 정말 진지하게 고려하고 있어?"

"비자 문제가 해결이 안 되면 쫓겨날 수도 있겠지. 하지만 내가 스스로 돌아갈 일은 없을 거야. 만약 해고되더라도 일단 다른 회사를 알아봐야지. 내가 정말 오랫동안 꿈꿔온 일이 있는데, 그 꿈을 포기하고 떠날 순 없어."

"그래? 그게 뭔데?"

"요리."

"요리?"

"응. 요리. 내가 세상에서 가장 좋아하는 일. 아무리 생각해도 내가 가장 사랑하는 일은 요리야. 나, 이 미국 땅에서 꼭 태국 요리 음식점을 열고 싶어. 맛있는 태국 요리, 나 정말 자신 있거든."

"그래. 이 미국 땅에 누크보다 태국 요리를 잘하는 사람은 정말 드물 거야."

우리가 이 같은 대화를 나눈 지 1년이 채 지나지 않아 나의 친절한 이웃집 아가씨 누크는 회사에서 해고를 당했고 필라델피아를 떠나야만 했다. 하지만 다행히도 몇 달 뒤 이메일로 누크에게서 연락이 왔다. 쌍둥이 언니가 살고 있는 볼티모어 근처 DC의 공공기관에서 일자리를 얻어 잘 지내고 있다는 기쁜 소식이었다. 이후에도 우리는 가끔씩 만남을 가지며 인연을 이어나갔다. 주로 누크가 내가 있는 필라델피아로 오는 방식이었다. 내가 홍콩으로 건너온 이후에도 비슷했다. 내가 필라델피아로 출장이 잡힐 때마다 누크와 나는 약속을 정해 필라델피아에서 만나곤 했다.

시간이 흘러 2010년 여름, 오랜만에 미국 출장이 잡혔다. 어김없이 나는 누크에게 이메일을 보냈다. 필라델피아에서 만날 날짜와 시간을 빨리 정하자고. 그런데 이번에는 볼티모어로 오면 어떻겠냐는 답장을 보내왔다. 일정을 체크해보니 다행히 주말에 여유가 있었다. 가능할 것 같다는 대답에 누크는 매우 기뻐했다. 그리고 드디어 1년 반 만에 볼티모어에서 그녀를 만났다. 우리는 반가운 마음에 인사를 나누었다. 그런데 그녀의 태도가 뭔가 수상했다.

"사실 꼭 보여주고 싶은 게 있어서 좀 번거로워도 볼티모어로 와달라고 부탁한 거였어."

"그래? 뭔데?"

하지만 계속되는 나의 질문에도 누크는 끝까지 입을 열지 않았다. 밥 먹으러 가자는 말만 반복하며 대답을 회피했다. 그렇게 한 20여분이 지났을까, 그녀가 휑한 길가에 차를 세우며 말했다.

"다 왔어. 여기야."

"아, 밥 먼저 먹으려고? 저 레스토랑에서?"

"응. 태국 레스토랑. 바로… 나의 레스토랑."

"뭐?"

"내 레스토랑이라구."

"뭐라고…? 그럼…?"

"응. 나 레스토랑 열었어."

그랬다. 누크는 내게 자신의 음식점을 보여주고 싶었던 것이다. 그렇게 꿈꾸고 바라왔던 자신의 음식점을 말이다.

누크의 음식점은 아주 조그마한 태국 요리집이었다. 예전에는 잘나가던 태국 음식점이었지만 시간이 흐르며 낡고 쇠퇴한 상태였고, 그 덕에 누크가 싸게 음식점을 인수할 수 있었다. 하지만 고쳐야 할 것도, 변화시켜야 할 것도 너무 많은 문제아였다. 주변의 세련된 레스토랑들과 경쟁하려면 치열하게 변화해야만 하는 상태였다. 직원들 월급부터 메뉴, 인테리어, 식기까지, 누크가 당장 신경 써야 할 것들이 수천 가지인 상황. 내가 직장을 그만두고 음식점에 올인한 것이냐고 물었더니, 누크는 비자 문제 때문에 직장을 그만둘 수는 없다고 했다. 결국 낮에는 회사에서 일하고 밤과 주말 전부를 식당일에 바친다고 했다. 말하자면 일주일 내내 조금의 휴식도 없이 달리는 것이다. 그러고 보니 누크의 얼굴에 전에 없던 피곤함을 볼 수 있었다. 하지만 음식점을 보여주며 조곤조곤 설명하는 그녀의 눈만큼은 그 어느 때보다 빛나고 있었다. 반짝반짝 빛나는 그 눈에 비친 것은 바로 꿈이었다.

꿈이 소중하다는 것을 모르는 사람은 없다. 하지만 살다보면 꿈이란 녀석의 존재와 의미를 잊게 되는 때가 많다. 일상의 익숙함에 젖게 되면, 혹은 사는 데 지치면, 꿈이란 단어가 먼 세상 이야기처럼 느껴질 때가 분명 있다. 그런 내게 꿈의 힘과 의미를 새삼 다시금 일깨워 준 사람. 누크는 바로 그런 존재였다. 자신이 원하고, 잘하며, 하고 싶은, 그 '꿈'이란 존재에 한 발자국 한 발자국 다가가는 그 열정. 대단하거나 완벽하지 않고, 찬란한 미래가 보장되는 것은 더더욱 아니지만, 오로지 꿈을 위해 힘들어도 조금씩, 하지만 꾸준히 꿈에 다가가는 그 모습은 진심으로 아름다웠다.

놀라서 입을 다물지 못하는 나를 보며 누크가 말했다. 아무리 몸이 힘들어도 레스토랑에서 음식을 만드는 순간이 가장 행복하다고. 자신이 직접 만든 음식을 맛있게 먹는 손님들을 보고 있으면 이 초라한 레스토랑이 그 어느 곳보다 빛나 보인다고 했다. 그리고 시작이 초라하다 해서 끝도 초라하란 법은 없지 않겠느냐며 웃었다. 게다가 설령 소위 말하는 '돈을 잘 버는 가게'가 되지 않는다 해도 자신은 레스토랑 개업을 절대로 후회하지 않을 것이라면서.

그날 누크는 자신의 레스토랑에서 손수 요리한 음식을 내게 선물했다. 누크가 해 준 음식을 먹는 동안 내 가슴 속에선 뜨거운 무언가가 올라왔다. 그리고 깨달았다. 나 역시 그 꿈이란 녀석이 가진 힘 때문에 이 힘든 외지 세상에서의 삶을 접지 못하고 있다는 사실을, 인생의 꿈을 꼭 찾아보겠다는 그 의지가 애초에 이 8년 외지 생활의 시발점이었음을, 그만큼 꿈과 열정은 엄청나게 위대한 힘을 가지고 있다는 것을…. 그랬다. 이 모든 것들을 새삼 다시 깨닫게 해 준 그날의 저녁식사, 그것은 누크의 값진 꿈이 내게 준 뜻밖의 선물이었다. 그것은 세상 어느 곳에서도 살 수 없고 어떤 값도 매길 수 없는 최고의 저녁식사였다.

외지 식생활의
은밀한 비밀

외국에서 살면서 생기는 걱정거리 중 가장 으뜸은 먹을거리, 즉, 식생활이라 할 수 있다. 흔히 듣는 이야기가 있다.

"혼자 사는 이들이여, 자신만을 위한 요리를 만드는 일에 게으르지 말라. 혼자 살더라도 깔끔하고 예쁘게 밥상을 차리고 맛을 음미해라. 요리를 할 만한 시간적 여유가 없다면 혼자서라도 근사한 레스토랑에 가서 정찬을 즐겨라. 이것도 안 되는 날에는 유기농 재료로 반 조리된 음식을 사서 예쁜 그릇에 담아 맛있게 먹어라. 이 모든 것은 자신을 위한 투자이며 보상이다. 스스로 자기 자신을 정중하게 대해야 남들에게 존중받는 사람이 될 수 있으며, 먹는 것은 그중에서도 가장 첫 번째로 대접받아야 할 덕목이다!"

축약하면 '혼자 산다고 궁상맞게 살지 말라'는 뜻이다. 그런데 막상 외국에서 일하고 공부하는 친구들을 보면 대부분 이와는 정반대의 길을 걷는다. 물론 처음에는 모두들 요리에 불같은 투지를 보인다. 한국에서는 유명 레스토랑에서나 구경할 만한 재료와 소스들을 저렴한 가격에 손쉽게 구할 수 있다보니 흡사 외국이 요리를 위한 천국처럼 느껴진다. 마음대로 자기 취향의 요리 개발에 몰두할 수 있다는 것도 장점이다. 몇 번 주변 사람들을 초대해 식사 대접을 한 후, 칭찬이라도 받게 되면 창작 욕구는 점점 더 솟구친다. 하지만 그것도 대부분 길어봤자 1년이다. 처음에는 예쁜 그릇에 귀여운 앞치마, 근사한 테이블보와 냅킨까지 풀 세팅으로 만찬을 준비하고, 점점 잘하는 요리도 하나둘 늘어났다. 그러나 6개월쯤 지나고 나면 저녁은 대충 떼우는 게 상례가 된다. 심한 경우 설거지를 줄이기 위해 일회용 접시를 사용하기도 한다.

혹시 한국에서 혼자 자취하는 것과 뭐가 그리 다르냐고 묻는다면, 딱 한 달만 외국에서 살아보라고 말해 주고 싶다. 배고프면 슬리퍼 끌고 나가 집 앞 분식집에서 김밥과 라면을 사서 김치와 함께 뚝딱 먹을 수 있는 상황과는 무척 다른 것이다. 남자보다 여자가 낫지 않냐고 묻는다면 딱히 그렇지도 않다. 웰빙푸드에 대한 관심이 증폭된 후로 여성들 사이에서 요리가 당당히 취미로 자리 잡을 정도로 인기였지만 나만큼은 예외였다.

나는 예전부터 부엌과는 참으로 거리가 먼 인간이었다. 관심이 없었을 뿐더러 재주도 정말 없다. 미국행을 결심했을 때 스스로도 앞날에 대한 걱정이 덜컥 들었다. 고민 끝에 이태원 골목 어디에선가 미군들이 몰래 팔던 미군 밥통을 장만했다. 그리고 요리의 대가인 고모에게 밥하는 법을 속성으로 전수 받은 후, 나오는 길에 마른 누룽지 한 박스를 선물로 받았다. 그 후 7년 반이 지난 지금, 그 미군 밥통으로 밥을 해 먹은 것은 열 번이 될까 말까 하고, 고모가 만들어 준 누룽지들은 아직도 냉동고 안을 떠돌고 있다. 요리하는 시간도 본인에 대한 투자라고 주장하며 그 가치를 환산한다면, 나는 아마도 최저점을 기록할 것이다. 이 지경이니 매달 한국에서 반찬이 냉동박스로 공수되어 오고, 홍콩으로 놀러오는 친구들의 가방에는 나에게 먹일 음식들이 한 가득이다. 한국에 있는 가족과 통화할 때는 '뭐 먹었니?'라는 질문으로 시작해 '잘 먹어라'로 대화가 끝나곤 한다. 요리 같은 거 바라지도 않으니 그냥 뭐든 챙겨 먹기라도 하라는 애원이다. 물론 내 경우는 좀 심각한 수준에 해당한다지만, 외국에서 생활하는 많은 이들이 실제로 먹을거리 때문에 스트레스를 받고 고생하는 게 사실이다. 도대체 다 큰 성인들이 왜 먹는 것 하나 잘 챙기지 못하는 걸까?

가장 큰 이유는 바쁜 일상에 지쳐 요리를 해 먹을 심적 여유가 사라지기 때문이다. 학교나 사무실에서 하루 종일 지친 몸을 이끌고 집에 오면 아무리 맛있는 음식이라 해도 스스로 만들어 먹을 엄두가 나지 않는다. 거기다 차 없는 유학생의 경우 장보는 것마저도 거사가 된다. 어깨가 빠질 듯 양손 가득 무거운 장바구니를 들고 대중교통을 이용하는 일은 웬만한 육체노동 버금가기 때문이다. 그렇다고 한국에서처럼 입맛에 맞는 음식을 쉽게 살 수 있는 것도 아니니, 이래저래 요리와는 거리가 멀어질 수밖에 없다.

게다가 맛있게 음식을 만들어봤자 같이 먹을 사람도 없다. 지지고 볶고 공들여 실컷 요리를 해봐야 함께 식사할 사람 하나 없는 텅 빈 집에서 허탈감만 더해지기 마련이다. 식생활에 있어서 최악의 레시피가 바로 '혼자'라는 단어일 것이다. 몇 시에 먹건, 무엇을 먹건 간섭할 사람이 없으니 식사 시간은 불규칙해지고, 자칫 무시무시한 폭식으로 이어질 수도 있다. 그것도 좋고 맛있는 음식이 아니라 과자나 간식거리 정도이다. 낯선 땅, 어두운 밤이나 주말에 혼자 집에 있다 보면 외로움이 엄습해 온다. 그것에 대처하는 방법 중 하나가 바로 인간의 오감 중 가장 채우기 쉬운 '식감'을 위한 어마어마한 주전부리 폭식이다. 거기다 아무도 간섭하지 않는 최적의 환경까지 갖추어져 있으니 폭식의 노예가 되는 것은 시간문제. 폭식으로 설탕과 저질 탄수화물만 과다 섭취하다보니 제대로 식사를 챙겨 먹지 않아도 체중은 오히려 늘어나는 것이다.

실제로 외국에서 혼자 사는 여자들과 수다를 떨다 보면 대다수가 이러한 폭식 습관을 가지고 있다는 사실을 발견한다. 초콜릿이라면 자다가도 벌떡 일어나 초코바 몇 십 개는 거뜬히 먹어치울 정도로 중독 증세가 심한 친구도 있다. 술에 집착하는 친구들도 생긴다. 처음에는 한두 잔으로 시작하여 마음 맞는 친구가 생기면 서로의 집에 몰려다니며 병나발을 불 지경이 된다. 그래도 함께 어울려 마실 만한 친구라도 있으면 나은 편이다. 혼자서 마시는 술맛에 익숙해지는 순간부터는 스스로가 두려워진다.

그렇다고 이 뜻하지 않은 식생활의 문제가 자신이 품은 큰 뜻에 방해가 되어서는 안될 것이다. 자신에게 맞는 보다 나은 식생활을 위한 방법들은 분명 존재하기 때문이다. 성능 좋은 인공지능 압력밥솥을 마련하든, 요리를 함께 만들고 즐길 우렁각시나 우렁총각을 만들든, 음식 동호회를 조직해 주기적으로 몸에 필요한 영양분을 공급하든, 머리를 굴려보면 나름의 방법이 생기기 마련. 일단 이 큰 세상을 나의 놀이터로 결정했다면 그 앞에 놓여 있는 기본적인 의식주를 나름의 방식으로 푸는 것도 자신의 선택에 달려 있는 것이다.

사막에 혼자 떨어져도
살아남는 방법

외국에서 잘 사는 방법을 묻는 사람들에게 내가 첫 번째로 하는 묻는 질문은 "혹시, 사람 좋아하세요?"이다. "그렇다"고 대답하는 사람들에게 나는 "그렇다면 신중하게 다시 생각해 보라"고 권한다. 그럼에도 외국 생활을 해야겠다는 이들에게는 이렇게 덧붙인다.

"그렇다면 혹시 혼자 잘 놀 준비가 되어 있나요? 아니면 적극적으로 사람들을 만날 준비가 되어 있어요?"

외국에서 살고 있는 사람들에게 한국에서 살 때와 비교해 가장 힘든 점을 하나만 꼽으라고 하면 대부분 '외로움'이라고 이구동성으로 외친다. 유학을 하던 한 친구는 아파트 수위 아저씨와 "Hi" 인사를 나눈 것이 그날의 유일한 대화였던 경우가 부지기수라고 고백했다. 주말이면 이틀 동안 아무 말도 안 해 입에서 곰팡이가 필 것 같다. 영화 〈캐스트 어웨이〉에서 주인공은 무인도에 표류된 뒤 외로움 속에 혼자 지내다가 배구공에 눈, 코, 입을 그려놓고는 '윌슨'이라는 이름까지 붙여준다. 그리고 그를 친구 삼아 대화를 나눈다. 누군가와 소통하는 일, 그것이 인간의 기본적 욕구인 것이다.

사실 그다지 말이 많은 편이 아닌 나도 외국에서 생활하며 깨달았다. '수다'란 놈의 마력을…. 한국에 있을 때는 마냥 시간 낭비라고만 생각했던 수다 떨기가 외국에 있을 때는 엄청난 힘을 발휘하며 나를 도와주었다. 남의 이야기를 들을 때는 세상에 나보다 더 무거운 숙제를 안고 사는 사람들이 많다는 걸 깨닫고 감사하는 마음을 가지게 됐다. 반대로 나의 이야기를 털어놓을 때면 혼자 끙끙대던 고민의 무게가 어느덧 솜털처럼 가벼워지고 때로는 말끔히 해결되기도 한다. 물론 이러한 수다의 힘이 제대로 발휘되려면 속 깊은 이야기까지 나눌 수 있는 사람이 필요하다. 외국인 친구를 만들면 될 거 아니냐고 반문할 수도 있겠지만, 언어 문제는 물론 문화와 정서에도 차이가 있어 소통에 문제가 있는 게 사실이다. 언어도, 피부색도, 자라온 환경도 모두 다른 사람들 속에서 속 깊은 이야기를 다 털어놓을 친구를 만드는 일은 그만큼 힘든 일이다.

부모며 친구 모두 떨어진 이 낯선 땅에서 사람들과의 만남에 참으로 소극적인 내가 장장 8년이나 버틸 수 있던 가장 큰 힘은 과연 무엇일까? 좋게 말하면 나는 혼자만의 시간을 알아서 잘 보내는 선천적 능력이 있었고, 나쁘게 말하면 철저한 고립형 인간이었다. 사실 나는 아직까지 메신저 아이디 하나 없는 '별종'이기도 하다. 유학 시절에도 안부 전화를 자주 하지 않아 부모님 속을 엄청 태웠다. 그렇다고 내가 왕따나 외톨이라는 얘기는 절대 아니다. 초등학교 동창부터 MBA 동기인 외국인 친구들까지, 오랫동안 끈끈한 우정을 나누고 있는 친구들이 꽤 된다. 하지만 친구들과의 수다가 나의 생활에 필수불가결한 것은 아니다. 한편으로는 이러한 성향이 외지에서 오래 버틸 수 있도록 힘이 되어준 게 아닌가 싶기도 하다. 짐작컨대, 아마도 나와 비슷한 성격의 사람은 외국 생활을 하는 데 있어 조금은 유리할 것이다. 반대로 사람을 좋아하고 어울리는 걸 좋아하는 이들에게는 외국 생활이 힘들 수 있다. 가족이나 친구 없이는 외로워 죽을 것 같은 사람들, 외로움을 많이 타지만 그렇다고 선뜻 낯선 사람을 사귀지도 못하는 소극적인 사람들 말이다.

반면, 새로운 풍경이나 처음 맛보는 음식 등 작은 것에서도 즐거움을 찾을 줄 아는 사람들이나 혼자서도 먼저 사람들이 많이 있는 곳을 잘 찾아다니는 성향의 사람들이 외국 생활을 잘 버틴다. 결국 외국에서 살아남기 위해서는 혼자 밥 먹고 혼자 즐기고 혼자 시간을 가꾸는 방법을 찾아 나가야 한다. 그게 아니면 스스로 모임을 만들어서라도 적극적으로 사람들 사이로 비집고 들어가 자신을 던질 수 있는 적극성을 가져야 한다.

다음으로 외지에서 살아남기 위해 필요한 또 하나의 방법은 바로 '유연성'을 기르는 것이다. 사람은 본능적으로 자신과 비슷한 생각을 가진 사람들이 있고 자신과 비슷한 생김새의 사람들이 있는 환경을 찾게 되어 있다. 하지만 외지에서 생존하기 위해서는 나와 나고 자란 곳이 다른 사람들과 잘 섞일 줄 알고, 나와 다른 생각을 가진 사람들도 존중할 줄 아는 유연성이 있어야 한다. 이곳은 내가 살던 한국과 날씨도 다르고, 음식도 다르고, 무엇보다 함께 섞여 사는 사람이 다르기 때문이다.

필라델피아에서 일할 당시 보통 4~5명의 매니저들에게 어시스턴트 한 명이 할당되었다. 어느 날 아침, 다음 날 제출할 서류 작성에 필요한 몇 가지 준비 작업을 내 어시스턴트에게 부탁했다. 그런데 5시가 되어도 답이 없어 어시스턴트의 책상으로 가보니 그녀가 보이지 않았다. 혹시 화장실에 갔나 싶어 그 앞에서 몇 분을 기다리는데, 지나가던 동료가 "집에 갔을 텐데…"라고 하는 것이다. 그 순간 만약 내가 분노를 참지 못해 그녀에게 전화를 걸어 "너, 당장 해고야!"라고 소리를 지르거나 "그러니까 너는 평생 어시스턴트

밖에 될 수 없어!" 같은 차별적인 폭언을 내뱉었다면 나는 분명 해고되었을 것이다. 아마도 한국 직장이었다면, 윗사람이 시킨 일을 마치지도 않고 아무 말 없이 퇴근한 그녀에게 불같이 화를 내는 게 당연했을 것이다. 하지만 그곳은 미국의 필라델피아였다. 출퇴근 시간에 대한 직원의 권리를 보장해 주는 미국 회사인 것이다. 즉, 자신이 사는 곳의 정서와 문화, 법에 따라 몸과 마음을 그때그때 유연하게 바꿀 줄 알아야 한다. 내 경우, 그런 유연성이 남들보다 강했다기보다는 일종의 '호기심'이 유연성을 대체했던 것 같다. 비어 있는 어시스턴트의 책상을 보며 무척 당황스러웠던 것은 사실이었지만, 동시에 그녀의 행동이 내 호기심을 자극하기도 했다. '어떻게 일을 끝마치지도 않았는데 집에 갈 마음이 생길까?'라는 질문으로 시작해 '정말 나와 인종이 달라서 사고방식도 다른 걸까, 아니면 다른 교육 제도 아래 자라서 그런 걸까?'라는 질문까지…. 신기하다는 생각에 별별 호기심들이 내 머릿속을 계속해서 채웠다. 그리고 그 대답들을 생각하는 시간 자체가 그녀와 내가 '다르다'는 것을 스스로에게 이해시키는 역할을 한 것이다.

마지막으로 외지에서 살아남으려면 직접 결정할 줄 아는 능력이 반드시 필요하다. 외지에서의 생활은 자기 혼자만의 싸움일 때가 많기 때문이다. '혼자 아침에 일어나기'처럼 사소한 문제부터,

집을 사고 직장을 옮기고 투자를 하는 등의 중요한 문제들까지, 오롯이 혼자서 결정해야 할 일들이 참 많다. 한국에 있었다면 이런 크고 작은 수많은 결정의 순간, 부모님이나 친구들에게 잔소리를 들을 수도 있고 반대로 조언을 얻을 수도 있다. 말하자면 늘 주변 사람들로부터 정보를 얻고 있는 셈이다. 하지만 외지에서는 간섭할 사람도, 조언해 줄 사람도, 칭찬이나 비판을 해 줄 사람도 거의 없다. 부모나 친구에게 전화를 걸어 상담하는 것도 한계가 있다. 결국 마지막까지 고민하고 선택하고 결정하는 것은 자기 자신이다. 만약 다른 사람의 조언 없이는 불안한 사람, 스스로 결정하기를 두려워하는 사람들은 외지 생활이 고문일 수도 있다.

1. 혼자 놀고 혼자 즐기는 혼자 놀기의 달인이 될 것
2. 카멜레온처럼 유연해질 것
3. 스스로 결정하고 스스로 책임지는 사람이 될 것

외지에서 삶의 완성도를 높이려고 한다면 이 세 가지는 반드시 갖추어야 할 기본 요소가 아닐까 싶다. 이 문제에 대한 자신만의 해답을 깨우치는 순간, 미국, 홍콩뿐 아니라 아프리카 사막 한가운데 떨어지더라도 살아남을 강력한 힘을 지니게 될 것이다.

어제는 한국, 오늘은 홍콩,
내일은 미국 그리고…

홀로 홍콩살이 10년차인 한국인 싱글 여성에게 내가 물었다.

"혹시 한국으로 돌아가고 싶지 않아?"

"아니, 절대로!"

그녀는 1초의 망설임도 없이 경쾌하게 'No'라고 대답했다. 똑같이 홀로 미국살이 3년차인 한국인 싱글 여성에게도 같은 질문을 던졌다.

"혹시 한국으로 돌아가고 싶지 않아?"

"아니, 전혀!"

그녀 역시 망설임 없이 단호하게 대답했다. 이유 또한 둘 모두 같았다. 바로 자유. 자유가 좋다는 것이다. 한국으로 돌아가면 분명 매일 들어야 할 '왜 결혼 안 하냐, 여자니까 늦지 않게 들어와라, 옷차림이 촌스럽게 그게 뭐냐?' 같은 핀잔, 잔소리, 쑥덕거림에서 해방되어 좋다는 게 그들의 공통된 이야기이다.

결혼한 여자들은 더 심하다. 한국에 있을 때보다 술 마시고 골프 칠 기회가 줄어든 남편이 자상한 '가정남'이 되어 너무 행복하단다. 거기다 태평양 건너 떨어져 있으니 아무래도 시댁 눈치 볼 일이 줄어들어 편하다. 좀 더 적극적으로 자유를 만끽하며 사는 부인들 중에는 자식 교육에서도 해방되어 사는 이들도 꽤 있다. 한국에 있으면 늘 아이들 진로 걱정에 골머리를 앓았을 테지만, 한국에서 쓰던 사교육 비용의 20퍼센트만으로도 질 좋은 교육을 시킬 수 있고 경쟁력도 키울 수 있으니 자녀 교육에 있어서도 한시름 놓을 수 있다. 주변의 극성 엄마들로부터 받는 스트레스도 한결 덜하다. 한국에 있는 친구들은 자녀에게 헌신하느라 자기를 가꿀 시간이나 여유도 없지만, 상대적으로 여유롭게 자기 계발을 하며 즐길 수 있는 자신의 처지가 훨씬 행복하다는 것이다.

나 역시 이들의 솔직한 고백에 크게 공감한다. 하지만 그러면서도 한편으로는 늘 고민한다. 결국 내가 어디에서 살아야 하고, 또 진심으로 어디에서 살고 싶은 것인지…. 실제로 외국에서 일하며 살기 시작한 이후로 가장 많이 듣는 질문 중 하나가 바로 "그래서 너는 결국 어디에서 살고 싶어?"라든가, "한국에서 살기 싫어서 외국에 간 거야?"이다. 나는 그 같은 질문에 지금껏 줄곧 불확실한 대답만을 해왔다.

2009년 홍콩으로 직장을 옮긴 지 10개월쯤 지났을 즈음, 오래간만에 필라델피아로 출장을 갈 일이 생겼다. 삶의 질 측면에서 굳이 점수를 매기자면 필라델피아가 80점, 홍콩이 50점 정도이다. 필라델피아의 점수가 더 높은 까닭은 공기, 날씨, 그리고 음식 때문이다. 따뜻한 햇살과 살랑거리는 봄바람을 느낄 수 있고, 오염되지 않은 나뭇잎 사이로 쏟아지는 햇볕을 만끽하며 도시 한복판을 걸어 다닐 수 있는 것이다. 길을 걸을 때도 이 사람, 저 사람에게 치이지 않고 느긋하게 다닐 수 있다. 어찌 보면 별 것 아닌 이 단순한 일들만으로도 삶의 질 점수는 크게 높아진다.

당시 필라델피아 출장은 이 삶의 질 문제를 내게 다시 한 번 실감하게 만들었다. 어느 정도 홍콩의 눅눅한 습기와 비싼 물가에 익숙해졌을 시기인데도, 필라델피아의 바삭한 공기와 깨끗한 바람을 다시 만나자 마음이 흔들리기 시작했다. 그 달콤한 공기를 맡으며 신선한 과일을 한 아름 사서 숙소로 돌아오는 길에 스스로에게 질문을 던졌다.

"다시 필라델피아로 돌아오는 것은 어떨까?"

대답은 뜻밖이었다.

"아직은 아니야."

이유가 뭘까 곰곰이 생각해 보았다. 삶의 질 점수는 필라델피아가 훨씬 높다 하더라도 아시아 금융의 허브인 홍콩이 내뿜는 기운과 에너지는 상상을 초월할 정도로 매력적이었다. 여기에 한국까지 비교 대상으로 확대하면 고민은 더 복잡해진다. 홍콩이나 필라델피아는 친한 친구나 가족들의 존재를 생각하면 한국에 비해 매력도가 떨어지기 때문이다. 즉, 모든 곳이 각각의 장단점을 지니고 있는 것이다. 결국 내 대답을 결정한 기준은 나의 시야였다. 필라델피아에서의 삶이 어떤지는 지난 몇 년간 피부 깊숙이 경험했고, 전혀 다른 세상인 홍콩이라는 나라로 이미 내 시야와 관심이 향하고 있던 것이다. 삶의 질 같은 조건과는 상관없이 새로운 세상이란 사실만으로도 충분히 내게는 매력적이었다. 세상이 얼마나 큰지, 내가 살아온 세계가 얼마나 작은지 또 한 번 깨달을 수 있었다. 그리고 비로소 내가 한국으로 돌아가지 않는 이유에 대해서도 어렴풋이 이해할 수 있었다. 물론 사랑하는 가족과 친구들이 있고 무엇보다 나의 모국이라는 변하지 않는 사실 때문에 '언젠가는 꼭 한국으로 돌아갈 것이다'라고 생각하고 있지만, 아직까지는 더 넓은 세상을 경험하고 싶은 욕심이 더 컸던 게 사실이다.

그로부터 2년이 흘렀고, 이제 홍콩에 온 지도 3년이 넘어가고 있다. 어느새 홍콩이란 도시에 대해 조금은 알 것 같고, 홍콩에서의 삶도 꽤 익숙해졌다. 그리고 또다시 상상에 빠진다. 나의 다음 놀이터가 될 곳은 어디인가? 런던은 어떨까? 도쿄는? 상하이는? 물론 한적한 필라델피아로 돌아가는 것도, 화려한 도시 홍콩에 조금 더 있는 것도, 내게는 가장 편한 곳 한국으로 들어가는 것도 모두 상상해 볼 수 있다.

결국 결론은 이 모든 것이 정답일 수도 있고, 또 어떠한 것도 정답이 아닐 수 있다는 것이다. 하루는 미국이 정답이라는 생각이 들다가도 다음 날은 한국으로 어서 돌아가라고 몸이 보챈다. 그리고 또 다음 날은 홍콩에서 좀 더 버티기로 다짐한다. 너무 지치고 외로워 한국 친구들과 함께 하는 술자리가 그리운 날도 있고, 상사 눈치 보느라 퇴근 못 하는 문화를 생각하면 역시 외국 직장이 낫다는 생각이 들기도 한다. 불현듯 엄마의 김치찌개가 미치도록 그리워 한국으로 당장 날아가고 싶다가도, 세계의 모든 문화를 다 즐길 수 있는 역동적인 에너지의 도시 홍콩을 포기하지 못하겠다는 생각에 마음을 고쳐먹는다.

하지만 나는 이미 알고 있다. 세상 어디건 내게 100퍼센트 완벽한 만족을 주는 곳은 없다는 사실을. 결국 세상 어디든 제각각

긴장감은, 어쩌면 우리를 좀 더 열정적으로
살게만드는 에너지이기도 하다.

2009년 겨울, 홍콩의 야경

현실을 떠나 더 넓은 세계로 나아가는 꿈

앞으로 펼쳐질 무궁무진한 세계의 강렬한 맛

세상을 경험하는 시간이 늘어날수록 눈은 더 넓어지고
비교 대상의 항목들은 커진다.

장단점이 존재하며 완벽한 유토피아는 없다. 세상을 경험하는 시간이 늘어날수록 눈은 넓어지고, 비교 대상의 항목들은 커진다는 것을 잘 알고 있다. 그렇기에 아마도 이 고민은 웬만해선 쉽게 끝나지 않을 것이다. 철새 같은 삶이 언제까지 지속될지 나 자신조차 확신할 수 없기 때문이다. 결국 인생은 순전히 자신의 선택에 달려 있다고 할 수밖에 없다.

어디서 일을 할지, 어디서 살아갈지, 그 결정적인 선택을 해야 하는 순간이 또다시 내게 다가올 것이다. 하지만 정답이 없는 문제를 두고 미리부터 고민하는 것은 시간 낭비이다. 지금 할 수 있는 최선의 선택은 바로 세상 어디에서건 자신이 원하는 무대를 스스로 고를 수 있을 만한 능력을 기르는 일이다. 그래서 앞으로 펼쳐질 무궁무진한 세계의 강렬한 맛을 있는 그대로 즐기는 일, 그것이 바로 최고의 해답이 아닐까?

PART 5

어디에나
사랑은 있다

골드미스, 실버미스
그리고 노처녀

사람은 일생 동안 여러 가지 타이틀을 갖게 된다. 태어나면서부터 자연스럽게 따라오는 타이틀부터 살아가며 사회적, 환경적 위치와 사람과의 관계에서 만들어지는 타이틀까지 다양하다. 나 역시 여러 가지 타이틀을 가지고 있다. 딸, 동생, 고모, 이모 등 내 의지와 상관없이 붙여진 타이틀이 있는 한편 은행가, 석사, 유학생, 임시 대표, 상품 전문가 등 나의 노력으로 만들어진 타이틀도 있다. 그리고 여기에 또 하나, 내 의지와는 무관하게 어느 순간 갖게 된 타이틀이 있는데, 바로 '노처녀'가 있다.

2002년 7월 유학을 떠날 때 내 나이 스물아홉 살, 당시 우리 사회의 일반적 기준으로 보자면 이른바 노처녀 대열에 들어서자마자 유학을 단행한 것이다. 당시 나에게는 커리어가 우선이었다. 물론 결혼을 원하지 않았던 건 아니지만 그렇다고 해서 목마르게 갈망하지도 않았다. 노처녀, 노총각이란 단어 자체가 머리에 들어올 틈이 없었던 게 사실이다. 그리고 무엇보다 결혼은 때가 되면 모두들 하게 되는 것이고, 나의 때는 아직 오지 않았다고 여겼다. 8년 전 그때, '노처녀'란 단어는 내게 그저 먼 나라 이야기였다. 아무리 결혼에 큰 관심이 없었다 해도 사람들이 말하는 결혼 적령기의 평균 오차에서 크게 벗어날 것이라곤 생각하지 않았기 때문이다. 하지만 외국으로 떠나온 지 8년이 지난 지금, 난 여전히 싱글이고 한층 "숙성한" 노처녀가 되어 있다.

만약 내가 유학을 가지 않았거나 외국에서 직장 생활을 하지 않고 한국에 계속 살았다면 지금쯤 결혼을 했을까? 글쎄, 연애보다는 일에 에너지를 쏟는 나의 성향을 바탕으로 추론해 볼 때 쉽게 단정 짓지는 못하겠다. 하지만, "결혼에 대한 생각이 더욱 간절해졌을까?"라고 묻는다면 대답은 "아마도!"이다.

모르긴 몰라도 내 나이대의 직장 여성들이라면 듣고 또 듣는 "결혼 안 하냐"는 잔소리가 아마도 첫째 이유일 것이다. 워낙 연애 감정에 무딘 사람이긴 해도 결혼에 대한 잔소리 앞에서만큼은 나 역시 할 말을 잃고 만다. 한국 사람들의 결혼 타령이 그만큼 유난하다는 뜻이다. 간혹 한국 고객들을 만나면 "결혼하셨습니까?"로 대화가 시작되어 "결혼을 왜 아직 못했을까?"라며 고개를 갸우뚱하는 중간 단계를 거쳐 결국 "결혼 꼭 하세요!"라는 마지막 인사로 대화가 끝난다. 이와 비교해 나이, 연애, 결혼에 대한 외국인들의 사고방식은 한국인들과는 사뭇 다르다. 외국에 있다 보면 나이를 잊는다고 하는 데는 다 이유가 있다. 지금껏 나를 한국에서처럼 '노처녀'라고 부른 외국인은 단 한 명도 없었다. 홍콩에서 함께 일하는 지금의 동료들조차 나이나 결혼 여부 같은 사적인 질문은 결코 하지 않는다. 필라델피아에서 일할 때도 마찬가지였다. 직장 동료들 간에 서로의 사생활은 궁금해 하지도, 관심을 갖지도 않았다. 개인의 사생활에 대해서 최대한 존중해 주는 것이 이들의 문화인 것이다. 하지만 한국에 있었다면 매일같이 들어야 할 부모님의 한숨과 탄식, 주변 사람들의 충고와 잔소리에 질려 아마도 결혼에 대해 지금보다는 좀 더 간절한 마음이 생기거나 적극적으로 선을 보러 다니는 등 태도가 바뀌었을지도 모른다.

외국 생활 경험이 가져다주는 장점이자 단점으로 '글로벌 마인드'를 들 수 있다. 홍콩에서 아프리카와 남아시아 국가들을 상대로 무역 금융 세일즈 일을 하고 있는 나는 직업상 세계 이곳저곳을 돌며 다양한 사람들을 만난다. 자연스럽게 여러 문화와 사고를 접하다 보니 결혼 적령기에 대한 인식도 달라지고, 결혼 생활에 대한 간절함 또한 옅어지는 게 사실이다. 그렇다고 내가 독신주의자인 것도 아니다. 만약 내가 한국에 있었다면 익숙하고 안정적인 일상과 시간의 흐름이 자연스럽게 나를 결혼이란 테두리 안으로 이끌었을 것이다. 주변 친구들이 하나 둘 유부녀가 되면 나 역시 결혼할 때가 되었음을 실감했을 테니까 말이다.

그런데 여기에 바로 함정이 있다. 사실 유학을 하거나 외국에서 직장 생활을 하는 싱글 여성들, 내가 흔히 부르는 말로 '외지녀' 중 애초부터 결혼을 외면하거나 일찌감치 포기하는 사람은 그리 많지 않다. 대부분 언젠가 좋은 배우자를 만날 수 있으리라고 생각한다. 그러나 그들이 넓은 세상을 경험할수록 상대를 고르는 반경도 넓어짐과 동시에 눈도 까다로워진다. 다양한 직업, 다양한 국적, 다양한 성격의 사람을 만나는 동안 시야의 폭은 넓어지고 수위는 한없이 높아진다. 그리고 여기에 나이라는 이중의 함정에 갇히게 되는 것이다. 나이가 점점 들면서 자신에게 맞는 상대의 나이 폭이 점점 더 좁아지는 것이다.

재미있는 것은 노총각 외지남보다 노처녀 외지녀가 결혼하기가 조금 더 힘들다는 것이다. 여성의 경우 학문과 커리어를 위해 외국에서 보낸 몇 년의 시간이 결혼 조건으로는 도리어 마이너스로 작용하는 반면 남성의 경우 학벌과 좋은 직장을 갖추는 가산점으로 작용할 가능성이 높기 때문이다. 여성이든 남성이든 모두 똑같이 외지에서 힘들게 고생하며 공부하고 일하고 나이를 먹었지만 남성이 훨씬 더 나은 대우를 받는 게 현실인 것이다.

현실적인 상황이 이렇다 보니, 주변 사람들은 이런 이야기까지 한다. 외국인 남자친구를 찾아봐라, 한국으로 돌아오지 마라, 결혼정보회사에서 컨설팅을 받아라, 학위를 속여라…. 어쩌면 이것은 내가 만들고 이 사회가 만든 이중적 잣대를 대변하는 소리인지도 모른다. 많은 외지녀들처럼 나 역시 나 자신에게 충실하고 동시에 사회에 한 몫 하고자 어렵게 공부해서 여기까지 왔다. 그 과정에서 시야는 넓어지고 눈은 높아진 채 배우자로서의 객관적인 매력은 조금씩 떨어지는 나이가 된 것이다. 안타깝지만 이것이 나를 비롯한 여러 외지녀들의 현실이라면 현실이다.

30세 외지녀 이력서

요즘에야 MBA 출신이 흔한 상황이지만, 불과 몇 년 전만 해도 MBA 1년차 남성이 최고의 신랑감 후보라는 얘기가 있었다. 아직 '학생'이라는 자유로운 신분도 매력적이지만, 미래의 직장에 대한 기대감과 MBA까지 갈 정도면 어느 정도 재력 있는 집안의 아들일 것이란 기대 때문이었다. 그리고 남성에게는 더없이 유리한 조건인 바로 그 'MBA 1년차'라는 자리에 2003년, 성별만 다른 나 또한 입성하게 되었다. 내 나이 서른 살, MBA 1년을 마친 나는 한 국의 대기업에서 여름 방학동안 인턴으로 일하게 되었다. 미국 현 지의 인턴십에서 떨어진 것을 '한국에서 소개팅이나 실컷 하라고 하늘이 나를 한국으로 보내나 보다'라는 핑계로 삼으며, 그해 여름 한국으로 들어왔다.

　첫 번째 타자, 한 지인이 그토록 소개시켜 주겠다고 벼르고 벼 르던 시각 디자이너. 예술가들은 일반 직장인들과는 다른 세계에 서 살고 있을 거라는 선입관과 함께, 설거지나 빨래에 대해서 잔소 리 하지 않는 남성일 것이라는 막연한 기대감이 나를 사로잡았다. MBA 출신과 예술가의 미묘한 화음을 떠올려 보는 등, 소개팅을 앞두고 으레 하는 기분 좋은 상상이 이어졌다. 며칠 뒤 지인을 통 해 서로의 핸드폰 번호가 오고 갔고 마침내 기다리던 그의 전화가 걸려왔는데, 전화가 온 순간 마침 통화하기가 곤란한 상황이었던 탓에 양해를 구했다. 상대방은 흔쾌히 다시 전화를 걸겠노라 했다. 하지만 끝끝내 나의 핸드폰은 다시 울리지 않았다. 며칠이 지나 소 개팅을 주선했던 지인에게 전해들은 이야기는 다음과 같았다. 그 디자이너가 전화기를 통해 내 목소리를 처음 듣는 순간 '이 처자의 목소리는 내가 찾는 처자의 목소리가 아니다'라고 결정했다는 것이다. 만나기도 전에 목소리 때문에 퇴짜를 맞았다는 사실에 광분한 내게 주선자가 한 마디를 얹었다. 사실 상대방 디자이너가 MBA라는 내 이력을 부담스러워 했다고…. 참고로 그 디자이너는 미술 분야에서 우리나라 최고라 일컬어지는 대학에서 석사까지 마친 인재였다. 예술을 하는 사람도 그런 것에 연연하나 싶어서 풀이 죽어 있을 즈음, 한 친구가 소개팅을 주선했다며 아는 오빠에게 내 핸드폰 번호를 건넸다고 했다. 하지만 역시나 소식 없는 나의 핸드폰. 이런 식으로 상대방 얼굴도 보지 못한 채 조용한 핸드폰만 바라보다 퇴짜를 맞은 건수가 그해 여름에만 무려 4건이었다.

이 퇴짜 사건들이 있은 지 몇 개월 후의 일이다. 뉴욕대학 심포지엄 참여로 뉴욕을 방문할 기회가 생겼고, 내 뉴욕 방문 계획을 아신 부모님께서 지인의 지인의 지인쯤으로 추정되는 뉴욕 유학남에게 내 핸드폰 번호를 넘긴 일이 있었다. 뉴욕 도착 후 못이기는 척 그 남자에게 전화를 걸었는데, 핸드폰을 통해 들려오는 것은 치밀한 호구조사 질문들이었다. 두세 개의 연결 다리를 거친 만남이라 서로에 대한 정확한 조사가 안 된 상태에서 이루어진 것을 감안해도, 갈수록 질문이 하나의 주제를 향해서 모이는 느낌이 들었다. 결국 그의 끈질긴 추궁의 핵심은 바로 나의 나이였는데, 정확한 숫자가 그의 귀로 들어간 후 남자의 목소리는 이보다 더 퉁명할 수는 없다 싶게 바뀌었다. 뉴욕에 머무는 동안 언제든지 연락달라는 나의 비굴한 자세에도 불구하고, 그 유학남은 눈이 많이 내렸다는 것을 핑계로 나와의 만남을 끝끝내 피했다.

한두 번도 아니고 몇 번이나 연달아 비슷한 일이 반복되자 나는 냉철하게 원인을 분석하기 시작했다. 결국 이 일련의 퇴짜 사건들을 통해 내가 내린 결론은 이랬다. 목소리를 이유로 내게 퇴짜를 놓은 디자이너는 제외하더라도, 대부분의 남성들은 나의 '객관적 프로필'이 마음에 들지 않았다는 것이다. 좀 더 직접적으로 표현해보겠다. 나이 30에 MBA를 하고 있는 유학녀. 한번 만나보고 싶은 마음조차 생기지 않는 조건이라는 것이다. 그러니까 나는 선보다 한결 기준이 부드럽고 캐주얼한 만남이라는 소개팅에서도 이력서 자체가 통과되지 않는 사람이었던 것이다. MBA 1년차 남성들의 몸값이 소개팅 시장에서 상종가를 치고 있을 때, 아예 서류 전형조차 통과되지 않는 게 나의 현실이었던 것이다.

내 피부 나이는 아직도 20대고, 내 생각과 감각이 10대처럼 젊고, 무엇보다 내 꿈과 앞날이 아직 무궁무진하고 반짝반짝 빛을 발한다고 아무리 외쳐댄들 얼굴 맞대는 시간조차 아까운 사람으로 분류되는 것. 이것이 바로 노처녀 MBA 유학녀의 현실이었던 것이다.

그로부터 4년이 지난 2007년 봄, MBA 졸업 후 필라델피아에서 근무하던 시절이다. 어느 날 회사에서 아버지의 전화를 받았다. 아버지의 목소리는 심히 상기되어 있었다. 그날따라 안부 인사와 끼니 걱정 등이 왠지 형식적으로 느껴졌다. 그러나 슬슬 본론으로 들어가시며, 이야기를 시작하였다.

아버지는 그날 초저녁 집으로 걸려온 한 통의 전화를 받으셨다. 바로 그 유명하다는 '뚜쟁이!'의 전화. 당시 유명 중매쟁이 아주머니들의 사업 필수아이템으로 여대 졸업 앨범이 돈다는 풍문은 익히 들어왔으나, 아버지는 그런 전화를 직접 받은 경험이 전혀 없으셨던 탓에 뚜쟁이의 현란한 말 솜씨가 아버지의 마음을 격하게 흔들어 놓고 만 것이다.

두 사람의 대화는 대략 이런 식으로 진행되었다.

"여보세요."

"안녕하세요. 여기 방배동 아무개입니다."

"네(무의식중에)."

"저, 따님 계시죠? 결혼 안 하신 따님."

"네(가슴이 뜨끔하며)."

“정말 훌륭하신 따님이라고 들었는데, 마침 저희가 딱 맞는 인연이 있어서요.”

“네(흥분이 되며).”

“따님이 지금 외국에 계시죠?”

“네(흥분이 고조되며).”

“아주 훌륭한 총각이거든요. 스탠포드 의대를 졸업하고 현재 뉴욕 병원 심장 전문의로 막 전근을 했습니다. 부모님 두 분 역시 한국 유명 대학을 나오셨고요. 여동생이 한 명 있는데 결혼을 해서 미국에 자리 잡고 있습니다.”

“네(숨이 막히며).”

“성격이 워낙 깔끔하고 인물 역시 정말 호남입니다.”

“네(두 손을 붙잡으며).”

“어떻게 한번 만나 볼 수 있을까요?”

“네(하늘을 향해 외치며)!”

그리고 전화를 끊자마자 급한 마음에 내게 직접 전화를 거신 거였다. 생전 처음 이런 전화를 받은 아버지의 흥분한 모습에 일단 웃음부터 나왔다. 아버지의 억양에는 기쁨이 묻어나고 있었다. 이렇게 오래 기다린 보람이 있었다고, 이제야말로 천생연분을 만났다고 철석같이 믿고 계셨다. 그런 아버지를 잘 이해시켜야 함에도 불구하고 나의 입에서 제일 먼저 나온 질문은 까칠하기 그지없었다.

"그래서 얼마 달라고 하는데?"

우리 아버지, 갑자기 할 말을 잊으신다. 아무래도 뚜쟁이 아주머니와 위 대화까지만 나누고 덜컥 전화를 끊으신 듯했다. 뚜쟁이 아주머니들도 먹고 살기 위해 그 일을 하고 있다는 단순한 경제 논리에 익숙하지 않으신 아버지는 어디선가 하늘이 점지해 주신 인연을 방배동의 이름 모를 여인이 들고 왔다고 착각하신 거다.

결국 엄마를 바꾸어 달라는 재촉에 엄마가 전화기 앞으로 불려왔다. 나는 엄마에게 단단히 말했다. 내가 아무리 나이가 들어도 돈을 내면서까지 인연을 만나고 싶지는 않다고 말이다. 나중에 전해 듣자하니 소개비로 100만 원을 언급하는 뚜쟁이의 말에 우리 아버지 역시 두 손을 들었다고 한다.

37세 외지녀 이력서

그 사건 이후 또다시 눈 깜짝할 새에 3년이 흘렀다. 지금 나는 여전히 싱글이다. 이전과 한 가지 다른 점이 생겼다면, 내 마지막 자존심이던 '돈을 주면서까지 사람을 찾지는 않겠다'는 철학까지도 무너졌다는 것이다. 부모님의 뜻에 따라 얼마 전 나는 결혼정보

회사에 가입했고, 한국에 올 일이 있을 때마다 그곳에서 주선해 주는 만남을 갖곤 한다.

나의 이런 결정은 한국 사회를 지배하고 있는 결혼에 대한 통념과도 관계가 있을 것이다. 작년 한 해 나는 한국과 관련된 프로젝트를 맡아 홍콩과 한국을 오갔고, 1년의 반을 한국에서 보내게 되었다. 서른 살 이후 한국에서 가장 많은 시간을 보낸 해였던 셈인데, 그 기간 동안 놀라운 사실 하나를 발견할 수 있었다. 내가 한국 사회에서는 기준에 따라 '루저(loser)'로도 분류될 수 있다는 사실이다. 아무리 일에 있어 성과를 내고 인정받을지언정, 건강한 몸과 마음을 가지고 있을지언정 결혼 적령기를 지나도록 결혼을 하지 못했단 이유 하나로 루저로 여겨지거나 정상인의 범위에서 벗어난 것으로 간주되기도 한다. 결혼 적령기에 대한 편견이 그 어느 나라보다 강한 나라가 바로 대한민국이었던 것이다. 그리고 결국 이것이 돈을 들여서까지 사람을 찾지는 않겠다는 내 나름의 철학마저 무너뜨린 것이다.

공부든, 일이든 자신이 목표로 한 것을 위해 열심히 달리느라 연애할 기회와 결혼할 시기를 놓친 사람들이 인생의 패배자처럼 몰리는 것은 억울한 일이다. 그러니 이러한 일들을 먼저 겪은 사람으로서 미래의 외지녀들에게 조심스럽게 충고하고 싶은 점이 있다. 만약 독신주의자이거나 혹은 누가 뭐래도 결혼은 내가 원할 때 하겠다는 확고한 뜻이 있는 여성이라면 그냥 귀를 닫고 외지에서 마음껏 자신의 길을 가라. '누가 뭐래도 나는 내 길을 가련다'라고 생각하는 심지 굳은 그들에게 나는 진심으로 격려의 박수를 보낸다. 하지만 결혼을 인생의 중요한 하나의 지표로 삼고 있는 여성이 유학이나 외국 진출을 계획하고 있다면, 좀 더 냉철하고 깊게 고민한 후 결정할 것을 권한다. 외지에서의 공부와 일 때문에 설사 연애나 결혼 문제가 뜻대로 풀리지 않는다 해도 자신의 선택에 대해 후회하지 않을 자신이 있는지, 한번쯤은 고민해 볼 필요가 있다.

띠동갑과도
사랑에 빠질 수 있다

외지녀들에게 연애나 결혼 문제가 항상 우울한 이야기로만 다가오는 것은 아니다. 싱글이라는 신분이 더 좋은 순간도 분명 있기 때문이다. 누구나 알다시피 싱글의 대표적인 장점은 다른 이에게 구속받지 않아도 되는 자유로운 생활과 아무런 제약 없이 이성을 만날 수 있다는 점 등이다. 나는 가끔씩 싱글의 신분을 막 대학교에 입학한 신입생에 빗대어 표현하곤 한다. 자신 앞에 어떤 세상이 펼쳐질지 모르기에 흥분과 기대로 가득한, 그리고 다양한 가능성을 품고 있기에 자유와 낭만이 가득한 대학생. 이에 반해 기혼자들은 어찌 보면 직장인과 비슷하다. 자유와 낭만은 좀 덜해도 앞으로 나아갈 길의 방향과 색깔이 정해진 안정적인 직장인들.

외지에서 공부하고 일하는 사람들의 경우, 이성을 만날 수 있는 시간이 확실히 적다. 혼자 생활하는 것 자체도 만만치 않을뿐더러 공부나 업무에 온 시간을 다 쏟아 부어도 시간이 늘 모자라기 때문이다. 또한 자신과 같은 나라 사람을 연애나 결혼 상대자로 고려하고 있다면 대상의 폭에 있어서도 제한이 있다. 하지만 그렇다고 낭만의 감정이 메마르는 것은 아니다. 사랑이 찾아왔을 때 느끼는 설렘이나 짜릿함은 어찌 보면 한국에서의 연애보다 수천 배, 수만 배 강렬할 수도 있다. 더군다나 외지인들이 발 딛고 살아가는 외국 땅은 한국보다 훨씬 자유로운 연애 공식이 통하는 곳이다. 나이, 키 몸무게, 출신 대학, 재력 등의 조건에 이끌려서가 아니라 내 서투른 억양, 흑색의 머리카락, 검은 눈동자에 이끌려 내게 사랑을 호소하는 사람을 만날 수 있는 그런 곳…. 띠 동갑 연하남과의 사랑도 얼마든지 가능한 그런 곳 말이다.

2007년 필라델피아에서 거주하던 중의 일이다. 가랑비가 오다 말다 변덕을 부리던 일요일 오후, 자주 가던 골프 연습장에서 연습을 하고 있었다. 참고로 그 연습장은 이름만 골프 연습장이지 그냥 맨 땅에 잡초가 나있는 공터라고 생각하면 된다. 필라델피아 할렘가에서 흑인들의 범죄율이 높아지면서 필라델피아 시에서 흑인들을 위한 레저 시설을 고민하다 지은 연습장으로 손님의 대부분이 흑인 할아버지들이었다.

계속 오락가락하는 날씨에 골프장에 있던 손님들은 하나 둘 사라져갔다. 하지만 한번 발걸음을 한 이상 시간은 채우고 가야한다는 일념 아래 무식하게 계속 연습을 하는 아시아 여자가 있었으니… 바로 나였다. 비의 변덕을 봐줄 인내심이 없기에 나중에는 그냥 비를 맞으며 공을 쳤다. 30분쯤 더 지났을까. 주위를 둘러보니 골프에 미쳤거나 아님 나처럼 게으르거나 둘 중 하나임이 분명한 인간 딱 한 명만 남아 있었다. 매우 정교하면서도 힘이 잘 배분된 자세로 경쾌한 드라이브 샷을 날리는 청년이었는데, 그 골프연습장에서는 좀처럼 보기 힘든 수준급의 실력을 지니고 있었다. 순간 서로의 눈이 마주쳤다. 어색한 미소를 주고받은 뒤 둘 다 공과의 작업으로 돌아갔다.

며칠이 지난 목요일. 평소 같으면 평일에는 연습장에 갈 시간이 없지만 주말에 고객과 골프 약속이 잡혀 있던 탓에 준비 차 연습장을 찾았다. 퇴근 후 허겁지겁 달려갔음에도 마감 시간이 얼마 남지 않은 시각이었다. 골프장 문을 닫기 전에 어떻게든 공을 다 소화하기 위해 쉼 없이 기계처럼 공을 날려댔다. 그때 갑자기 흑인 청년 한 명이 다가와 내게 말을 걸었다.

"죄송하지만 공 몇 개만 나누어 주실 수 있을까요?"

평소 같으면 그냥 거절했겠지만 최대한 빨리 대화를 마무리하려고 별 말 없이 공을 건넸다. 그리고 다시 연습에 몰두했다. 어느새 찌는 듯한 필라델피아의 여름 하늘에도 어둠이 내려오고 내 마지막 공이 하늘로 날아가던 그때, 공을 빌린 청년이 다시 다가와 내게 말을 걸었다.

"자세가 매우 좋습니다."

약간 당황한 나는 무의식적으로 "아, 네. 그쪽도 무척 좋은 것 같습니다"라며 적당히 대답했다. 공을 빌린 것에 대한 인사치레려니 생각했던 것과 달리 남자는 물러나지 않고 계속 말을 이었다.

"지난번에 뵌 적이 있는데."

"아, 죄송해요. 저는 기억이 나지 않는데…."

"왜, 지난 주말에 비오는 날 기억 안 나세요? 그때 비 맞으면서 공치는 사람은 그쪽이랑 저랑 딱 둘 밖에 없었는데…."

"아… 기억나요."

그렇게 대화가 시작되었다. 그가 먼저 자신의 명함을 건네며 자기소개를 했다. 그는 척추 전문 의사이자 인근 대학의 교수로, 대학 시절 축구팀 주장이었다는 소개에 걸맞게 멋진 근육질 몸매를 가지고 있었다. 게다가 가까이서 보니 배우 덴젤 워싱턴이 울고 갈 만한 반듯한 얼굴이었다. 헤어지기 전 그가 내 연락처를 물으며 저녁 식사나 같이 하자고 운을 뗐다.

2008년 가을에도 비슷한 일이 있었다. 홍콩으로 터전을 옮긴 지 6개월쯤 지났을 때 필라델피아로 출장을 갔다. 홍콩에서 직항 비행기를 타고 뉴저지까지 간 후 다시 기차로 갈아타고 필라델피아까지 가는 일정이었다. 뉴저지 기차역에 도착한 후 오랜만에 미국 땅을 밟는다는 감흥을 즐기려 하였으나 그것도 잠시, 정시에 도착하기로 되어 있는 기차가 오지 않는 것이었다. 짜증이 슬슬 나기 시작해 누군가에게 이 사태의 이유를 묻기 위해 주변을 두리번거렸다. 그때 부드러운 갈색 머리의 호리호리한 청년이 다가와 기차가 연착되고 있다고 친절히 설명해 주었다. 그러면서 자연스럽게 대화가 이어졌다.

"아까 공항에서 뵈었는데. 홍콩에서 오지 않으셨어요?"

그는 나와 같은 비행기를 타고 온 모양이었다. 고개를 끄덕이며 가벼운 이야기를 나누었다. 게다가 그가 필라델피아에 살고 있던 터라 공통된 이야깃거리도 있었다. 그렇게 이런저런 대화를 나누다보니 자연스레 그의 나이를 알게 됐다. 한국인 특유의 나이 개념을 떨치지 못하고 머리를 굴려보니, 분명 나보다 7, 8세 정도 어렸다. 기차 안에서도 대화가 이어졌다. 그리고 헤어지기 전 그가 내게 저녁 식사를 함께할 수 있는지 물어보았다.

다음 해 2009년, 미국 출장 중에 있던 조금 다른 성격의 일화도 소개하겠다. 미국 동북부 대도시에서 검사로 일하고 있는 이십 대 후반의 남성을 우연히 만나 이야기를 나누게 됐다. 그는 한국계 미국인, 즉, 재미교포로, 70년대에 미국으로 이민을 온 부모 밑에서 한국의 문화와 전통을 정확히 배우며 자란 청년이었다. 다시 말해 한국과 미국을 모두 잘 알고 경험한 친구로, 한국 TV 프로그램, 드라마, 가요를 섭렵하고 있었으며, 한국 음식을 선호하고 어른을 공경하는 예의범절에도 익숙했다. 모든 면에서 한국에서 자란 사람과 전혀 차이가 없을 정도였다. 물론 미국 사회에서 일하면서도 전혀 어려움이 없는 사고방식도 지니고 있었으며, 뛰어난 두뇌, 좋은 학벌, 활발한 사교성까지 지닌, 그야말로 글로벌 인재로서의 자질을 충분히 갖추고 있는 청년이었다.

이런저런 이야기꽃을 피우다 각자의 연애관과 결혼관이 화제에 올랐다. 그는 자신과 부모를 위해서 외국 여성보다는 한국 여성을 배우자로 생각하고 있었다. 물론 삶의 터전이 계속해서 미국일 것이므로 영어도 잘하고 미국 문화에 대해 어느 정도 익숙해야겠지만, 기본적으로 한국 여성이면 좋겠다는 것이 솔직한 바람이라고 했다. 그렇게 계속해서 이야기를 듣던 중에 그가 지나가듯 내뱉은 말이 내 관심을 끌었다.

"뉴욕과 필라델피아 같은 동북부 도시에 35세 정도의 한국 여성들이 참 많아요. 대부분 결혼을 갈망하는 '아까운' 여성들인데…. 정말 너무 너무 많아요. 모두들 하나같이 훌륭한 직업을 가지고 탄탄하게 자리를 잡은 사람들인데… 안타까워요."

그의 입에서 나온 그 '아까운' 여자들에 대한 탄식은 나 역시 유학 시절부터 수도 없이 들어왔다. 그럼에도 그 말이 새삼스럽게 다가오는 것은 그가 냉철하게 보면 세대가 다른, 누나도 한참 누나인 여성들을 여자로 바라보고 있으며, 동시에 뉴욕과 필라델피아의 한국 여성들은 자신보다 7~8세나 어린 남성을 이성으로 바라보고 있다는 사실이었다.

결론만 놓고 따져보자면, 나는 위의 이야기 속 남자들 중 그 누구와도 따로 만남을 갖지 않았다. 아마도 나의 소심한 성격과 더불어 보통의 한국적 연애 공식에서 벗어나지 못한 것이 그 이유일 것이다. 하지만 이렇듯 외국에서 지내다 보면 한국에서보다 다양한 연애가 가능하다는 것만큼은 인정해야 할 사실이다. 한국에서 29년을 살았고 외국에서 8년을 살고 있는 내 경험상, 한국과 외국은 만남의 자유로움과 다양성 면에서 커다란 차이를 보인다. 더군다나 위 이야기의 남성들 중 그 누구도 내 나이를 먼저 묻지 않았고 내 조건을 문제 삼아 만남을 재지도 않았다. 앞서 한국에서의

2005년 여름, 듀크 시절 멘토 베쓰의 결혼식

세상 어디에나 사랑은 있다.
2005년 가을, 듀크 동기의 결혼식

낭만만으로는 설명되지 않는 게 현실의 사랑이고
현실의 결혼이다.

넓디넓은 외지는 일과 공부에서만이 아니라 사랑과
연애에 있어서도 기회의 땅일지도 모른다.

일련의 퇴짜 사건들과는 대비되는 모습이다.

한국만큼 연애와 결혼이 공식이나 틀에 박혀있는 사회도 드물다. 물론 유교 국가인 중국과 카스트 문화가 남아 있는 인도 같은 나라에선 비슷한 모습들을 볼 수 있지만, 한국처럼 여성의 신체 조건과 나이를 결혼 조건으로 내걸거나 남성에게 ‘아파트 한 채’라는 구체적인 결혼 조건을 말하는 나라는 참으로 드물다. 한국에서는 첫 만남에서 “실례지만 몇 년생이세요?” 혹은 “어느 대학 나오셨어요?”라고 묻는 것이 일반적이다. 하지만 외국은 그렇지 않다. 처음 만나서 친해지고 친분을 유지하게 된 후, 한참이 지나 서로의 나이를, 혹은 부모님의 직업을 아주 ‘우연히’ 알게 되는 경우가 다반사이다. 한국에 있다면 나이 때문에, 학벌 때문에, 부모의 직업 때문에 이루어질 수 없는 여러 가지 일들이 이곳에서는 가능하다는 것이다. 넓디넓은 이곳 외지는 일과 공부에서만 기회의 땅이 아니라 사랑과 연애에 있어서도 기회의 땅일지 모른다.

이성과의 짜릿한 만남에 대한 막연한 기대감. 이것은 외지에 사는 싱글녀들뿐 아니라 싱글남들에게도 해당되는 이야기이다. 필라델피아에서 홍콩으로 일터를 옮기게 되었을 때, 나는 기대감에 부풀어 눈을 반짝거리며 친구들에게 이런 이야기를 했다.

"홍콩은 금융의 허브인 만큼 다양하고 멋진 사람들을 만날 수 있을 거야!"

하지만 친구들의 반응은 냉정했다.

"홍콩 금융업계 남자들이 인기 최고인 거 몰라? 그 남자들의 몸값은 세계적으로 최고일 만큼 하늘을 찌른다고."

그 말에 나는 홍콩이 아무리 떠오르는 금융의 허브인들 뉴욕

월스트리트 남자들을 제치겠냐고 받아쳤다. 하지만 친구들은 모르는 소리 말라며, 외국계 회사의 비서로라도 들어가 홍콩 금융업계에 종사하는 '골드미스터'들을 잡으려고 노력하는 게 홍콩 처녀들이라고 덧붙였다. 홍콩으로 배낭여행을 오는 한국 처자들 중에는 이 골드미스터들과의 만남을 노리고 여행을 계획하는 이들도 있다나. 그런 여행족들은 쇼핑센터와 클럽, 나이트만을 여행 코스로 잡아 멋진 홍콩 남자들을 잡기 위한 계획을 세우고 여행을 온다고 한다. 사실 그 얘기는 흥미롭기는 해도 쉽게 믿기가 어려운 것이라 그저 '설마' 하고 넘어갔다.

여기서 잠깐 '골드미스터'의 의미에 대해 이야기해 보겠다. 대충 짐작했겠지만, 골드미스의 남자 버전쯤으로 생각하면 이해가 빠를 것이다. 그런데 골드라고 해서 같은 골드가 아니다. 굳이 더 어울릴 만한 표현을 찾자면 '플래티넘' 정도랄까?

이 골드미스터들은 금융, 법률, 컨설팅, 파일럿 등 다양한 직업군에 포진되어 있다. 이들은 한국 골드미스들보다 수십, 수백 배 높은 경제력을 자랑한다. 일부는 좋은 집안에 태어나 높은 수준의 교육을 받고 신의 직장을 구한, 이른바 엘리트 코스를 밟은 사람들이지만, 오로지 자신의 노력만으로 치열하게 그 자리까지 오른 '자수성가' 타입의 골드미스터들도 수두룩하다.

사실 홍콩의 골드미스터들이 연봉 면에서 월스트리트의 뉴요커 남성들보다 크게 나을 것은 없다. 하지만 홍콩의 골드미스티들이 세계 최고 인기남으로 등극한 데는 그만한 이유가 있다. 우선 홍콩의 골드미스터들은 엄청나게 다양한 부대 서비스를 누리며 산다. 개인 요트는 기본이요, 동남아시아 곳곳에 별장을 다수 가지고 있는 이들도 있다. 거기다 홍콩이란 도시의 특성을 고스란히 닮아 세계 각국의 문화를 이해할 수 있는 트인 사고방식을 지녔다는 점과 그에 따라 자연스럽게 가꾸어진 세련된 외모와 매너까지…. 이 모든 것들이 홍콩 골드미스터들만의 강력한 무기이다.

골드미스터들의 생활 패턴은 어떻게 보면 무척 단순하면서도 또 한편으로는 재미가 넘친다. 평일에는 그야말로 심하게 일한다. 하루 24시간이 모자랄 정도로 일을 한다. 반면 주말에는 일에서 오는 스트레스를 적절히 잘 풀어준다. 가볍게 태국이나 인도네시아로 골프 여행이나 휴가를 다녀오기도 하며, 홍콩 바다에서 지인들과 함께 요트 파티를 열기도 한다. 크리스마스 혹은 여름 휴가철에는 장기 휴가도 가능하다. 부모님이 있는 곳으로 가족 여행을 가는 게 일반적이지만 여자친구와 세계 각국을 돌며 음식 기행, 문화 기행을 하기도 한다. 언젠가 우리 회사의 골드미스터에게 휴가 계획을 물으니, 아는 친구 커플들과 개인 요트를 빌려 프랑스 남부로 4박 5일 여행을 떠날 거란다. 요트 위에서 와인과 음식이 가득한 파티를 즐기다 지루하면 수영도 하고, 또 그것이 지겨워지면 근처 내륙에 정박해서 자전거를 타고 돌며 즐기는 것인데, 올해로 3년째라고 하니, 이 얼마나 부러운가.

화려하기 그지없는 도시 홍콩. 이곳의 여러 회사에는 젊은 나이에 높은 위치까지 올라 성공가도를 달리고 있는 미혼 아시아 남성들 역시 종종 볼 수 있다. 그러니 홍콩에 근무하는 아시아인들에게는 이 골드미스터들이 늘 화제일 수밖에 없다.

어느 금요일 밤, MBA 동기의 이직을 축하하기 위해 나와 세 명의 남자 동기들이 모였다. 술 한 잔씩 하며 한 주의 스트레스를 풀어가던 중 이 골드미스터가 대화의 주제가 되었다. 얼마 전 직장을 옮긴 친구에게 새로 옮긴 회사의 동료들에 대해 묻자 그는 봇물 터지듯 말을 쏟아냈다.

"말도 마. 정말 잘난 사람들이 수두룩해서 벌써부터 기가 죽어. 어느 정도 예상은 했지만 정말 상상 이상이야. 새파랗게 젊은 나이에 한 번 놀라고 뛰어난 능력에 또 한 번 놀라. 그중에서도 소위 잘나간다는 사람들의 연봉은 말 그대로 천문학적이라더군."

"그래? 어느 정도기에?"

"우리 옆 팀의 팀장은 우리보다 어린데, 그 사람이 살고 있는 홍콩 집이 160억짜리라더라."

"말도 안 돼. 젊은 사람이 160억짜리 집에서 산다고? 혹시 부모님 재산인 거 아냐?"

"아니, 절대 아냐. 본인 능력으로 스스로 번 돈이야."

내가 세 배쯤 커진 눈을 껌뻑거리며 말을 잇지 못하자 다른 동기가 웃으며 말을 보탰다.

"뭘 그렇게 놀라? 잘 나가는 골드미스터들 이야기 처음 들어봐?"

동기들 말에 따르면 요즘 홍콩 금융인들의 인기가 전 세계적으로 최고라는 것이다.

냉철하게 보면 골드미스터들의 인기는 그들의 경제적 힘에서 나온다. 그것을 부인할 수는 없다. 하지만 그것은 엄연히 그들의 실력과 능력의 결과물인 것이다. 그 위치에 오르기까지 몸이 부서져라 일하고 또 일해서 쌓은 보상이다. 위의 이야기들이 혹시나 물질만능주의로 비춰질까봐 조심스럽지만 현재 홍콩 금융계의 엄연한 현실이기 때문에 있는 그대로 과장 없이 묘사했다.

나는 스스로 높은 자리까지 올라 자신의 인생을 즐기는 골드미스터들을 비판할 생각도, 그렇다고 맹목적으로 찬양할 생각도 없다. 하지만 홍콩 골드미스터들의 성공 이야기가 무한한 자극을 주는 것은 부인할 수 없다. 단순히 인기가 많아서가 아니다. 자신의 능력과 노력만큼 정직하게 대가가 돌아온다는 것이 더 큰 이유이며, 또 그렇게 하나하나 자신의 꿈을 펼치며 인생을 즐기고 세상의 다양한 자극들을 맛볼 수 있기 때문이다. 나라고 그 꿈을 꾸지 못할 이유는 없는 것이다. 혹시 미래에 홍콩이나 뉴욕의 골드미스터가 되길 꿈꾸는 남성들이 있는가? 주변 사람들이 비웃는다 해도 상관하지 마라. 그것이 목표라 해도 부끄러울 것 하나 없으니 주저 없이 준비하고 노력하라. 골드미스터가 되는 데 특별한 신분이나 자격은 없다. 자신의 분야에서 최고의 능력을 보여줄 수 있다면 누구라도 골드미스터가 될 수 있다.

싱글? 커플?
떠나기 전 생각해보자

지금까지 결혼을 하지 않은 싱글 남녀들이 유학이나 외지에서의 삶을 택했을 때 맞닥뜨릴 수 있는 현실을 묘사해 보았다. 자, 어떤가? 솔직히 나는 아직도 무엇이 정답인지 잘 모르겠다. 무엇이 옳은지 알았다면 여전히 결혼을 숙제처럼 생각하지는 않을 것이다. 싱글이 기혼자보다 더 좋은 점도 있고, 결혼을 해서 가정을 이룬 사람이 싱글보다 더 좋은 점도 있다. 각각의 장, 단점이 있다는 것은 누구나 다 아는 사실이다. 따지고 보면 인류의 이 결혼 제도 문제는 아직 수많은 사회학자들과 전문가들도 풀지 못한 숙제가 아닌가? 정답이 없는 문제이니 풀 수도 없는 것이다. 그저 각자 선택의 문제라는 것이 정답이라면 정답이다.

사실 나의 경우는 연애나 결혼에 대해 무딘 성격이 외국 생활을 버티게 하는 큰 강점이 되었다. 하지만 결혼 때문에 자신의 유학이나 외지 생활을 후회하는 경우를 주변에서 정말로 많이 봐왔다. 외지에서 받는 나이에 대한 스트레스와 홀로 지내는 외로움, 커져만 가는 사랑에 대한 갈망…. 이런 것들로 인해 원치 않는 길로 가는 경우도 왕왕 봐왔다. 노총각 외지남, 노처녀 외지녀들은 늘어가는 주변의 잔소리와 자기 연민에 지쳐가고, 무엇보다 점점 빠르게 째각대는 생체 시계 소리에 애가 탄다. 가슴을 바짝바짝 졸이는 현실에 결국은 자의가 아닌 타의에 의해 결혼의 길을 택한다. 머리부터 발끝까지 결혼에 대한 스트레스로 점철되어 있는 외로운 싱글들도 정말 많이 본다. 이러한 현실을 모두 보고 또 겪어본 사람이기에 나는 어느 정도는 냉정하게 충고할 수밖에 없다.

유학 혹은 해외 취업을 계획하고 있는 싱글 남녀들에게 이렇게 충고하고 싶다. 한국을 떠나기로 결심하기 전, 결혼에 대해서 한 번쯤은 심각하게 생각해 보라고. 만약 '결혼? 해도 그만 안 해도 그만'이란 생각을 가지고 있는 사람이라면, 혹은 순수한 사랑이 아니어도 조건과 공식에 맞는 결혼도 괜찮다고 생각한다면 나의 이런 충고들은 한 귀로 흘려버려도 좋다. '결혼 적령기'란 단어에 한바탕 웃어주고 배짱 있게 자신의 길을 가면 그뿐이다.

반면 언젠가 결혼을 꼭 하고 싶고 무엇보다도 순수한 사랑을 기반으로 가정을 이루고 싶다고 생각하는 사람이라면 긴 여정을 시작하기 전, 이 사랑과 결혼이란 녀석들이 때맞춰 제 발로 걸어오지 않을 수 있다는 점을 염두에 두어야 할 것이다. 소위 말하는 화려한 스펙을 갖추면 거기에 걸맞은 최고의 배우자가 자연히 따라붙을 것이란 꿈은 꾸지 않는 게 정신 건강에 좋다. 나이, 경제력, 능력 등의 조건 때문에 순수한 사랑이나 결혼과는 점점 멀어질 가능성도 있으며, 또 그로 인해 심각한 상처를 받을 수도 있다는 점 역시 기억해야 한다. 낭만만으로는 설명되지 않는 게 현실의 사랑이고 현실의 결혼이다. 자신이 나이와 결혼 문제에서 얼마만큼이나 자유로울 수 있을지, 늘어가는 흰 머리와 주름 앞에서도 유연하게 자신의 선택을 받아들일 각오가 있는지, 외국 진출을 결정하기 전에 철저히 확인 사살해 볼 필요가 있다.

세상이 내게 준 소중한 선물, 인연

8년 째 나는 외지에서의 긴 삶을 이어오고 있다. 분명 이유가 있을 것이다. 그것이 무엇인지는 딱 하나만 고르기 어려울 만큼 다양하다. 그중 하나는 바로 외지에서 만난 수많은 사람들과의 '인연'일 것이다.

요르단, 레바논, 알제리, 이집트, 모로코, 튀니지, 방글라데시…. 금융 기관들을 상대로 무역 금융 상품을 파는 내가 현재 담당하고 있는 국가들이다. 아프리카, 중동아시아, 남아시아 국가들을 상대로 일한다는 것은 유럽이나 미주 국가들을 상대로 일하는 것과는 많이 다를 수밖에 없다. 언어, 문화, 정서, 문명의 발달 정도와 경제력 등이 제각각이고, 여기에 또 한 가지 빼놓을 수 없는 문제가 바로 치안 문제다. 얼마 전 알제리로 출장 갈 일이 있었는데, 회사 윗선에서 나에게 경고 메시지를 보내왔다. 여행 위험 국가이니 비즈니스의 필요성을 다시 한 번 재고해 보라는 것이었다. 그래도 정 가야 한다면 조직의 최고 고참에게 승인을 받아야 한다나. 레바논 출장이 잡혔을 때도 깜짝 놀라며 말리는 가족과 주변인들에게 괜찮다고 어깨를 으쓱하며 공항으로 향했는데, 출국 직전 내 눈에 공항 벽 한 면에 적힌 나라 이름들이 크게 들어왔다. 여행 금지 국가인 이라크 바로 아래 여행 제한 국가로 레바논이 버젓이 붙어 있었다. 처음에는 이러한 환경에 긴장했다. 그러나 막상 그 나라 땅에 한 발자국 내딛는 순간 깨닫는다. 세상의 많은 부분이 편견과 오해로 덮여 있다는 것을. 이 사람들은 오히려 나를 걱정한다. 전쟁 도발 일보 직전인 '사우스코리아'에서 왔다면서.

돌이켜 보면 나는 지난 시간 동안 세계 이곳저곳을 돌아다니며 참으로 많은 사람들을 만났고 좋은 인연들을 맺었다. 외지에서 만난 수많은 사람들과의 인연은 모두 내 가슴에, 머리에, 온몸 구석구석에 차곡차곡 쌓여 있다. 외지에서 만난 많은 사람들은 내게 실로 엄청난 영감과 자극을 주고 또 깨우침을 주곤 했다. 내가 얼마나 좁은 세상에 살고 있는지, 세상이 얼마나 무궁무진한 재미로 가득 차 있는지, 아직도 보고 배워야 할 것들이 얼마나 많은지 다시 한 번 되돌아보고 곱씹어보게 만들었다. 그것들은 억만금의 돈으로도 살 수 없는 값진 경험이고 깨달음이었다. 결국 그 소중한 인연들 하나하나가 모두 내 인생의 중요한 자산이 되었다.

몇 달 전 방글라데시로 출장을 간 적이 있었다. 방글라데시는 '세상에서 가장 못사는 나라'라고 불릴 만큼 너무나 가난한 나라다. 출장 마지막 날 밤, 일정을 끝내고 호텔로 돌아오니 이미 꽤 늦은 저녁이었다. 세계 최악의 교통 체증과 더운 열기 속에서 온몸은 지칠 대로 지쳐 있었지만, 이 도시의 진정한 모습 하나 보지 못한 채 떠나야 한다는 게 무척 아쉬웠다. 결국 나는 무작정 카메라 하나 달랑 맨 채 호텔을 나섰다. 무질서한 방글라데시의 어두컴컴한 밤거리에 카메라를 들이대 보았지만, 어느 각도에서도 매력적인 그림을 발견할 수 없었다. 거리를 비출 가로등 하나도 사치이기 때문에 눈에 보이는 모든 곳은 그저 암흑이었다. 그냥 발길을 되돌려 호텔로 들어갈까 고민하던 중 길에 무리 지어 있던 행인들과 눈이 마주쳤다. 그런데 그들 중 몇몇이 내게 다가왔다.

순간 두려움이 엄습했다. 무서웠다. 희미한 빛조차 없는 깜깜한 밤, 검은 피부의 사람들이 성큼성큼 다가오고 있는 상황. 한 명 두 명으로 시작한 사람들이 순식간에 2, 30명이 되었다. 머릿속으로 별의별 망상이 다 들기 시작했다. 모여든 사람들, 아니, 이미 군

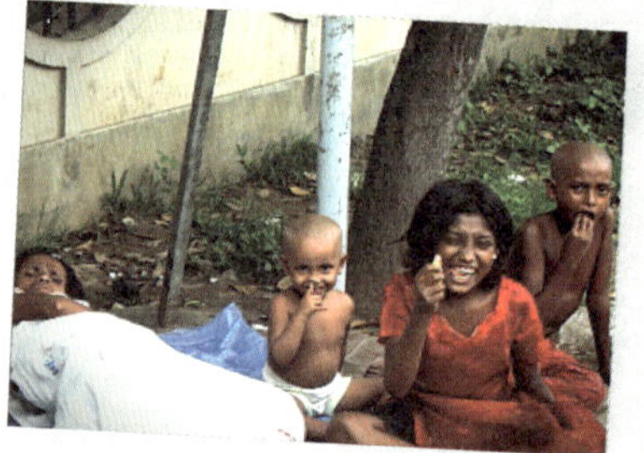

2009년 봄, 방글라데시 다카 길거리의 걸인 가족

돌려받지 못할 사진을 앞 다투어 찍으면서도
방글라데시 밤거리의 군중들은 행복해했다.

2009년 여름, 이집트 카이로

세상에서 가장 위험하다는 나라들이 던지는
아름다운 메시지, 그들이 주는 울림이 나를 더 넓은
세상으로 이끈다.

세상이 내게 보여준 소박한 웃음속에
나의 오만함과 편협함을 깨닫는다.

중이 되어 버린 그들이 내게 한 발자국 한 발자국 다가올 때마다 나는 한 걸음 한 걸음 뒷걸음질을 쳤다. 등에선 식은땀이 흘렀다. 바로 그때, 앞줄의 남자 한 명이 입을 열었다. 서툰 영어로 한 단어 한 단어씩 나에게 말을 건넸다. "사진을 찍어 줄 수 있냐"고.

그들의 눈은 내가 아닌 카메라로 향해 있었다. 순간 안도의 한숨과 함께 나의 오해에 스스로가 창피해졌다. 멋쩍은 웃음을 감추며 그들을 향해 카메라 렌즈를 들이대 보았지만 빛의 양이 모자라 도저히 사진을 찍을 수가 없었다. 고개를 갸웃거리는 나를 보더니, 그들은 저만치 떨어진 공사장의 외진 불빛 아래로 함께 움직이기 시작했다. 그리곤 그쪽으로 나를 이끌더니 다시 카메라를 가리켰다. 그 약한 공사장의 불빛을 이용해서라도 사진을 찍어 달라는 뜻이었다. 여전히 자신들을 경계하는 내게 한없이 순수한 웃음을 보이며 그들은 그렇게 부탁하고 있었다.

어둠 속에서 그들은 옷을 고쳐 입고 머리를 가다듬었다. 행여나 내가 가버릴까 단추를 다 끼우지도 못한 채 뛰어와 줄을 섰다. 이메일로 사진을 보내 줄 수도 없고, 인화를 해서 사진을 건네 줄 수도 없다. 고작 내가 해 줄 수 있는 건 카메라 LCD 화면을 통해 찍힌 사진을 한 번씩 보여 주는 것뿐인데…. 그들은 진정 행복해했다. 화면 속 자신들을 보며 해맑게 웃었다.

사진을 찍기 위해 줄지어 선 행렬은 시간이 가도 줄어들 줄 몰랐다. 나중에는 근방의 부랑자들까지 하나 둘 몰려들기 시작했다. 조금 전 내게 돈을 구걸하던 거지 가족도 눈에 띄었다. 아직 걷지도 못하는 아기에 맑은 눈의 개구쟁이 아들, 사춘기 소녀, 그리고 그들의 엄마, 아빠, 삼촌까지… 모두가 부탁했다. 사진 한 장만 찍어 달라고. 그렇게 그들은 차곡차곡 내 앞에 줄을 서며 한없이 순수한 웃음을 지어 보였다. 내가 찍어 준 사진 한 장이 마치 내일의 식량을 가져다 줄 행운의 부적이라도 되는 것처럼, 그렇게 해맑게 웃으며 즐거워했다.

세상에서 가장 못사는 나라 방글라데시. 그곳 사람들의 미소는 아이러니하게도 이제껏 내가 보아온 그 어떤 미소보다 깨끗했다. 순수했다. 맑았다. 그리고 행복해 보였다. 그날 밤, 그들의 순수한 미소가 날카롭게 나를 찔렀다.

방글라데시에서 만난 순수한 미소가 나를 뒤흔들 때,

드넓은 사하라 사막의 거친 모래 바람이 나를 감쌀 때,

나일 강의 뜨거운 태양이 내 가슴을 달굴 때,

지중해의 향락, 레바논의 풍성함이 나의 오감을 자극할 때,

이슬람의 자존심, 요르단의 순수함이 나를 놀라게 할 때,

모로코의 거친 혼돈이 내 심장을 뛰게 만들 때,

알제리의 아름다운 붉은 노을이 나를 황홀하게 할 때,

한 없이 깊고 푸른 튀니지의 하늘과 바다가 나를 유혹할 때,

나는 듣는다, 애써 귀 기울이지 않아도 들을 수 있다.

그들이 내게 외쳐대는 소리를, 그 가르침을…

이 세상, 너무나 넓다고,

너는 아직 진짜 세상을 보지 못했다고,

아직도 배워야 할 세상이 이렇게 넓게 펼쳐져 있다고.

네가 본 세상보다 아직 보지 못한 세상이 이렇게나 많다고.

그들의 소리와 울림을 들으며 그렇게, 나는 나와 우리들의 오만함과 편협함을 또 한 번 깨닫는다. 세상에서 가장 못사는 나라, 세상에서 가장 위험하다는 나라들이 내게 던지는 세상에서 가장 아름다운 메시지. 그리고 그들이 주는 울림이 나를 오늘도 더 넓은 바깥세상으로 이끈다. 세상에서 가장 강력한 힘으로.

스스로 선택하는 인생만큼 빛나는 인생은 없다

사람들은 말한다.

"명확한 꿈을 가져야만 성공할 수 있어."

"확실한 목표를 향해 열심히 달려야만 성공을 맛볼 수 있어."

인생에 있어 꿈은 소중하다. 꿈이 우리를 앞으로 나아가게 하는 원동력이라는 것은 부정할 수 없는 사실이다. 명확한 인생의 꿈과 목표를 찾고 그것을 이루기 위해 달려 나가는 것이 성공하기 위한 기본 공식이라는 점 또한 사실이다. 출발점에 서서 가고자 하는 최종 목적지를 내비게이션에 입력하면 그곳까지 도달하는 데 드는 시간, 거리, 비용, 교통 상황 등 필요한 정보가 일목요연하게 정리되기 때문이다. 그렇게 명확한 목표 아래 내비게이션의 안내를 받으며 목적지를 향해 달리는 것이 가장 효과적인 방법이다.

문제는 바로 나 같은 사람들이다. 인생의 꿈과 목표를 아직 찾지 못한 사람들 말이다. 인생의 내비게이션에 입력할 목적지를 명확히 알지 못하는 사람들. 정말 한 번 미쳐볼 대상을 찾고 싶고 몸을 내지를 각오도 되어 있음에도 그 대상을 찾지 못해 방황하는 사람들. 이런 우리에게 부모님과 선생님들은 이렇게 조언한다.

"네가 하고 싶은 일이 무엇인지, 무엇을 가장 잘 하는지 알고 있는 사람은 바로 너 자신이야. 네가 스스로 찾아내야 해."

맞는 말이다. 그런데 여기에 한 가지를 덧붙여 가르쳐 주었어야 했다. 세상에는 두 부류의 사람이 있다고, 인생의 꿈과 목표가 확실한 사람들도 있는 반면 꿈과 목표를 평생 찾아다니는 사람들도 있다고 말이다. 그리고 너는 후자에 속하는 사람이라고.

나는 여기에 또 한 가지의 당부를 더하고 싶다.

"그 꿈과 목표를 아직 찾지 못했다고 해서 좌절하거나 자신의 인생을 실패한 인생이라 단정 짓고 우울해할 필요는 없다."

인생의 목표나 꿈을 아직 찾지 못한 이들에게도 분명 장점은 있기 때문이다. 바로 이 세상의 다양함을 맛볼 수 있다는 것, 즉, 다양한 경험을 온몸으로 체험할 수 있다는 것이다.

인생의 꿈이나 목표가 뚜렷하지 않은 사람들은 종종 허전함을 고백하곤 한다. 당연하다. 목표에 도달했을 때 자연스럽게 이어지는 만족감이 쉽사리 찾아오지 않기 때문이다. 그렇기에 이러한 성향의 사람들은 제 자리에서 가만히 있지를 못한다. 힘들게 한 곳에 도달하자마자 만족감을 모르는 이 허전함에 또 다른 곳으로 눈을 돌린다. 그렇게 수도 없이 옮겨 다니며 자신의 꿈을 찾아다닌다. 꾸준히 한 길로 나아가는 사람들을 보며 나도 언젠가는 그 한 길을 만날 것 같은 희망을 품고 부지런히 인생을 개척하는 것이다. 그리고 그 과정에서 엄청나게 다양한, 수천 갈래의 길을 접하고 경험하게 된다. 이곳저곳을 두드리며 시행착오를 겪는 가운데 쌓아가는 경험이야말로 우리에게 아주 소중한 자산이 되는 것이다.

그리고 단언컨대 이 다양한 경험은 나름대로의 가치와 힘을 가지고 있다. 꿈을 찾아 이리 저리 기웃거리는 사람들은 인생을 한 길로만 걸어온 사람들에 비해 여러 갈래의 인생 계획을 짜는 데 능숙하다. 스스로 지도를 보며 탐색해 나가는 능력이 자신도 모르는 사이에 길러지기 때문에 어떤 변수가 생겨도 유연하게 대처할 수 있다. 이것은 급변하는 이 시대를 사는 데 아주 긍정적으로 작용한다. 또한 수십, 수백 개의 길들을 접해 봤으니 적응력 또한 누구보다 뛰어나다. 수십 가지의 다양한 인생 플랜들을 세워볼 수 있는 마음가짐과 능력을 지닌 것이다. 이것은 분명 대단한 장점이고, 어쩌면 우리 부류의 사람들만이 가질 수 있는 특권일지도 모른다.

아직 인생의 꿈을 찾지 못했는가? 목숨 걸고 뛰어들 만한 대상
이 보이지 않아 답답한가? 각도를 조금만 틀어서 생각해 보자. 꿈
을 아직 찾지 못했기 때문에 세상의 다양함을 맛볼 수 있지 않은
가? 꿈을 아직 찾지 못했기에 오르락내리락 롤러코스터를 타듯 세
상을 더 재미있게 살 수 있다. 이러한 점에서 인생의 꿈과 목표를
찾지 못한 우리가 더 선택받은 사람들일지도 모른다.

"보다 넓은 세계를 보고 싶다", "한국의 치열한 경쟁 문화와 보
수적인 조직 문화에서 탈출하고 싶다" 등등…. 외지로 향하는 사람
들이 가장 많이 꼽는 한국을 떠나는 이유들이다. 아마도 반은 맞고
반은 틀린 생각일 것이다. 내가 처음 한국을 떠날 때 생각한 이유
들도 위의 얘기와 크게 다르지 않았다. 하지만 8년이 넘게 외국에
서 생활하고 또 앞으로도 외지에서의 삶을 계획하고 있는 지금, 나
는 조금 더 깊숙이 고민해 보았다. 나를 한국에서 떠나게 한 조금
더 핵심적인 이유, 조금 더 결정적인 이유는 과연 무엇이었을까?
인생에 있어 뚜렷한 목표가 있었던 것도 아닌데, 이 일 아니면 죽
고 못 사는 꿈이 있었던 것도 아닌데, 나를 낯선 땅으로 이끈 결정
적인 원동력은 무엇이었을까?

그것은 바로 한국에서의 내 생활에 대한 불만족이었다. 내 방식대로 표현해 보자면, 회색빛 벽과 껍질에 둘러싸인 듯한 일상 때문이었다. 당시 나를 감싸고 있는 환경이 나를 숨 막히게 했기 때문이었다. 소소한 다른 이유들도 다양하게 존재했지만 무엇보다 가장 큰 이유는 바로 그것이었다.

회색의 껍질처럼 느껴지는 일상. 이 표현이 얼마나 추상적으로 들릴지 잘 알고 있다. 하지만 그 상태를 경험해 본 적이 있거나 지금 경험하고 있는 사람들에게는 이 말이 가슴에 그대로 와 닿을 것이라고 장담한다. 이러한 상태는 '몸이 피곤하다, 아침에 일어나기가 힘들다' 같은 것과는 차원이 다르다. 자신의 현재를 생각하면 주체할 수 없는 짜증이 일고, 가슴 속에서 묵직한 답답함이 치밀어 오르는 그런 것이다. 어떻게 하면 나를 둘러싼 이 회색의 벽을 깨트릴 수 있을 것인가, 매순간 고민한다. 오랫동안 유지해 온 벽을 깨는 것이 두렵고 용기가 나지 않아 그대로 현실에 안주하고 싶다가도, 금세 1분 1초도 견디지 못할 것 같은 갈등의 반복…. 그런 갈등과 고민 속에서 내가 현실의 껍질을 깨고 한 걸음 나아갈 수 있는 수단으로 선택한 것이 바로 MBA 유학이었다. 물론 유학을 실행에 옮기기까지 수천 번의 갈등과 고민도 있었다. 하지만 나를 둘러싼 껍데기를 깨고 싶은 욕망이 그 갈등보다 훨씬 더 강했다.

하지만 외국에서 일한다고 해서 한국보다 경쟁이 덜하고, 적게 노력해도 되는 것은 절대 아니었다. 외국에서의 직장 환경이나 생활이 한국보다 절대적으로 좋았던 것도 아니었다. 외국에서 공부하고 일할 때도 시시때때로 회색빛 공기와 벽은 나를 찾아왔다. 하지만 그럼에도 나는 나의 선택을 후회하지 않는다. 현실의 벽을 깨고 싶다는 열망이 가져다 준 용기와 열정은 '이전보다 좀 더 넓은 터전'이라는 나름의 목표에 도달하게 해 주었다. 그리고 그로 인해 나는 돈으로는 사지 못하는 값진 경험들을 할 수 있었다. 그리고 무엇보다 '현실에 안주하지 않고 벽을 깨고 싶다'는 가장 근본적인 목적을 달성했다. 그러므로 나는 한국을 떠난 나의 도전이 충분히 가치 있었다고 믿는다.

만약 당신이 현재의 일상을 변화시키겠노라 마음먹고 그 변화의 도구나 탈출구를 찾고 있다면, 가장 먼저 자신을 돌아봐야 한다. 자신과 자신의 꿈을 명확히 체크한 후 세상을 둘러보아야 하기 때문이다. 만약 내가 하고 싶은 일이, 내가 공부하고 싶은 것이, 내가 경험하고 싶은 것이 지금 내가 있는 곳의 반경이 아닌 저 너머 다른 세상에 있는 것이 확실하다면, 현재의 일상을 벗어나 미지의 장소로 향하는 데 있어 가장 바람직한 동기부여가 될 것이다. 그렇게 새로운 세계로 나아가는 것이 자신의 꿈을 위해 더 좋은 방법임이 확실한 사람들은 몸과 마음을 불사르며 그 길을 향해 힘차게 나아가면 된다. 나처럼 인생의 꿈과 목표가 뚜렷하게 보이지 않는 사람들도 마찬가지다. 자신이 몸담고 있는 일상이 숨 막히기 시작했다면, 현재의 시간과 공간이 회색빛으로 자신을 막고 있다면, 그것도 현재의 일상을 깨부수고 변화를 택할 충분한 이유가 된다.

단, 절대로 잊지 말아야 할 것들이 있다. 자신이 선택한 새 학교, 새 직장, 새 삶의 터전에서 오히려 이전보다 더 힘든 상황과 맞닥뜨리게 될 수 있다는 가능성이다. 한국 직장에서 자신을 괴롭히던 '최 차장'이란 존재가 외국 직장에서 '마이클'로 이름만 바꿔 등장할 수도 있다. 또한, 몇 개월 후 혹은 몇 년 후 또다시 다른 세상의 문을 두드리고 싶은 마음이 생겨 스스로를 힘들게 할 수도 있다. 무엇보다 끊임없이 앞으로 나가고 싶은 욕망이 스스로를 지치게 할 수도 있다. 마지막으로, '인생은 선택의 연속이며, 세상의 그 어떤 길도 완벽하진 않다'라는 사실을 인정하고 발을 내딛어야 한다. 이 세상에 '완벽한 선택' 같은 것은 없다. 유학을 가건, 한국의 한 직장에 평생을 바치건, 외국에서 홀로 일을 하건, 자연으로 돌아가 농사를 짓건 간에 이들 중 어떤 삶이 더 우월하고 가치 있는 삶이라고 어느 누구도 장담할 수 없다. '세상은 완벽하지 않기에, 인간은 완벽하지 않기에 자신의 선택에 항상 아쉬움이 남을 것이라는 명제를 전제로 패가 돌려진다'라는 진리를 겸허히 받아들일 준비까지 단단히 되어 있어야 한다.

자, 이 모든 것들에 대한 점검들이 끝났다면….

이제 당신은 더 넓은 세상을 향해 나아갈 최소한의 준비가 되었다. 당신이 선택하는 대로 다양하게 펼쳐질 수 있는 인생길들이 당신을 기다리고 있다. 그 세상의 다양함을 향해서, 앞날을 보장할 수 없는 데서 오는 두려움마저 짜릿한 자극이 되는 미지의 세계를 향해서 당신의 인생 룰렛을 힘차게 돌려라.

이제 막 껍질을 깨고 나온 당신을 진심으로 응원한다.

수천 갈래의 길,
수천 가지의 가능성을 꿈꾸며

딱 8년이 걸렸다. 책을 쓰기로 마음 먹고 처음 출판사 문을 두드린 뒤부터 실제로 책이 완성되기까지. 처음엔 MBA 유학생이 쓰는 책을 생각했지만 8년의 흐름과 함께 결국 중견 직장인이 쓴 책으로 완성되었다.

난관은 많았다. 유학이 주는 스트레스의 바다 한가운데서 공부하며 일자리를 찾는 1분 1초가 아까운 마당에 글을 쓰는 그 시간 자체가 낭비라고 생각된 적이 한두번이 아니었다. 미국에서 회사 생활을 시작한 뒤에는 일을 마치고 돌아와 밤새 눈이 벌개질 때까지 글을 쓰느라 잠을 설쳐대기도 했다. 글 쓰느라 제물로 바쳐지는 주말은 신물이 나기도 했다. 그러는 와중에 미국에서 홍콩으로, 잠시 한국으로, 다시 홍콩으로 근무지가 옮겨졌다. 금융위기를 맞아 회사가 팔리는 바람에 무직자 신세에 한발 다가갔을 땐, 솔직히 이 모든 일이 사치로 느껴지기도 했다. 걱정 말라고, 회사가 망해도 내 책은 망하지 않을 것이라고, 국제전화를 통해 한국의 출판사에게 소리치던 나의 그 외침들은 동시에 내 자신에게 전하는 당부였다. 일에 지쳐 글이 한 발자국도 나가지 않던 시간도 있었다. 내 글이 어렵다는 끊임없는 비판속에 나의 글쓰기 수준에 자괴감이 든 것도 한두 번이 아니었다. 내 글에 내가 지겨워져 단 한 글자도 쳐다보고 싶지 않은 순간도 있었다.

그렇게 8년이란 시간이 흐르는 동안, 내 속에서는 하나의 질문이 떠나지 않았다. 도대체 왜 이토록 책을 쓰려 하는가? 아무도 내게 권유하지도, 제안한 적도, 강요한 적도 없는 '이 짓'을 왜 하고 있나? 왜 사서 이 고생을 하는가? 왜?

물론 책이 잘 되어 많은 이들이 읽고 공감을 얻는 꿈을 꾸기도 한다. 딱히 드러내고 말할 수 있는 취미 하나 없음에도 글 쓰는 것 하나만큼은 좋아하는 것도 사실이다. 하지만 이것들만이 목표였다면 진즉에 포기했을 것이다. 세상의 빛을 보지 못한 채 이 책은 사라졌을 것이다. 8년이란 시간… 뭔가를 포기하지 않고 계속 추진하기엔 참으로 긴 시간이다. 지금의 속도로는 강산이 두세 차례 바뀌고도 남는 시간인 것이다. 과연 이 긴 시간들을 지나오면서, 그리고 결코 쉽지 않은 과정을 겪어오면서 기어코 이 책을 완성하도록 나를 이끈 원동력은 무엇이었을까?

그것은 바로 현실에 만족하고 안주하고 싶지 않은, 현재에서 한 발자국 앞으로 나아가 전혀 다른 세계로 또 한 번 날아가 보고 싶은 바람이었을 것이다. 어느 순간 익숙해져 버린 일상, 어쩌면 무의미하게 지나쳐 버렸을지도 모를 그 시간을 조금이나마 의미 있게 만드는 수단을 찾고 싶은 그 욕망일 것이다. 그리고 무엇보다 인생의 꿈과 목표를 아직도 찾고 있는 내 자신에게 또 하나의 작은 목표를 스스로 세워주고, 그것을 통해 나의 일상에 다시 한 번 생기를 불어넣어 주고 싶은 욕심일 것이다.

책의 맨 첫 장에서 이야기했듯이 이 책에는 나만의 일반화된 성공 비법이나 마법 같은 전략은 없다. 심지어 애타게 부르짖을 평범한 인생철학 하나도 없다. 다만 한 가지, 이 책의 마지막 장을 덮는 순간 진심으로, 그리고 뜨겁게 공감할 수 있는 한 가지를 바란다면 우리의 인생은 끊임없이 꿈과 목표를 찾아가는 과정의 연속이라는 사실이다. 심지어 그렇게 힘들게 노력함에도 평생의 꿈을 발견하지 못할 수도 있다. 하지만 그 힘든 과정과 시간이 가장 빛나게 발하는 순간은 아마도 꿈을 찾은 그 순간이 아닌, 끊임없이 포기하지 않고 앞으로 나아가는 그 노력의 과정일지도 모른다.

혹시나 꿈을 찾는 그 험난한 여정 속에서 지치고 견디기 힘들어질 때 나의 8년이란 시간을 떠올리며 한바탕 웃어주길 바란다. 천재나 수재가 아닌 너무나 평범한 사람인 내가, 무엇보다 명확한 꿈과 목표 하나 없는 내가 보여주지 않는가. 이 넓은 세상 어떠한 것에도 우리는 도전할 수 있다는 것을.

수천 갈래 다양한 세상의 길들을 마음껏 경험하며 세상 어디로든지 나아갈 수 있는 기회를 가졌기에 인생의 목표와 꿈을 평생에 걸쳐 찾아가는 우리야말로 최고로 축복받은 사람들이다.

서른, 난 아직도

1판 1쇄 발행 2011년 4월 26일
1판 3쇄 발행 2012년 2월 6일

지은이 · 박혜아
펴낸이 · 주연선

기획 · 오효진
책임편집 · 이진희
편집 · 정종화 김준하 박은경 오가진
디자인 · 정혜욱 홍세연
마케팅 · 장병수 김한밀 오서영
관리 · 김두만 구진아 성혜진

도서출판 은행나무
121-839 서울특별시 마포구 서교동 384-12
전화 · 02)3143-0651~3 | 팩스 · 02)3143-0654
등록번호 · 제 10-1522호(1997. 12. 12)
www.ehbook.co.kr
ehbook@ehbook.co.kr

잘못된 책은 바꿔드립니다.

ISBN 978-89-5660-509-8 03810